Publicado originalmente em 1946

AGATHA CHRISTIE

A MANSÃO HOLLOW

· TRADUÇÃO DE ·
Érico Assis

Rio de Janeiro, 2025

Copyright © 1946 Agatha Christie Limited. All rights reserved.
Copyright de tradução © 2024 Casa dos Livros Editora LTDA. Todos os direitos reservados.
Título original: *The Hollow*

AGATHA CHRISTIE, POIROT and the AC Monogram Logo are registered trademarks of Agatha Christie Limited in the UK and elsewhere. All rights reserved.

Todos os direitos desta publicação são reservados à Casa dos Livros Editora LTDA. Nenhuma parte desta obra pode ser apropriada e estocada em sistema de banco de dados ou processo similar, em qualquer forma ou meio, seja eletrônico, de fotocópia, gravação etc., sem a permissão do detentor do copyright.

Publisher: *Samuel Coto*

Editora executiva: *Alice Mello*

Editora: *Lara Berruezo*

Editoras assistentes: *Anna Clara Gonçalves e Camila Carneiro*

Assistência editorial: *Yasmin Montebello*

Produção editorial: *Mariana Gomes*

Copidesque: *Veronica Armiliato*

Revisão: *João Rodrigues e Cindy Leopoldo*

Design gráfico de capa e miolo: *Túlio Cerquize*

Tratamento de imagem e 3D: *Lucas Blat*

Diagramação: *Abreu's System*

Dados Internacionais de Catalogação na Publicação (CIP)
(Câmara Brasileira do Livro, SP, Brasil)

Christie, Agatha, 1890-1976
   A mansão Hollow / Agatha Christie ; tradução Érico Assis. -- Rio de Janeiro : HarperCollins Brasil, 2024.

   Título original: The hollow
   ISBN 978-65-6005-181-2

   1. Ficção inglesa I. Título.

24-199018   CDD-823

Índices para catálogo sistemático:
1. Ficção : Literatura inglesa 823
Eliane de Freitas Leite - Bibliotecária - CRB 8/8415

Os pontos de vista desta obra são de responsabilidade de seu autor, não refletindo necessariamente a posição da HarperCollins Brasil, da HarperCollins Publishers ou de sua equipe editorial.

HarperCollins Brasil é uma marca licenciada à Casa dos Livros Editora LTDA.
Todos os direitos reservados à Casa dos Livros Editora LTDA.
Rua da Quitanda, 86, sala 601A – Centro
Rio de Janeiro, RJ – CEP 20091-005
Tel.: (21) 3175-1030
www.harpercollins.com.br

Para
Larry e Danae
Peço desculpas por usar sua piscina
como cena de um assassinato

Capítulo 1

Às seis e treze da manhã de uma sexta-feira, os grandes olhos azuis de Lucy Angkatell abriram-se para mais um dia. Como sempre, ela já estava bem desperta e imediatamente começou a lidar com os problemas instigados por sua mente em constante atividade. Com urgência de consultas e conversas, e tendo escolhido para tal fim sua jovem prima Midge Hardcastle, que havia chegado à Hollow na noite anterior, Lady Angkatell rapidamente levantou-se da cama, jogou um *négligée* sobre os ombros ainda elegantes e atravessou o corredor até o quarto de Midge. Sendo uma mulher de raciocínio desconcertante de tão veloz, Lady Angkatell, como era seu costume, iniciou a conversa em sua mente, criando as respostas de Midge a partir da própria imaginação fértil.

O diálogo estava a pleno vapor quando Lady Angkatell abriu a porta de Midge.

— ...e assim, querida, você há de concordar que o fim de semana *de fato* trará contratempos!

— Hã? Argh! — Midge resmungou algo sem sentido ao ser despertada de forma tão abrupta de um sono profundo e gratificante.

Lady Angkatell foi até a janela, abriu as persianas e, com um puxão veloz da cortina, deixou a fraca luz da alvorada de setembro entrar no quarto.

— Pássaros! — exclamou, olhando pela vidraça com ternura. — Tão doces.

— O quê?

— Bem, de qualquer modo, o clima não trará dificuldades. Parece que está definido. Já é alguma coisa. Porque, se várias personalidades discordes ficarem fechadas no mesmo ambiente, você há de concordar que será dez vezes pior. Quem sabe jogos de salão? E será como no ano passado, de quando eu nunca vou me perdoar pela pobre Gerda. Depois comentei com Henry que foi muito indelicado da minha parte... e *tínhamos* que a convidar, pois seria uma grosseria convidar John sem ela, mesmo que tanto dificulte a situação... E o pior é que ela é muito agradável. Às vezes, acho estranho como uma pessoa tão agradável como Gerda possa ser desprovida de qualquer inteligência. Se é isso que chamam de lei da compensação, acredito que a lei não seja nem um pouco justa.

— Do que *é* que você está falando, Lucy?

— Do fim de semana, minha cara. Das pessoas que chegam amanhã. Passei a noite pensando nisso e estou incomodadíssima. É um alívio poder tratar do assunto com você, Midge. Você é sempre tão sensata e pragmática.

— Lucy — disse Midge, com uma expressão severa. — Você sabe que horas são?

— Não a hora exata, minha cara. Você sabe que eu nunca sei.

— São seis e quinze da manhã.

— Sim, querida — respondeu Lady Angkatell, sem qualquer sinal de contrição.

Midge encarou-a, séria. Lucy era de enlouquecer qualquer pessoa. Absolutamente impossível! "Oras", pensou Midge, "eu não sei por que nós a aguentamos!"

Porém, mesmo enquanto pensava aquilo, ela já sabia a resposta. Lucy Angkatell estava sorrindo e, enquanto Midge a observava, sentiu o charme extraordinariamente penetrante que Lucy empregara por toda a vida e que mesmo agora, com mais de sessenta anos, não a abandonara. Por conta desse charme, pessoas do mundo inteiro, de potentados estrangeiros a oficiais das forças armadas e autoridades públicas, haviam tolerado inconveniências, incômodos e espantos. Era o prazer, o encanto quase infantil no que ela fazia, que aplacava e anulava críticas. Bastava Lucy abrir aqueles grandes olhos azuis, estender suas delicadas mãos, balbuciar "ah! Sinto *muitíssimo...*" e qualquer ressentimento desaparecia de imediato.

— Minha cara — disse Lady Angkatell —, sinto *muitíssimo*. Você devia ter me dito!

— Estou dizendo agora mesmo... mas é tarde demais! Já estou completamente acordada.

— Que pena! Mas você *vai* me ajudar, não vai?

— No fim de semana? Por quê? Qual é o problema?

Lady Angkatell sentou-se à beira da cama de Midge. A jovem refletiu que era diferente de ter qualquer outra pessoa sentada em sua cama. Ela era um ser incorpóreo, como se uma fada tivesse pousado ali por um instante.

Lady Angkatell estendeu as mãos brancas e agitadas em um gesto doce, suplicante.

— Quem vem são as pessoas erradas... as pessoas erradas para estarem *juntas,* é o que eu quero dizer... não erradas em si. Na verdade, são todas incríveis.

— *Quem* virá?

Midge afastou os fios grossos e pretos de cabelo de sua testa quadrada com o braço moreno e robusto. Ela não tinha nada de insubstancial ou de fada.

— Bem, John e Gerda virão. Por mim, não há problema. John é encantador... *muito* bonito. Quanto à pobre Gerda... bem, temos que ser gentis. Muito, muito gentis.

Induzida por um instinto obscuro de defesa, Midge falou:

— Ah, ela não é de todo mal.

— Ela é patética, minha cara. Aqueles *olhos...* É como se ela não entendesse uma palavra do que os outros dizem.

— E não entende mesmo — disse Midge. — Não o que você diz... mas não a culpo. Sua mente, Lucy, é tão acelerada que, para acompanhá-la, seus diálogos dão saltos incríveis. Todos os elos de conexão desaparecem.

— Tal como um macaco — disse Lady Angkatell, absorta.

— Mas quem mais virá, fora os Christow? Henrietta, imagino.

O rosto de Lady Angkatell se avivou.

— Sim... e eu creio que ela será um pináculo de potência. Ela sempre o é. Henrietta, você sabe, é muito agradável... agradável como um todo, não apenas na aparência. Ela vai ajudar muito com a pobre Gerda. Ela foi magnífica no ano anterior. Foi naquela vez que brincamos de limeriques, ou neologismos ou citações... Uma dessas coisas. Todos havíamos terminado, estávamos lendo as respostas e de repente descobrimos que a pobre Gerda não havia nem começado. Ela nem sabia ao certo qual era o jogo. Foi horrível, não foi, Midge?

— Por que motivo alguém vem se hospedar com os Angkatell, eu não sei — disse Midge. — Com tanto esforço cerebral, com esses jogos de salão, com seu estilo tão peculiar de conversa, Lucy...

— Sim, minha cara, somos exaustivos... e deve ser péssimo para Gerda. Muitas vezes penso que, se ela tivesse algum brio, manteria distância desta casa. Mas, de qualquer modo, lá estava ela, e a pobre coitada parecia tão confusa e tão... bem, tão aflita, sabe? E John com aquela cara impaciente... Eu simplesmente não conseguia pensar em uma maneira de remediar a situação. Foi então que me senti muito grata a Henrietta. Ela se virou para Gerda e perguntou sobre o pulôver que ela estava usando... algo terrível, de um verde-alface desbotado... triste, coisa do balaio das ofertas, minha cara... e Gerda avivou-se de imediato! Ao que se sabe, ela mesma o havia tricotado; Henrietta pediu o modelo e Gerda ficou tão feliz e orgulhosa. E é isso que digo sobre Henrietta. Ela sempre *consegue* esse tipo de coisa. É uma espécie de dom.

— Ela se dá ao trabalho — disse Midge, medindo as palavras.

— Sim, e sabe o que falar.

— Ah — disse Midge. — Mas é mais do que falar. Você sabia, Lucy, que Henrietta tricotou mesmo aquele pulôver?

— Ó, céus. — Lady Angkatell ficou séria. — E o usou?

— E o usou. Henrietta vai além.

— E ficou horrível?

— Não. Em Henrietta ficou muito bem.

— Oras, é claro que ficou. Esta é a diferença entre Henrietta e Gerda. Tudo o que Henrietta faz, ela faz bem e tudo dá certo. Ela tem inteligência em todos os aspectos, tal como tem no seu *métier*. Vou lhe dizer, Midge, que, se há alguém que nos ajudará a superar este fim de semana, será Henrietta. Ela vai ser gentil com Gerda, ela vai entreter Henry, ela vai conter o humor de John e tenho certeza de que será muito prestativa com David.

— David Angkatell?

— Sim. Ele acabou de chegar de Oxford... ou de Cambridge, não sei qual. Meninos dessa idade são muito complicados... sobretudo quando são intelectuais. David é muito intelectual. É de se imaginar que poderiam guardar o intelectualismo para quando tivessem mais idade. Ficam encarando as pessoas, roem as unhas, têm tantas espinhas, às vezes aquele pomo de adão todo para fora. Eles ou não falam nada ou falam muito alto e se contradizem. Ainda assim, como eu disse, tenho confiança em Henrietta. Ela tem tato, sabe fazer as perguntas certas e, por ser escultora, eles a respeitam, principalmente porque ela não esculpe animais nem cabeças infantis, mas faz objetos vanguardistas, como aquele tão curioso de metal e gesso que levou à exposição dos Novos Artistas do ano passado. Lembrava muito uma escada de Heath Robinson. Chamava-se Pensamento Ascendente... ou algo assim. O tipo de coisa que pode impressionar um garoto como David... Da minha parte, achei boba.

— Oras, Lucy!

— Mas acho alguns dos objetos de Henrietta muito bonitos. Aquele do salgueiro-chorão, por exemplo.

— Eu diria que Henrietta tem um toque de genialidade. Também é uma pessoa muito querida e gratificante — falou Midge.

Lady Angkatell levantou-se e caminhou novamente até a janela. Ficou brincando, distraída, com o cordão da cortina.

— Por que bolotas? — balbuciou ela.

— Bolotas?

— No cordão da cortina. Como abacaxis nos portões. Oras, deve haver um *motivo*. Porque poderia tranquilamente ser uma pinha ou uma pera, mas é sempre uma bolota. Nas palavras cruzadas chamam de bolotas, mas o nome correto é nozes forrageiras... forragem para os porcos, como você sabe. Sempre achei curioso.

— Não perca o fio da meada, Lucy. Você veio aqui falar do fim de semana, e não entendo por que está tão nervosa. Se você evitar os jogos de salão, tentar manter a coerência ao conversar com Gerda e deixar Henrietta domar David, o intelectual, qual a dificuldade?

— Bem, minha cara: para começar, Edward também vem.

— Ah, Edward. — Midge ficou um instante em silêncio após pronunciar aquele nome.

Então perguntou, em voz baixa:

— Por que raios você convidou Edward para este fim de semana?

— Eu não o convidei, Midge. Aí é que está. Ele se convidou. Mandou um telegrama para perguntar se podíamos recebê-lo. Você sabe como Edward é. Tão sensível. Se eu houvesse telegrafado um "não", ele provavelmente nunca mais se convidaria. Ele é assim.

Midge concordou com a cabeça.

"Sim", pensou ela, "Edward era assim." Por um instante conseguiu visualizar o rosto dele, aquele rosto tão querido e amado. Um rosto que tinha algo do charme insubstancial de Lucy; suave, tímido, irônico...

— Caríssimo Edward — disse Lucy, ecoando a ideia na mente de Midge.

Ela seguiu falando, impaciente:

— Se ao menos Henrietta decidisse se casar com ele. Ela tem muita afeição por Edward, eu sei que tem. Se ao menos os dois viessem passar um fim de semana aqui sem os Christow... O que acontece é que John Christow tem um efeito muito infeliz em Edward. John, se você me entende, fica muito *mais* e Edward fica muito *menos*. Entende?

Midge assentiu mais uma vez.

— E não posso dispensar os Christow porque este fim de semana foi combinado há muito tempo. Mas eu penso mesmo, Midge, que será muito complicado, com David de cara fechada e roendo as unhas, nós nos esforçando para que Gerda não se sinta excluída, John tão positivo e o caro Edward tão negativo...

— Os ingredientes deste prato não prometem uma boa sobremesa — murmurou Midge.

Lucy sorriu para ela.

— Às vezes — disse, pensativa —, as coisas se organizam de um modo muito simples. Convidei o Homem dos Crimes para o almoço no domingo. Será uma distração, não acha?

— Homem dos Crimes?

— Aquele que lembra um ovo — disse Lady Angkatell. — Ele estava em Bagdá, resolvendo algum caso, quando Henry era Comissário. Ou será que foi depois? Ele veio almoçar com outros do serviço alfandegário. Que eu me lembre, ele vestia um terno branco de linho, uma flor rosa na lapela e sapatos de couro preto envernizado. Não me lembro de muita coisa porque nunca me interessa saber quem matou quem. Oras, depois que morrem, não me interessa o porquê, e fazer um alvoroço me parece tão bobo...

— Mas aconteceu algum crime por aqui, Lucy?

— Ah, não, minha cara. Ele está em um daqueles chalés novos curiosos... você sabe, aqueles com vigas em que se bate a testa, encanamento ótimo e um jardim todo errado. Gente de Londres gosta dessas coisas. Há uma atriz morando no outro, se não me engano. Eles não moram lá o tempo todo, como nós. Ainda assim — Lady Angkatell ficou a esmo pelo quarto —, arrisco-me a dizer que lhes agrada. Midge, minha cara, foi muito gentil da sua parte ser tão prestativa.

— Não creio que eu tenha sido prestativa.

— Ah, não? — Lucy Angkatell pareceu surpresa. — Bom, durma bem e não precisa se levantar para o café da manhã. Mas, quando se levantar, fique à vontade para ser tão rabugenta quanto quiser.

— Rabugenta? — Midge pareceu surpresa. — Oras! Ah! — Ela riu. — Entendi! Que incisivo da sua parte, Lucy. Talvez eu siga seu conselho ao pé da letra.

Lady Angkatell sorriu e saiu do quarto. Quando passou pela porta aberta do banheiro e viu a chaleira e a boca do fogareiro, uma ideia lhe ocorreu.

As pessoas gostavam de chá, ela sabia, e Midge ainda passaria horas na cama. Ela faria um chá para Midge. Ela colocou a chaleira no fogo e cruzou o corredor.

Ela parou na porta do marido e girou a maçaneta, mas Sir Henry Angkatell, competente administrador que era, conhecia sua Lucy. Ele tinha muito afeto pela esposa, mas preferia que seu sono matinal não fosse incomodado. A porta estava trancada.

Lady Angkatell seguiu para seu quarto. Ela gostaria de ter consultado Henry, mas o faria mais tarde. Ficou parada à sua janela aberta, olhou para fora por alguns instantes, depois deu um bocejo. Foi para a cama, deitou a cabeça no travesseiro e em dois minutos dormia como uma criança.

No banheiro, a chaleira ferveu e continuou fervendo...

— Mais uma chaleira que se foi, Mr. Gudgeon — disse Simmons, a servente.

Gudgeon, o mordomo, balançou a cabeça grisalha em negativa.

Ele tomou a chaleira queimada de Simmons e, entrando na despensa, pegou outra chaleira do fundo do armário de travessas, onde havia um estoque de mais meia dúzia.

— Aí está, Miss Simmons. Sua senhoria não vai se dar conta.

— Sua senhoria costuma fazer esse tipo de coisa? — perguntou Simmons.

Gudgeon soltou um suspiro.

— Sua senhoria — disse ele — é tão generosa quanto é esquecida, se é que a senhorita me entende. Mas nesta casa — prosseguiu — faço o possível para poupar sua senhoria de qualquer incômodo ou preocupação.

Capítulo 2

Henrietta Savernake enrolou uma tira de argila e a posicionou no lugar. Ela estava montando a cabeça de argila de uma garota com a habilidade que vem da prática.

Em seus ouvidos, embora adentrando apenas nas margens de sua compreensão, chegava o gemido esganiçado de uma voz um tanto quanto banal:

— E eu realmente acho, Miss Savernake, que eu tinha toda a razão! "Oras", eu disse, "se você vai seguir por *este* rumo!" Porque eu acho, Miss Savernake, que uma moça tem obrigação consigo mesma de se posicionar contra esse tipo de coisa... se é que a senhorita me entende. "Não estou acostumada", eu disse, "a que me digam esse tipo de coisa, e posso dizer apenas que você tem uma imaginação nojenta!" É claro que odeio situações desagradáveis, mas creio que eu estava certa em me posicionar, não acha, Miss Savernake?

— Ah, com certeza — respondeu Henrietta, com tamanho fervor que faria quem a conhecesse bem suspeitar de que ela não estava prestando atenção.

— "E se a sua esposa fala esse tipo de coisa", falei, "bem, *eu* é que não tenho o que fazer!" Eu não sei por qual motivo, Miss Savernake, mas parece que há problema onde quer que eu vá. E eu tenho certeza de que a culpa não é *minha*. Oras, homens são tão suscetíveis, não são?

A modelo deu uma risadinha.

— Assustadoramente — concordou Henrietta, seus olhos semicerrados.

"Adorável", pensava ela. "Que adorável esta superfície logo abaixo da pálpebra... e a outra subindo para encontrá-la. Esse ângulo perto da mandíbula está errado... eu tenho que raspar aqui e começar de novo. Complicado."

Em voz alta, ela falou com seu tom caloroso, solidário:

— Deve ter sido *muito* difícil para você.

— Eu realmente acho que ciúme é algo injusto, Miss Savernake, e tão *mesquinho,* se é que você me entende. É apenas inveja, se posso dizer assim, porque há alguém mais bonita e mais jovem do que ela.

— Sim — respondeu Henrietta distraidamente, trabalhando na mandíbula —, claro.

Fazia anos que ela havia aprendido o truque de compartimentar a mente em setores hermeticamente fechados. Ela conseguia jogar bridge, conduzir uma conversa inteligente, escrever uma carta bem-estruturada, tudo sem usar mais do que uma fração de sua mente à tarefa. Ela agora estava determinada a ver a cabeça de Nausícaa se construir sob seus dedos, e o fluxo esganiçado e rancoroso da conversa que se emitia daqueles belos lábios infantis não penetrava nem os recônditos mais profundos de sua mente. Ela se mantinha em diálogo sem fazer esforço. Estava acostumada a modelos que queriam conversar. Não tanto as profissionais — eram as amadoras que, inquietas com a inatividade forçada dos membros, compensavam derramando-se em revelações tagarelas. Assim, uma parte imperceptível de Henrietta ouvia e respondia, enquanto, muito longe dali, a Henrietta real comentava: "Uma figurinha difícil e rancorosa... Mas os olhos... Lindos, lindos, lindos olhos...".

Enquanto ela se ocupava dos olhos, que deixasse a garota falar. Ela pediria que ficasse em silêncio quando chegasse à boca. Curioso, quando se para e pensa, que aquele fluxo esganiçado de rancor pudesse sair de curvas tão perfeitas.

"Ah, droga", Henrietta pensou, subitamente ansiosa, "estou acabando com esse arco da sobrancelha! Qual é o problema ali, diabos? Enfatizei demais o osso... é angular, não grosso..."

Ela recuou de novo, franzindo o cenho ao passar da argila para a figura em carne e osso sentada na plataforma.

Doris Saunders prosseguiu:

— "Bem", comentei, "não entendo por que o seu marido não pode me dar um presente se ele quiser, e eu não acho", continuei, "que você deveria insinuar coisas assim." Era uma pulseira tão, tão bonita, Miss Savernake, de fato linda... e eu me atrevo a dizer que o pobre coitado nem tinha como pagar uma coisa daquelas. Mas realmente acho que foi gentil da parte dele, e eu é que não ia devolver!

— Não, não mesmo — Henrietta murmurou.

— Não é como se houvesse algo entre nós... algo *feio*, digo... não havia qualquer coisa *assim*.

— Não — Henrietta concordou —, com certeza não haveria...

Seu cenho se abriu. Na meia hora seguinte, ela trabalhou em uma espécie de transe. Argila melava sua testa e prendia-se no cabelo enquanto suas mãos impacientes seguiam trabalhando. Seus olhos tinham uma ferocidade cega, intensa. Estava chegando lá... Ela ia chegar...

Em questão de poucas horas, ela estaria livre da agonia... A agonia que vinha crescendo nela nos últimos dez dias.

Nausícaa. Ela havia sido Nausícaa, ela se levantara com Nausícaa e tomara café da manhã com Nausícaa e passeara com Nausícaa. Ela havia andado a passo veloz pelas ruas, inquieta, incapaz de fixar a mente no que fosse, fora um belo rosto cego em algum ponto distante de sua mente — algo que pairava ali, mas que não se podia ver com clareza. Ela havia entrevistado modelos, hesitado diante de tipos gregos, sentido uma insatisfação profunda...

Ela queria alguma coisa... algo que lhe desse o impulso... algo que desse vida à sua perspectiva já concretizada em parte. Ela havia caminhado longas distâncias, ficando fisicamente cansada e aceitando o fato. E o que a guiava, o que a atormentava, era a ânsia incessante, urgente... de *ver*...

Havia uma cegueira em seus olhos enquanto caminhava. Ela não via coisa alguma ao seu redor. Estava se esforçando... tentando tanto, o tempo todo, para fazer aquele rosto chegar mais perto... Ela se sentia adoentada, mal, infeliz...

E então, de repente, sua visão desanuviou e, com olhos humanos e normais, ela havia visto, do outro lado, no ônibus em que ela havia embarcado sem pensar, sem qualquer interesse pelo destino... ela havia visto... sim, ela havia visto *Nausícaa!* Um rosto de criança em escorço, os lábios semiabertos e os olhos... os olhos lindos, vazios, cegos.

A garota tocou a campainha e desceu. Henrietta foi atrás.

Agora ela estava calma e metódica. Ela havia conseguido o que queria... a agonia da busca confusa havia terminado.

— Peço desculpas por incomodar. Sou escultora profissional e, sendo franca, a sua cabeça é exatamente o que eu estava procurando.

Ela havia sido amigável, encantadora e convincente, como sabia ser quando queria algo.

Doris Saunders ficou desconfiada, alarmada, lisonjeada.

— Bem, eu não sei. Se for só a *cabeça*... É que, claro, eu nunca *fiz* uma coisa dessas!

Indecisão apropriada, sutil indagação pecuniária.

— Obviamente, eu insisto que você aceite os honorários profissionais de praxe.

E, assim, lá estava Nausícaa, sentada na plataforma, apreciando a ideia de suas atrações serem imortalizadas (embora não gostasse tanto dos exemplos do trabalho de Henrietta que via no ateliê!) e apreciando também a revelação de sua personalidade a uma ouvinte cuja simpatia e atenção pareciam totais.

Na mesa ao lado da modelo estavam seus óculos — que, por vaidade, ela usava o mínimo possível, preferindo tatear pelo caminho quase cega, tendo admitido a Henrietta que sem eles ficava tão míope que mal conseguia ver um palmo à frente.

Henrietta havia assentido com compreensão. Agora ela entendia o motivo físico para aquele olhar vazio e adorável.

O tempo passou. Henrietta de repente soltou suas ferramentas de modelagem e alongou os braços.

— Certo — disse ela —, terminei. Espero que não esteja muito cansada?

— Ah, não, obrigada, Miss Savernake. Foi muito interessante, foi mesmo. Quer dizer que já está pronto... tão rápido?

Henrietta riu.

— Ah, não, não está pronto de verdade. Ainda vou ter que trabalhar bastante. Mas está pronto no que diz respeito a você. Eu consegui o que eu queria, construí a fundação.

A garota desceu lentamente da plataforma. Ela colocou os óculos e, de imediato, a inocência cega e o charme vago e confiante desapareceram. Restou apenas uma beleza simples, barata.

Ela foi até Henrietta e olhou o modelo de argila.

— Ah — disse, um tanto em dúvida, decepção na voz. — Não parece muito comigo, não é?

Henrietta sorriu.

— Ah, não, não. Não é um retrato.

Não havia, de fato, qualquer semelhança com o rosto. Era a configuração dos olhos, a linha do maxilar que Henrietta havia visto como a tônica essencial de sua concepção de Nausícaa. Aquela não era Doris Saunders: era uma garota cega sobre a qual se podia escrever um poema. Os lábios estavam partidos como os de Doris, mas não eram os lábios de Doris. Eram lábios que falariam outro idioma e proferiram ideias que não eram as ideias de Doris...

Nenhuma das características estava bem definida. Era a Nausícaa lembrada, não a Nausícaa vista...

— Bem — disse Miss Saunders, ainda em dúvida —, imagino que ficará melhor depois que você continuar... E você não precisa mais de mim, é isso mesmo?

— Não, obrigada — respondeu Henrietta ("E ainda bem que não preciso!", pensou). — Você foi magnífica. Fico extremamente grata.

Ela se livrou de Doris com habilidade e voltou para fazer café. Estava cansada, cansadíssima. Mas feliz. Feliz e em paz.

"Graças aos céus", pensou, "agora posso voltar a ser humana."

Sua mente voltou a John no mesmo instante.

John.

O calor subiu suas bochechas, uma elevação veloz e repentina dos batimentos cardíacos fez seu espírito alçar voo.

"Amanhã", pensou ela, "vou para Hollow... verei John..."

Ela permaneceu sentada, quase imóvel, esparramada no divã, sorvendo o líquido quente e forte. Tomou três xícaras. Sentiu a vitalidade ressurgir.

Era bom, ela pensou, voltar a ser humana... e não aquela outra coisa. Era bom parar de se sentir inquieta, infeliz, obstinada. Era bom poder parar de andar pelas ruas infeliz, procurando algo e sentindo-se irritável e impaciente porque, oras, nem sabia o que estava procurando! Agora, graças aos céus, só havia trabalho pesado pela frente — e quem se importa com trabalhar pesado?

Ela colocou a xícara vazia na mesa, levantou-se e foi caminhando de volta a Nausícaa. Ficou olhando-a por algum tempo e, aos poucos, um pequeno vinco se formou em seu cenho.

Não era... não era bem...

O que havia de errado ali?

Olhos cegos.

Olhos cegos que eram mais belos do que quaisquer olhos que enxergavam... Olhos cegos que rasgavam seu coração porque eram cegos... Havia conseguido capturar isso ou não?

Ela havia conseguido, sim. Mas havia conseguido outra coisa também. Algo que não queria e no que nem tinha pensado... A estrutura estava boa... sim, claro. Mas de onde vinha aquilo? Aquela insinuação suave, insidiosa?

A insinuação, em algum ponto, de uma mente rancorosa e banal.

Ela não estava ouvindo, não tinha ouvido de verdade. E ainda assim, de algum modo, aquilo havia entrado pelos seus ouvidos e saído pelos seus dedos, encontrando seu caminho até a argila.

E ela não conseguiria, sabia que não, tirar aquilo dali...

Henrietta virou-se bruscamente. Talvez fosse apenas um capricho. Sim, claro que era um capricho. Ela teria uma opinião totalmente diferente pela manhã. Pensou, desalentada: "Como se é vulnerável...".

Ela caminhou, franzindo o cenho, até o outro lado do ateliê. Parou na frente de sua estátua da Devota.

Aquela havia ficado boa. Uma bela peça em pereira, com o grão no ponto certo. Ela havia guardado a madeira durante eras, tal como uma acumuladora.

Ela a observou criticamente. Sim, tinha ficado boa. Não havia dúvida. A melhor que ela havia feito em muito tempo. Tinha sido para o International Group. Sim, uma peça digna.

Ela havia *acertado* tudo: a humildade, a força nos músculos do pescoço, os ombros curvados, o rosto levemente erguido. Um rosto sem expressão, já que a veneração acaba com qualquer personalidade.

Sim. Submissão, adoração... e aquela devoção final que fica além, não ao lado, da idolatria...

Henrietta suspirou. "Se ao menos John não tivesse ficado tão furioso...", pensou.

Ela fora pega de surpresa com aquela fúria. Aquela raiva havia revelado algo sobre ele que ele mesmo não sabia, pensou.

Ele havia dito, categórico: "Você não pode expor isso!".

Ao que ela havia respondido, igualmente categórica: "Pois eu vou".

Ela voltou lentamente a Nausícaa. Não havia nada ali, pensou, que ela não pudesse consertar. Ela borrifou água em sua obra e a enrolou com panos úmidos. Sua escultura teria que ficar ali até segunda ou terça-feira. Não havia mais pressa. A urgência havia sumido... as superfícies essenciais estavam todas ali. Só precisava de paciência.

Ela tinha pela frente três dias de alegria com Lucy, Henry, Midge... e John!

Henrietta bocejou, alongando-se tal como uma gata, com prazer e abandono, esticando cada músculo ao máximo. De repente, percebeu como estava cansada.

Tomou um banho quente e foi para a cama. Deitou-se de barriga para cima, olhando uma e outra estrela pela claraboia. Dali, seus olhos passaram à única luz que sempre ficava acesa, a pequena lâmpada que iluminava a máscara de vidro que havia sido uma de suas primeiras obras. Uma peça um tanto óbvia, ela pensava agora. Convencional no que sugeria.

Ainda bem, pensou Henrietta, que as pessoas se superam...

E agora, dormir! O café forte que ela havia tomado só traria a vigília se ela assim o quisesse. Havia muito tempo ela tinha ensinado a si mesma o ritmo essencial que trazia o olvido conforme sua vontade.

Bastava pegar pensamentos, escolhendo-os no repositório de cada um, e, então, sem se deter em um, deixá-los escorrer pelos dedos da mente, sem agarrar nem um, sem se demorar em nenhum, sem concentração... apenas os deixando vagar.

Do lado de fora, na cavalariça, um motor de carro acelerava. Em algum lugar ouvia-se gritos e risos roucos. Ela deixou os sons entrarem no fluxo de sua semiconsciência.

O carro, ela pensou, era um tigre rugindo... amarelo e preto... rajado como folhas rajadas... folhas e sombras... uma selva cálida... depois, descendo o rio... um rio tropical, vasto... que ia até o mar... o cruzeiro partindo... vozes roucas se despedindo... e John ao lado dela no convés... ela e John de partida... mar azul e descer ao salão de jantar... sorrir para ele, do outro lado da mesa... como um jantar no Maison Dorée... pobre John, tão bravo!... saindo no ar noturno... e o carro, a sensação da troca de marcha... relaxada, suave, fugindo de Londres... subindo Shovel Down... as árvores... venerando árvores... a Mansão Hollow... Lucy... John... John... a Doença de Ridgeway... caro John...

Agora passando à letargia, à beatitude contente.

E então um desconforto agudo, uma sensação assombrosa de culpa a trazendo de volta. Alguma coisa que ela devia ter feito. Algo de que ela havia se esquivado.

Nausícaa?

Aos poucos, sem vontade, Henrietta se levantou da cama. Acendeu as luzes, foi até a bancada e tirou os panos da escultura.

Ela respirou fundo.

Não era Nausícaa. Era Doris Saunders!

Uma pontada atravessou Henrietta. Ela implorava consigo mesma: "Eu vou acertar... eu vou acertar...".

— Burra — disse a si mesma. — Você sabe muito bem o que tem que fazer.

Porque, se não o fizesse agora, imediatamente... amanhã ela não teria coragem. Era como destruir sua carne e osso. Doía. Sim, doía.

Talvez, pensou Henrietta, gatas se sintam assim quando percebem algo errado em um dos filhotes e o matam.

Ela inspirou fundo, rápida e bruscamente, agarrou a argila, arrancou-a do suporte e carregou aquele caroço pesado até soltar no lixo.

Ela ficou ali, com a respiração pesada, olhando para as mãos sujas de argila, ainda sentindo a dor de seu eu físico e mental. Limpou a argila das mãos bem devagar.

Voltou à cama sentindo um curioso vazio, acompanhado de uma sensação de paz.

Nausícaa, ela pensou, entristecida, não voltaria. Ela havia nascido, havia sido contaminada e havia morrido.

"É estranho", pensou Henrietta, "como as coisas podem se infiltrar na sua pessoa sem que você perceba."

Ela não estava escutando, não de verdade, mas ainda assim a cabecinha barata e rancorosa de Doris havia se infiltrado em sua mente e, inconscientemente, influenciado suas mãos.

E, agora, o que havia sido Nausícaa... Doris... era apenas argila. Apenas a matéria-prima que seria, em breve, moldada como outra coisa.

Henrietta pensou, encantada: "É isso, então, que é a *morte?* O que chamamos de personalidade é apenas o molde... a impressão dos pensamentos de alguém? De quem? Deus?".

Essa era a ideia de Peer Gynt, não era? Voltar à concha do Fundidor de Botões.

"Onde estive eu, o homem completo, o homem genuíno? Onde estou eu com a insígnia de Deus na minha testa?"

Será que John se sentia assim? Ele estava tão cansado naquela noite... tão abatido. A Doença de Ridgeway... Nenhum dos livros dizia quem era Ridgeway! "Que burrice", pensou, ela queria saber... Doença de Ridgeway.

Capítulo 3

John Christow estava sentado em seu consultório, atendendo a penúltima paciente da manhã. Seus olhos, solidários e encorajadores, assistiam enquanto ela descrevia, explicava, entrava em detalhes. Vez ou outra ele assentia com a cabeça, compreensivo. Fazia perguntas, dava orientações. Um leve brilho permeava a sofredora. Como o dr. Christow era maravilhoso! Tão interessado... ele se preocupava de verdade. Só de conversar com ele a pessoa se sentia mais forte.

John Christow puxou uma folha de papel para si e começou a escrever. Melhor receitar um laxante, pensou. Um daquela nova marca americana... que vinha enrolado em celofane e encapado com um tom incomum de rosa-salmão. Muito caro também, difícil de conseguir... nem todo farmacêutico tinha disponível. Ela provavelmente teria que ir naquela pequena loja da Wardour Street. Seria por um bem maior. Provavelmente daria uma animada naquela senhora por um mês, dois. Depois ele teria de pensar em outra coisa. Não havia nada que ele pudesse fazer por ela. Seu corpo era fraco e era isso! Nada em que ele pudesse se debruçar, resolver. Não era como a velha Crabtree...

Uma manhã de tédio. Financeiramente rentável... mas nada mais. Por Deus, como ele estava cansado! Cansado de mulheres doentes e suas indisposições. Paliativos, mitigantes... nada além disso. Às vezes, ele se questionava se valia a pena. Mas, então, sempre se lembrava do Hospital St. Christopher, e da fileira de camas na Ala Margaret Russell, e de Mrs. Crabtree arreganhando seu sorriso desdentado.

Ele e ela se entendiam! Ela era uma lutadora, não como aquele verme frouxo que era a mulher do outro leito. Ela estava do lado dele, ela queria viver... mas sabe-se lá Deus por quê, considerando a pocilga onde morava, com um marido bêbado e uma ninhada de crianças incontroláveis, obrigada a trabalhar dia sim e dia também, esfregando infinitos pisos de infinitos escritórios. Uma vida de labuta incessante e mínimos prazeres! Mas ela queria viver — gostava da vida — tal como ele, John Christow, gostava da vida! Não gostavam necessariamente das circunstâncias da vida, mas da vida em si, do sabor da existência. Que curioso... algo que ninguém sabia explicar. Ele pensou consigo que precisava tratar do assunto com Henrietta.

O dr. Christow levantou-se para acompanhar a paciente até a porta. Sua mão tomou a dela em um cumprimento caloroso, amigável, reconfortante. Sua voz também era de incentivo, carregada de interesse e solidariedade. Ela saiu de lá revigorada, quase feliz. O dr. Christow se interessava tanto!

Assim que a porta se fechou, John Christow a esqueceu. Ele na verdade mal tivera ciência de que a paciente existia enquanto ela estava lá. Só havia feito o de sempre. Era tudo automático. Porém, embora mal tivesse penetrado a superfície de sua mente, ele havia se esforçado. Sua reação havia sido a reação automática de alguém que cura. Sentiu o peso da energia exaurida.

"Por Deus", pensou novamente, "que cansaço."

Apenas mais uma paciente para atender e, depois, a tela em branco do fim de semana. Sua mente manteve-se nessa ideia gratificante. Folhas douradas com tons de vermelho e marrom, o cheiro levemente úmido do outono... a trilha que atravessava o bosque... as fogueiras no bosque... Lucy — a criatura *mais* singular e encantadora — com sua mente curiosa, esquiva, evasiva. Ele preferia Henry e Lucy a quaisquer outros anfitrião e anfitriã da Inglaterra. E Hollow era a mansão mais agradável que ele conhecia. No domingo, ele caminharia pelo bosque com Henrietta... até o topo do morro, depois daria uma volta pela encosta. Ao caminhar com Henrietta, ele se esqueceria de que havia pessoas doentes no mundo. Graças aos céus, ele pensou, nunca havia algo de errado com Henrietta.

E então, em uma virada repentina no humor: "Se houvesse, ela nunca me contaria!".

Mais uma paciente a atender. Ele devia apertar a campainha em sua mesa. Mas, inexplicavelmente, ele estava procrastinando. Já estava atrasado. O almoço já devia estar servido na sala de jantar, no andar de cima. Gerda e as crianças estariam esperando. Ele devia se apressar.

Ainda assim, lá estava ele, imóvel. Estava tão cansado. Tão, tão cansado.

Era algo que vinha tomando conta dele, esse cansaço. Era o cerne de sua crescente irritabilidade, da qual estava ciente, mas não conseguia controlar. "Pobre Gerda", pensou ele, "tem que aguentar tanta coisa." Ao menos se não fosse tão submissa... sempre disposta a admitir que estava errada quando, na maior parte do tempo, *ele* era o culpado! Havia dias em que tudo o que Gerda dizia ou fazia eram o suficiente para irritá-lo. Lamentavelmente, ele pensou, o que mais o irritava eram as virtudes de Gerda. Eram sua paciência, seu altruísmo, a subordinação dos desejos dela aos dele, que despertavam esse mau humor. Ela nunca se ofendia com esses acessos de raiva, nunca mantinha sua opinião contra a dele, nunca tentava definir seus próprios limites.

"Bem", pensou ele, "foi por isso que você se casou com ela, não foi? Está reclamando do quê? Depois daquele verão em San Miguel..."

Curioso, quando se pensa nisso, que as exatas qualidades que o irritavam em Gerda eram as qualidades que ele tanto queria encontrar em Henrietta. O que o irritava em Henrietta (não, a palavra estava errada... era raiva, não irritação que ela inspirava)... o que o irritava era a integridade inabalável de Henrietta no que dizia respeito a ele. Era algo que estava em discordância com a postura que ela tinha diante do mundo em geral. Uma vez ele dissera a Henrietta:

— Acho que você é a maior mentirosa que eu conheço.

— Talvez.

— Você está sempre disposta a dizer qualquer coisa aos outros, desde que os agrade...

— É o que sempre me parece mais importante.

— Mais importante do que falar a verdade?

— Muito mais.

— Então por que, em nome dos céus, você não pode mentir um pouco mais para *mim*?

— Você quer que eu minta?

— Quero.

— Desculpe, John, mas não posso.

— Você tem que saber o que eu quero que você diga...

Oras, ele não deveria pensar em Henrietta. Ele a veria naquela mesma tarde. O que ele tinha que fazer agora era seguir com o planejado! Tocar a campainha e ver a maldita da última paciente. Outra adoentada! Um décimo de indisposição genuína e nove décimos de hipocondria! Oras, por que ela não deveria aproveitar sua saúde debilitada se tinha como pagar? Era o que compensava as Mrs. Crabtree desse mundo.

Ainda assim, John continuou imóvel.

Ele estava cansado. Tão, tão cansado. Sentia que estava cansado havia muito tempo. Havia algo que ele queria, queria muito.

E então, em um disparo do cérebro, ele pensou: "Quero ir para casa".

Aquilo o surpreendeu. De onde tinha vindo aquele pensamento? E o que significava? Casa? Ele nunca tivera uma casa. Seus pais eram anglo-indianos, ele havia sido criado sendo jogado da casa de um tio para a de uma tia, um fim de ano com cada um. A primeira casa fixa que ele tivera, até onde lembrava, era esta casa na Harley Street.

Ele pensava nesta casa como um lar? Ele fez que não com a cabeça. Ele sabia que não.

Mas sua curiosidade clínica foi atiçada. O que ele queria dizer com aquele pensamento que pipocou em sua cabeça sem mais nem menos?

Quero ir para casa.

Devia haver alguma coisa, alguma imagem.

Ele semicerrou os olhos... devia haver um *pano de fundo*.

E, com toda a clareza, ele viu em sua imaginação o azul profundo do Mar Mediterrâneo, as palmeiras, os cactos e os figos-da-índia; ele sentiu a poeira quente do verão e se lembrou da sensação gelada da água depois de se deitar na praia no verão. *San Miguel!*

Ele ficou assustado, um tanto perturbado. Havia anos que não pensava em San Miguel. Não era um lugar a que ele quisesse voltar. Tudo ali pertencia a outro momento de sua vida.

Aquilo havia sido doze anos antes... catorze... quinze anos. E ele havia feito o correto! Seu juízo tinha sido certíssimo! Ele estava perdidamente apaixonado por Veronica, mas não daria certo. Veronica o teria devorado de corpo e alma. Ela era completamente narcisista e não tinha qualquer pudor de admitir que o era! Veronica havia conseguido quase tudo o que queria, mas não havia conseguido ele! Ele havia escapado. John supunha que a havia tratado mal, pensando do ponto de vista convencional. Sendo sincero, ele havia dado um pé na bunda dela! Mas a verdade era que ele tinha intenção de viver sua própria vida, e isso era algo que Veronica não permitiria. Ela queria viver a vida *dela* e carregar John como um figurante.

Ela havia ficado incrédula quando ele se recusou a acompanhá-la a Hollywood.

Havia dito com desdém:

— Se você quer mesmo ser médico, você pode fazer faculdade lá, suponho, mas será desnecessário. Você tem dinheiro de sobra para viver e *eu* vou ganhar montes e montes.

E ele havia respondido com veemência:

— Mas eu estou *decidido* pela minha profissão. Eu vou trabalhar com *Radley.*

Aquela voz, sua voz jovem e entusiasmada, soou reverente.

Veronica bufou.

— Aquele velho estranho e mal-amado?

— Aquele velho estranho e mal-amado — John disse, irritado — conduziu as pesquisas de maior relevância sobre a Doença de Pratt...

Ela o interrompeu: quem queria saber de Doença de Pratt? A Califórnia, ela disse, tinha um clima encantador. E era divertido conhecer o mundo. Ela acrescentou:

— Vou odiar lá sem você. Eu quero você, John. Eu *preciso* de você.

Então ele apresentou a sugestão surpreendente, pelo menos para Veronica, de que ela recusasse a proposta de Hollywood, se casasse com ele e morasse em Londres.

Ela achou engraçado e manteve-se firme. Veronica iria para Hollywood, e amava John. Tinham que se casar e ir juntos. Ela não tinha dúvidas da própria beleza e do próprio poder.

John percebera que só havia uma coisa a se fazer e a fez: mandou uma carta para ela, rompendo o noivado.

Ele sofreu muito, mas não tivera dúvidas quanto à sapiência da rota que havia escolhido. Voltou a Londres e começou a trabalhar com Radley. Um ano depois casou-se com Gerda, que era diferente de Veronica em todos os sentidos...

A porta se abriu e sua secretária, Beryl Collins, entrou.

— O senhor ainda tem que atender a Mrs. Forrester.

Ele respondeu, curto e grosso:

— Eu sei.

— Achei que o senhor tivesse esquecido.

A mulher atravessou o consultório em direção à porta oposta. Os olhos de Christow acompanharam a suave partida da secretária. Uma garota simples, Beryl, mas eficiente à beça. Ele a contratara havia seis anos. Beryl nunca cometeu um engano, nunca ficava confusa, nem preocupada, nem apressada. Ela tinha cabelo escuro, pele sem viço e queixo pronunciado. Atrás dos óculos grossos, seus olhos cinza analisavam o médico e o resto do universo com a mesma atenção impassível.

Ele quisera uma secretária simples e sem frivolidades, e conseguira uma secretária simples e sem frivolidades. Mas, às vezes, sem lógica alguma, John Christow ficava ressentido! Segundo todas as regras do teatro e da literatura, Beryl deveria ser a maior devota de seu patrão. Ele, porém, sempre soubera que pouco contava para Beryl. Não havia devoção, não havia renúncia. Beryl o via como um ser humano falível, sem dúvida. Ela não se deixava levar por sua personalidade, não era influenciada por seu charme. Às vezes ele duvidava que ela *gostasse* dele.

Uma vez ele a ouvira conversando com uma amiga ao telefone.

— Não — dissera —, eu não acho que ele tenha ficado *mais* egoísta do que era. Talvez mais desatencioso e frio.

John sabia que ela estava falando dele, e por vinte e quatro horas ele havia ficado incomodado com aquelas frases.

Embora o entusiasmo indiscriminado de Gerda o irritasse, a estima gélida de Beryl também o irritava. "Aliás", ele pensou, "quase tudo me irrita…"

Havia algo errado. Excesso de trabalho? Talvez. Não, essa era a desculpa. Esta impaciência crescente, este cansaço irritante, havia um significado mais profundo ali. Ele pensou: "Não pode ser. Eu não posso continuar assim. Qual é o problema comigo? Se eu pudesse *fugir…*".

E lá estava de novo: aquela ideia cega correndo para encontrar a ideia formulada de fuga.

Quero ir para casa...

Por Deus, Harley Street 404 *era* sua casa!

E Mrs. Forrester estava ali, na sala de espera. Uma mulher tediosa, uma mulher com dinheiro demais e tempo de sobra para pensar em suas moléstias.

Alguém havia lhe dito, uma vez: "Você deve ficar cansado desses pacientes ricos que imaginam doenças. Deve ser uma satisfação atender os pobres, que só aparecem quando têm algo *muito* sério!". Ele havia sorrido. Engraçado o que as pessoas pensavam dos Pobres com P maiúsculo. Deviam ter visto a velha Mrs. Pearstock, que já tinha ido a cinco clínicas, toda semana, levando seus frascos de remédio, suas ataduras para as costas, seus xaropes para a tosse, seus laxantes, suas fórmulas para digestão. "Faz catorze anos que eu tomo o remédio marrom, Doutor, e é o único que me faz bem. Na semana passada, aquele médico mais moço me receitou um remédio *branco.* Não me desceu! Faz sentido, não é, Doutor? Oras, eu tomo meu remédio marrom há catorze anos, e se eu não tomo minha parafina líquida, depois o comprimido marrom..."

Ele podia ouvir a voz reclamona agora... o físico perfeito, tudo nos trinques... nem a quantidade de purgante que ela tomava lhe faria mal!

Eram iguais, irmãs por baixo da pele, a Mrs. Pearstock, de Tottenham, e a Mrs. Forrester, da Park Lane Court. Você ouvia e rabiscava com a caneta no papel de carta caro, grosso, ou numa ficha do hospital, se fosse o caso...

Pelos céus, como ele estava cansado de tudo...

O mar azul, o doce odor de mimosa, a areia cálida...

Quinze anos atrás. Tudo havia acabado, encerrado... sim, encerrado, graças aos céus. Ele tivera a coragem de romper.

"Coragem?", uma voz impertinente indagou, sabe-se lá de onde. "É *assim* que você considera o que fez?"

Bem, ele havia feito o que era sensato, não havia? Tinha sido um esforço tremendo. Tinha doído para diabo! Mas ele havia seguido adiante, cortado os laços, tinha ido para casa e se casado com Gerda.

John conseguira a secretária simples e casara-se com a esposa simples. Era o que queria, não era? Ele se cansara de beleza, não se cansara? Ele tinha visto o que alguém como Veronica podia fazer com a beleza — tinha visto o efeito em cada homem ao seu alcance. Depois de Veronica, ele queria segurança. Segurança e paz e dedicação e tudo o que é tranquilo e duradouro. Ele queria, na verdade, Gerda! John queria alguém que entendesse a vida conforme ele pensava, que aceitasse as decisões dele e que não tivesse, nem por um instante, ideias próprias...

Quem foi que disse que a maior tragédia da vida seria conseguir o que você quer?

Irritado, ele apertou a campainha em sua mesa.

Ele lidaria com Mrs. Forrester.

Levou um quarto de hora para atender a paciente. Dinheiro fácil, mais uma vez. Mais uma vez ele escutou, perguntou, tranquilizou, simpatizou, transmitiu parte de sua energia curativa. Mais uma vez ele anotou a prescrição de um remédio caro.

A mulher neurótica que havia se arrastado àquele consultório partiu com um passo mais firme, com rubor nas bochechas, com uma sensação de que a vida, afinal de contas, talvez valesse a pena.

John Christow recostou-se na cadeira. Agora estava livre... livre para subir as escadas, encontrar Gerda e os filhos... livre das preocupações da doença e do sofrimento, por um fim de semana inteiro.

Mas ele ainda sentia aquela estranha falta de vontade de se mover, aquela estranha e inédita lassidão da vontade.

Ele estava cansado... cansado... cansado...

Capítulo 4

Na sala de jantar do apartamento acima do consultório, Gerda Christow observava uma paleta de cordeiro.

Ela devia ou não mandar o prato de volta à cozinha para mantê-lo quente?

Se John demorasse mais, a paleta esfriaria. A gordura solidificaria, o que seria terrível.

Mas, se a última paciente já houvesse ido embora, John subiria em um instante. Se ela mandasse o prato para a cozinha, haveria um atraso... E John era tão impaciente! "Mas você sabia que eu estava subindo...", ele falaria naquele tom de irritação reprimida na voz, o que ela conhecia e temia. Além disso, a carne passaria do ponto, secaria, e John odiava carne que passa do ponto.

Por outro lado, ele realmente odiava comida fria.

Até o momento, o prato estava bem aquecido.

A mente de Gerda oscilava entre lá e cá, a sensação de desgraça e nervosismo crescendo.

O mundo inteiro havia se reduzido a uma paleta de cordeiro esfriando em uma travessa.

Do outro lado da mesa, seu filho Terence, 12 anos, disse:

— Os sais de boro queimam com chama verde; os sais de sódio, amarela.

Gerda olhou para o rosto quadrado e sardento do outro lado da mesa, distraída. Ela não tinha ideia do que ele estava falando.

— Você sabia disso, mãe?

— Sabia do quê, querido?

— Dos sais.

Os olhos de Gerda passaram distraidamente ao saleiro. Sim, o sal e a pimenta estavam na mesa. Estava tudo certo. Na semana passada, Lewis havia esquecido os dois e John ficara incomodado. Sempre havia alguma coisa...

— É um dos experimentos de química — continuou Terence, com voz sonhadora. — Interessante à beça. *Eu* acho.

Zena, 9 anos, de rosto belo e expressão vazia, reclamou:

— Eu quero meu almoço. Não podemos comer, mãe?

— Mais um minuto, querida, temos que esperar pelo seu pai.

— *Nós* podíamos começar — disse Terence. — Meu pai não se importaria. A senhora sabe como ele come rápido.

Gerda fez que não.

Cortar a carne? Ela nunca lembrava o lado certo de enfiar a faca. Claro, talvez Lewis já a houvesse deixado do lado certo na travessa. Mas às vezes ela não deixava, e John sempre se incomodava se cortavam do jeito errado. Além disso, Gerda refletiu, desalentada, o jeito que ela fazia era *sempre* o errado. Ó, céus, o molho estava esfriando... havia uma película se formando na superfície... ela *tinha* que mandar a comida de volta à cozinha... mas se John já estava subindo... e claro que ele já estava vindo.

Sua mente deu voltas e voltas, infeliz... como um animal enjaulado.

Recostado em sua cadeira do consultório, tamborilando uma mão na mesa à sua frente e ciente de que a refeição estava pronta no andar de cima, ainda assim John Christow não conseguia se obrigar a levantar.

San Miguel... o mar azul... o cheiro de mimosa... um tritoma escarlate sobre folhas verdes... o sol quente... o pó... o desespero do amor e do sofrimento...

Ele pensou: "Meu Deus, isso não. Isso nunca mais! Acabou...".

De repente, ele quis nunca ter conhecido Veronica, nunca ter se casado com Gerda, nunca ter conhecido Henrietta...

Mrs. Crabtree, ele pensou, valia por todas elas. Aquela tarde semana passada tinha sido ruim. Ele estava tão contente com as reações. Agora ela aguentava 0,005. E então a toxicidade havia subido de modo alarmante e a reação racêmica, dado negativo e não positivo.

A velha estava lá, azulada, ofegante... encarando-o com os olhos maliciosos, indomáveis.

— Está me usando de cobaia, não é, meu bem? Experimentando... a coisa mais gentil a se fazer.

— Queremos que a senhora fique bem — dissera, sorrindo para ela.

— Eu sei das suas manhas, seu malvado! — Ela havia sorrido, de repente. — Não me importo, bendito seja. Pode seguir, doutor! Alguém tinha que ser a primeira, não tinha? Uma vez eu fiz permanente, fiz, sim, quando eu era criança. Não era difícil na época. Não passava um pente. Mas olha só... eu gostei da brincadeira. Pode brincar comigo. Eu *aguento*.

— A senhora está se sentindo muito mal, não está? — A mão dele verificava a pulsação. A vitalidade se transferia dele para a velha arfante na cama.

— Eu estou me sentindo terrível. O doutor está certo! Não foi como o planejado, não. Mas não se incomoda muito. Eu aguento muita coisa, é, aguento, sim.

John Christow falou com gratidão:

— A senhora está bem. Queria que todos meus pacientes fossem assim.

— Eu quero ficar boa... é por isso! Eu quero ficar boa. Minha mãe foi até os oitenta e oito... e a vovó véia tinha noventa quando bateu as botas. A gente é da vida longa nessa família, ah, se é.

Ele havia saído dali sentindo-se desgraçado, assolado por dúvida e incertezas. Ele tinha tanta certeza de que estava na pista certa. Onde foi que havia errado? Como diminuir a toxicidade e manter o conteúdo hormonal no alto e ao mesmo tempo neutralizar a pantratina...?

John fora confiante demais. Ele tinha dado como certo que havia contornado todos os empecilhos.

E foi lá, nos degraus do Hospital de St. Christopher, que um cansaço repentino e desolador tomara conta dele. Uma aversão a esse trabalho clínico tão demorado, tão lento, tão cansativo. Ele pensou em Henrietta, pensou de repente não como ela, mas na sua beleza e no seu frescor, sua saúde e sua vitalidade radiante... e no leve cheiro de prímula que seu cabelo sempre tinha.

Fora até Henrietta na mesma hora, deixando uma mensagem curta por telefone para casa, dizendo que havia sido chamado no hospital. Ele entrou no ateliê e tomou Henrietta nos braços, agarrando-a contra si com uma impetuosidade inédita no relacionamento entre os dois.

Vira um brilho repentino, de surpresa, nos olhos dela. Henrietta se desvencilhara de seus braços e preparara um café. Enquanto ela andava pelo ateliê, disparava suas perguntas desordenadas. Ele tinha vindo direto do hospital?

John não queria falar do hospital. Queria fazer amor com Henrietta e esquecer que existiam o hospital, Mrs. Crabtree, a Doença de Ridgeway e tudo o mais.

Porém, de início sem querer, depois de forma mais fluida, ele respondeu às perguntas dela. E em seguida estava em marcha total, com uma enxurrada de explicações e resumos técnicos. Ele pausou uma ou duas vezes, tentando simplificar, tentando explicar:

— Veja bem, você precisa que a reação...

Henrietta interrompeu-o na hora:

— Sim, sim, que a reação racêmica dê positivo. Eu entendi. Continue.

Ele perguntou, ríspido:

— Como é que *você* entende de reações racêmicas?

— Eu tenho um livro...

— Que livro? De quem?

Ela apontou para a mesinha com o livro. John riu com ironia.

— Scobell? Scobell é péssimo. Ele é absolutamente infundado. Veja bem, se você quer ler... não...

Ela o interrompeu:

— Só quero entender alguns termos que você usa... só o suficiente para não ter que fazer você parar e me explicar o tempo todo. Continue. Estou acompanhando sem problemas.

— Bem — disse ele, ainda em dúvida —, não esqueça de que Scobell é infundado.

Ele seguiu falando. Falou durante duas horas e meia. Revisando os contratempos, analisando as possibilidades, delineando teorias. John mal estava ciente da presença de Henrietta. E, ainda assim, mais de uma vez, quando ele hesitou, a inteligência dela o conduziu um passo à frente, percebendo, quase antes dele mesmo, o que o médico hesitava em propor. Agora, John estava interessado, e sua autoconfiança voltava aos poucos. Ele tinha razão, a teoria principal estava correta. Havia maneiras, mais do que uma, de combater as reações tóxicas.

E então, de repente, John se exauriu. Agora tudo estava claro. Daria continuidade na manhã seguinte. Ele telefonaria para Neill, diria para combinar as duas soluções e testar. Sim, era isso. Por Deus, ele não seria vencido!

— Estou cansado — disse abruptamente. — Meu Deus, que cansaço.

E então ele se jogou na cama e dormiu... dormiu como os mortos.

John despertou e encontrou Henrietta sorrindo para ele à luz da manhã, fazendo chá. John retribuiu o sorriso.

— Nada de acordo com o plano — disse.

— Faz diferença?

— Não. Não. Você é uma boa pessoa, Henrietta. — Seu olho passou à estante dos livros. — Se você se interessa por esse tipo de coisa, vou conseguir leituras apropriadas.

— Eu não me interesso por esse tipo de coisa. Eu me interesso por você, John.

— Você não pode ler Scobell. — Ele pegou o livro problemático. — Esse homem é um charlatão.

Ela riu. Ele não conseguia entender por que sua censura a Scobell a divertia tanto.

Mas era isso que, uma vez e outra, o assustava em Henrietta. A revelação repentina, desconcertante, de que ela conseguia rir dele.

Era algo a que ele não estava acostumado. Gerda sempre o levava muito a sério. E Veronica nunca pensara em outra coisa que não ela mesma. Mas Henrietta tinha aquele jogo de lançar a cabeça para trás, de olhar para ele com olhos semicerrados, um meio sorriso repentino, carinhoso e debochado, como se dissesse: "Deixe eu dar uma olhada nessa pessoa tão engraçada chamada John... Deixe eu tomar distância e olhar para ele...".

Era um jeito muito parecido, ele pensou, com o que ela fazia quando apertava os olhos para conferir o próprio trabalho. Ou um quadro. Era... ah, maldição... era *imparcial*. Ele não queria que Henrietta fosse imparcial. Ele queria que Henrietta só pensasse nele, que nunca deixasse sua mente se desviar dele.

"Justamente aquilo a que você se opõe em Gerda, na verdade", disse aquela voz impertinente, ressurgindo.

A verdade é que ele era totalmente ilógico. Ele não sabia o que queria.

"Quero ir para casa." Que coisa absurda, que expressão ridícula. Não *significava* coisa alguma.

Em questão de uma hora, de qualquer modo, ele iria embora de Londres. Esqueceria dos doentes com seu leve cheiro azedo de "coisa errada"... sentiria o cheiro de fogueira no bosque, de pinheiros e das folhas suaves e úmidas de outono. Só o movimento do carro já seria reconfortante: aquela aceleração suave, sem esforço.

Mas não seria, ele refletiu de repente, nada assim porque, devido a um pulso levemente machucado, Gerda teria que dirigir, e Gerda, coitada, mal sabia dar a partida em um carro! Toda vez que ela trocava a marcha, ele ficava em silêncio, rangendo os dentes, tentando não dizer nada porque sabia, por experiência, que quando ele dizia alguma coisa Gerda imediatamente ficava pior. Era curioso como ninguém havia conseguido ensiná-la a trocar de marcha, nem mesmo Henrietta. Ele a havia confiado a Henrietta, crente de que o entusiasmo dela serviria mais que a irritação dele.

Porque Henrietta amava carros. Ela falava de carros com a intensidade lírica que outras pessoas atribuíam à primavera, ou ao primeiro floco de neve.

— Ele não é uma beleza, John? O motor não parece o ronronar de um gato? — (Pois os carros de Henrietta sempre eram masculinos.) — Ele faz Bale Hill na terceira, sem reclamar, relaxado. Ouça só a troca de marcha, como é equilibrada.

Até que, de repente, ele estourou de fúria:

— Você não acha, Henrietta, que podia prestar *um pouco* de atenção em mim e esquecer esse carro maldito só por um minuto?

John sempre se envergonhava desses acessos.

Nunca sabia quando eles o acometeriam.

Era a mesma coisa com as obras de Henrietta. Ele sabia que o trabalho dela era bom. Admirava-o e odiava-o ao mesmo tempo.

A discussão mais furiosa que eles haviam tido surgira por conta desse assunto.

Um dia, Gerda lhe disse:

— Henrietta pediu para eu posar para ela.

— O quê? — A surpresa em seu rosto, depois que ele parou para pensar, não havia sido lisonjeira. — *Você*?

— Sim, amanhã eu vou ao ateliê.

— Por que raios ela ia querer que você posasse?

Sim, não havia sido muito educado. Mas Gerda, por sorte, não percebera. Ela parecia contente. Suspeitava que Henrietta estava mostrando uma de suas falsas gentilezas. Gerda, quem sabe, havia dado a entender que queria posar. Algo assim.

Então, por volta de dez dias depois, Gerda, triunfante, mostrou-lhe uma pequena estatueta de gesso.

Era uma bela estatueta. Tecnicamente bem-feita, como tudo de Henrietta. Era uma idealização de Gerda. E a própria ficou muito satisfeita.

— Eu achei encantadora, John.

— É mesmo obra de Henrietta? Não tem significado algum... não significa absolutamente nada. Não sei como ela chegou a algo assim.

— Claro, é diferente das peças abstratas que ela costumar fazer... Mas eu achei bonita, John, achei mesmo.

Ele não disse mais nada. Afinal de contas, não queria estragar a alegria de Gerda. Mas abordou Henrietta à primeira oportunidade.

— Por que você quis fazer aquela coisa ridícula para a Gerda? É indigno de sua obra. Afinal, você costuma produzir material bom.

Henrietta respondeu, sem pressa:

— Eu não achei ruim. Gerda me pareceu muito contente.

— Gerda ficou encantada. Como bem deveria. Gerda não sabe distinguir arte de uma fotografia a cores.

— Não é arte ruim, John. Era apenas um retrato em forma de estátua... inofensivo e sem pretensão alguma.

— Você não costuma perder tempo fazendo esse tipo de coisa...

Ele se interrompeu, percebendo uma figura de madeira de um metro e meio de altura.

— Opa, o que é isso?

— É para o International Group. Madeira de pereira. A Devota.

Ela olhou para ele. John encarou a figura e então... de repente, virou o pescoço e inflou, virando-se para ela com fúria.

— Então é para isso que você queria Gerda? Como se atreve?

— Fiquei pensando se você se daria conta...

— Dar conta? É óbvio que eu me dei conta. Está *aqui*. — Ele botou o dedo nos músculos grossos e pesados do pescoço.

Henrietta assentiu.

— Sim, o que eu queria eram o pescoço e os ombros... e essa inclinação pesada para a frente... a submissão... essa expressão curvada. É maravilhoso!

— Maravilhoso? Olhe aqui, Henrietta: não vou aceitar isso. Você tem que deixar Gerda em paz.

— Gerda não vai saber. Ninguém vai saber. Você sabe que Gerda nunca se reconheceria aqui... ninguém se reconheceria. E *não é* Gerda. Não é *ninguém*.

— *Eu* a reconheci, não reconheci?

— Você é diferente, John. Você... enxerga coisas.

— Que audácia! Eu não vou tolerar isso, Henrietta! Não vou. Você não percebe que isso foi algo indefensável de se fazer?

— Foi?

— Você não acha que foi? Você não *sente* que foi? Onde foi parar sua sensibilidade de sempre?

Henrietta respondeu devagar:

— Você não entende, John. Acho que nunca conseguiria fazer você entender... Você não sabe o que é querer uma coisa... olhar essa coisa dia após dia... essa linha do pescoço... esses músculos... o ângulo em que a cabeça se inclina para a frente... esse peso em torno da mandíbula. Eu venho olhando para isso, querendo... toda vez que eu vejo Gerda... no fim, eu tive que ter isso para mim!

— Inescrupulosa!

— Sim, imagino que eu seja mesmo. Mas, quando você quer algo dessa maneira, você precisa *tomá-lo*.

— Você quer dizer que não se importa com mais ninguém. Você não se importa com Gerda...

— Não seja burro, John. Foi por isso que eu fiz aquela estatueta. Para agradar Gerda e deixá-la feliz. Eu não sou desumana!

— Desumana é exatamente o que você é.

— Você acha, sinceramente, que Gerda algum dia se reconheceria nisso?

John olhou para a escultura sem querer. Pela primeira vez, sua raiva e ressentimento subordinaram-se a seu interesse. Uma estranha figura submissa, um corpo que oferecia sua devoção a uma divindade que não se via... o rosto erguido... cego, mudo, devoto... fortíssimo, fanático... Ele disse:

— Que coisa terrível você fez, Henrietta!

Henrietta estremeceu levemente.

— Sim... *eu* pensei que...

John falou com rispidez:

— O que ela está olhando? Quem é? O que há na frente dela?

Henrietta hesitou. Quando respondeu, sua voz saiu com um quê de estranheza:

— Eu não sei. Mas eu *acho*... que ela pode estar olhando para *você*, John.

Capítulo 5

Na sala de jantar, o jovem Terry fez outra declaração científica.

— Sais de chumbo são mais solúveis na água fria do que na água quente. Se você acrescentar iodo de potássio, terá um precipitado amarelo que é o iodeto de chumbo.

Ele olhou para a mãe com expectativa, mas sem esperança genuína. Pais, na opinião do jovem Terence, eram uma triste decepção.

— Você sabia, mãe?

— Eu não entendo nada de química, querido.

— Você poderia ler sobre isso em um livro — disse Terence.

Foi uma simples declaração de um fato, mas havia um certo tom de melancolia.

Gerda não ouviu a melancolia. Ela estava enredada na armadilha de sua tristeza e ansiedade, na qual dava voltas e voltas e voltas. Estava infeliz desde que acordara e percebera que o fim de semana com os Angkatell, aquele que ela tanto temia, havia chegado. Para ela, ficar na Mansão Hollow era sempre um pesadelo. Sempre se sentia confusa e desamparada. Lucy Angkatell, com suas frases que nunca chegavam ao fim, suas incongruências e suas tentativas escancaradas de ser gentil, era a figura que ela mais temia. Mas os outros eram quase tão horríveis quanto ela. Para Gerda, eram dois dias de puro martírio... que ela suportava por John.

Pois John, naquela manhã, enquanto se alongava, havia comentado em um tom de puro prazer:

— Que maravilha pensar que hoje vamos para o campo. Vai lhe fazer bem, Gerda. É bem do que você precisa.

Ela deu um sorriso mecânico e falou com firmeza abnegada:

— Será muito agradável.

Seus olhos tristes haviam vagado pelo quarto. O papel de parede creme, riscado por uma marca preta perto do guarda-roupa, a penteadeira de mogno com o espelho que girava muito para a frente, o tapete azul-claro, alegre, as aquarelas do Lake District. Todos os belos e habituais objetos que ela só voltaria a ver na segunda-feira.

Em vez deles, amanhã uma arrumadeira barulhenta entraria no quarto estranho e deixaria ao lado da cama uma bandeja requintada com o chá da manhã, depois puxaria as cortinas e passaria a organizar e dobrar as roupas de Gerda — algo que fazia Gerda corar e sentir-se extremamente desconfortável. Ela ficaria deitada, infeliz, aguentando tudo, tentando se reconfortar com um pensamento: "Só mais uma manhã". Como estar na escola e contar os dias.

Gerda não havia sido feliz na escola. Na escola, ela havia ficado ainda menos à vontade do que em outros lugares. A casa havia sido melhor. Mas nem a casa havia sido muito boa. Porque todos, é claro, eram mais rápidos e mais inteligentes do que ela. Os comentários velozes, impacientes, não exatamente indelicados, passavam pelas orelhas dela como uma tempestade de granizo. "Ah, seja mais rápida, Gerda", "Me alcance isso aqui, sua dedos de salsicha!", "Ah, não deixe isso para Gerda, ela vai levar *anos*", "Gerda nunca entende nada...".

Eles não haviam percebido, todos eles, que era por isso que ela ficava mais lenta e mais burra? De fato, ela ficou cada vez pior, mais desastrada com as mãos, mais lerda, mais propensa a olhar para o nada quando lhe dirigiam a palavra.

Até que, de repente, ela chegou ao ponto em que havia uma saída. Quase por acidente, na verdade, ela encontrou sua arma de defesa.

Ela tinha ficado ainda mais lenta, seu olhar de perplexidade havia ficado ainda mais vazio. Mas, agora, quando falavam, impacientes: "Ah, Gerda, como você é burra. Não entendeu *isso*?", ela conseguia, por trás da expressão vazia, abraçar-se um pouco com seu conhecimento secreto... Pois ela não era tão burra quanto eles pensavam. Muitas vezes, quando fingira não entender, ela, na verdade, *entendia*. E muitas vezes, de propósito, ela era mais lenta em fosse lá o que estivesse fazendo, sorrindo consigo quando os dedos impacientes de alguém arrancavam algo dela.

Pois havia, caloroso e encantador, um conhecimento secreto que lhe dava superioridade. Com certa frequência, ela começou a achar graça. Sim, era engraçado saber mais do que eles achavam que você sabia. Conseguir fazer uma coisa, mas não deixar ninguém saber que você conseguia.

E havia a vantagem, descoberta repentinamente, de que muitas vezes as pessoas fariam as coisas por você. Isto, é claro, poupava-lhe muitos problemas. Ao fim e ao cabo, se as pessoas começassem a ter o hábito de fazer as coisas por você, você não precisava fazer nada, e aí as pessoas não sabiam que você as fazia mal. Assim, aos poucos, você dava a volta quase até o ponto em que havia começado. A sentir que você podia dar conta de tudo, que estava de igual para igual com o mundo inteiro.

(Mas isto, Gerda temia, não daria certo com os Angkatell; eles estavam sempre tão à frente que você não se sentia nem na mesma calçada que aquela família. Como ela odiava os Angkatell! Para John, era ótimo. John gostava de lá. Ele chegava em casa menos cansado... e às vezes menos irritado.)

Querido John, ela pensou. John era maravilhoso. Todos o achavam maravilhoso. Um médico tão inteligente, tão gentil com os pacientes. Ele se extenuava... era tanto interesse que ele demonstrava com os pacientes do hospital... aquele lado do trabalho que não pagava nada. John não tinha *segundas intenções*... tão nobre, de fato.

Gerda sempre soubera, desde o início de tudo, que John era brilhante e que chegaria ao topo. E ele a havia escolhido, quando podia ter se casado com alguém muito mais brilhante. Ele não se importara com o fato de que ela era lenta e burra e não muito bonita. "Eu vou cuidar de você", dissera. Doce, magistral. "Você não tem que se preocupar com nada, Gerda. Vou cuidar de você..."

Exatamente o que um homem tinha que fazer. Que maravilha saber que John a havia escolhido.

Ele havia dito com aquele sorriso repentino, muito atraente, meio suplicante que tinha:

— Eu gosto das coisas do meu jeito, sabe, Gerda.

Bem, quanto a isso, tudo bem. Ela sempre tentou ceder a ele em tudo. Mesmo nos últimos tempos, quando andava difícil, enervado... quando parecia que nada o agradava. Quando, por algum motivo, nada que ela fazia era certo. Não havia como culpá-lo. Ele era tão ocupado, tão dedicado...

Ah, céus, o cordeiro! Ela deveria tê-lo mandado para a cozinha. Ainda nem sinal de John. Por que ela não podia tomar a decisão certa, uma vez ou outra? De novo aquelas ondas de infelicidade se insinuavam sobre ela. O cordeiro! O fim de semana terrível com os Angkatell. Ela sentiu uma dor aguda nas duas têmporas. Ah, não, agora ela teria uma daquelas suas dores de cabeça. John ficava tão incomodado quando ela as tinha. Nunca lhe dava um remédio, quando seria tão fácil, ele sendo médico. Em vez disso, sempre dizia: "Não pense nisso. Não adianta ficar se envenenando com drogas. Vá dar uma caminhada".

O cordeiro! Olhando para a travessa, Gerda sentiu as palavras se repetirem na cabeça latejante: "O cordeiro, o CORDEIRO, O CORDEIRO...".

Sentindo pena de si mesma, lágrimas saltaram aos seus olhos. "Por que", ela pensou, "as coisas *nunca* dão certo para mim?"

Terence, do outro lado da mesa, olhou para a mãe e depois para a paleta de cordeiro. Ele pensou: "Por que *nós* não podemos almoçar? Como os adultos são burros. Eles não têm noção!".

Em voz alta, disse cuidadosamente:

— Nicholson Minor e eu vamos fazer nitroglicerina no quintal do pai dele. Eles moram em Streatham.

— É mesmo, querido? Será ótimo — respondeu Gerda.

Ainda havia tempo. Se ela tocasse a campainha e dissesse a Lewis para levar a paleta agora...

Terence a observou com leve curiosidade. Instintivamente, ele sabia que produzir nitroglicerina não era o tipo de ocupação que pais deveriam incentivar. Com oportunismo vil, ele havia escolhido um momento em que tinha razoável certeza de que poderia sair safo com sua declaração. E seu juízo fora justificado. Se, por algum motivo, houvesse algum alvoroço — se, no caso, as propriedades da nitroglicerina se manifestassem de forma muito evidente, poderia dizer com a voz magoada: "Eu *avisei* à minha mãe".

De qualquer modo, estava um tanto decepcionado.

"Até *minha mãe*", ele pensou, "deveria entender de nitroglicerina."

Terence deu um suspiro. Foi atravessado por aquela sensação intensa de solidão que apenas a infância conhece. Seu pai era impaciente demais para ouvir, sua mãe era muito desatenta. Zena era apenas uma criança boba.

Páginas e páginas de experimentos de química tão interessantes. E quem se interessava? Ninguém!

Bang! Gerda levou um susto. Era a porta do consultório de John. Ele subia as escadas.

John Christow irrompeu na sala trazendo consigo sua atmosfera particular de energia intensa. Ele estava de bom humor, com fome, impaciente.

— Meu Deus — exclamou ao sentar-se, afiando a faca de corte vigorosamente contra a chaira. — Como eu odeio essa gente doente!

— Ah, John. — Gerda o repreendeu rapidamente. — Não diga uma coisa dessas. *Eles* vão achar que você fala sério.

Ela fez um leve aceno na direção das crianças.

— Mas eu estou falando sério — disse John Christow. — Ninguém deveria ficar doente.

— Papai está brincando — respondeu Gerda imediatamente a Terence.

Terence analisou o pai com a atenção impassível que dava a tudo.

— Acho que ele não está.

— Se você odiasse os doentes, você não seria médico, querido — disse Gerda, com uma risada delicada.

— É exatamente por isso — continuou John. — Nenhum médico gosta de doenças. Por Deus, a carne está fria como pedra. Por que você não mandou a travessa de volta à cozinha para mantê-la quente?

— Ora, querido, eu não sabia. Achei que você estivesse subindo...

John Christow puxou a campainha com força, demorada e irritadamente. Lewis veio de pronto.

— Leve isso de volta e mande a cozinheira esquentar. — Ele foi curto e grosso.

— Sim, senhor. — Lewis, um tanto impertinente, conseguiu transmitir em duas palavras inofensivas exatamente sua opinião sobre uma patroa que fica sentada assistindo a uma paleta de cordeira esfriar.

Gerda prosseguiu, incoerente:

— Sinto muito, querido, a culpa é minha. É que, primeiro, veja bem, achei que você ia subir, e depois achei que, bem, se eu mandasse para a cozinha...

John, impaciente, interrompeu-a.

— Ah, de que importa? Não faz diferença. Não adianta ficar criando caso por algo assim.

Em seguida, perguntou:

— O carro já está aqui?

— Acho que sim. Collie já pediu.

— Então partimos assim que terminarmos o almoço.

"Passamos a Albert Bridge", ele pensou, "depois Clapham Common... fazemos o atalho pelo Palácio de Cristal... Croydon... Purley Way, depois evitar a rodovia... pegar a direita no entroncamento de Metherly Hill... passando por Harveston Ridge... e em seguida à direita no cinturão suburbano, passando por Cormerton, depois subindo Shovel Down... as árvores daquele vermelho dourado... a mata por todo lado... o cheiro suave do outono, e descendo o topo do morro."

Lucy e Henry... Henrietta...

Fazia quatro dias que ele não via Henrietta. Quando a viu pela última vez, estava irritado. Estava com aquele olhar. Não abstraída, não desatenta... ele não sabia descrever... aquele olhar de quem *via* algo... algo que não estava lá... algo (e este era o cerne da questão) que não era John Christow!

Ele disse a si mesmo: "Eu sei que ela é escultora. Eu sei que o que ela faz é bom. Mas, maldição, ela não pode deixar isso de lado, só às vezes? Ela não pode, uma vez ou outra, pensar em mim... e em nada mais?".

Ele estava sendo injusto. Ele sabia que era injusto. Henrietta raramente falava do trabalho. Aliás, ela era menos obcecada pelo trabalho do que a maioria dos artistas que ele conhecia. Era só em raras ocasiões que sua fixação por uma visão interna estragava a totalidade do interesse por ele. Mas sempre despertava sua raiva.

Uma vez ele havia perguntado, firme e cortante:

— Você desistiria de tudo se eu lhe pedisse?

— De tudo... o quê? — A voz cálida de Henrietta transmitiu surpresa.

— Tudo... isso. — Ele meneou a mão englobante pelo ateliê.

51

E imediatamente pensou: "Imbecil! Por que perguntou uma coisa dessas?". E depois: "Deixe-a dizer: 'É claro'. Deixe-a mentir na minha cara! Se ao menos ela dissesse: 'Claro que sim'. Não importa se ela está falando sério ou não! Mas deixe-a falar. Eu *preciso* ter paz".

Em vez disso, Henrietta passou um tempo sem dizer nada. Seus olhos ficaram devaneando, abstraídos. Ela franziu um pouco o cenho.

Então, respondera devagar:

— Creio que sim. Se fosse *imprescindível*.

— Imprescindível? O que você quer dizer com imprescindível?

— Não sei o que eu quero dizer, John. Imprescindível, como uma amputação pode ser imprescindível.

— Não seria menos que uma operação cirúrgica, é verdade!

— Você ficou bravo. O que você queria que eu respondesse?

— Você sabe muito bem. Uma palavra daria conta. *Sim.* Por que não a falou? Você fala tanta coisa aos outros só para agradar, sem se importar se é verdade ou não. Por que comigo não? Pelo amor de Deus, por que comigo não?

E, ainda lentamente, Henrietta dissera:

— Eu não sei... de verdade, eu não sei, John. Eu não... É só isso. Eu não consigo.

Ele passou algum tempo caminhando para lá e para cá. Depois falou:

— Você vai me deixar louco, Henrietta. Parece que eu não exerço nenhuma influência sobre você.

— Por que você gostaria de me influenciar?

— Não sei. Eu quero.

Ele se atirou numa poltrona.

— Eu quero vir primeiro.

— Você vem, John.

— Não. Se eu morresse, a primeira coisa que você faria, com as lágrimas escorrendo pelo rosto, seria esculpir uma mulher lamurienta ou com outra expressão de luto.

— Será? Eu creio... sim, talvez. Que horror, não?

Henrietta ficou ali, fitando John com olhos de espanto.

A sobremesa havia queimado. Christow ergueu as sobrancelhas sobre o prato e Gerda apressou-se a pedir desculpas.

— Sinto muito, querido. Não consigo imaginar *como* deixei isso acontecer. A culpa é toda minha. Me dê a parte de cima e você fica com a de baixo.

A sobremesa queimou porque ele, John Christow, havia ficado um quarto de hora a mais em seu consultório do que o necessário, pensando em Henrietta e em Mrs. Crabtree e deixando-se dominar por sentimentos nostálgicos ridículos sobre San Miguel. A culpa era dele. Era idiotice de Gerda tentar levar a culpa, enlouquecedor da parte dela tentar comer a parte queimada. Por que ela sempre tinha que se fazer de mártir? Por que Terence tinha que olhar para ele daquele jeito devagar, tão atento? Por que, ah, por que Zena tinha que fungar tanto? Por que eles eram tão irritantes?

Sua ira se abateu sobre Zena.

— Por que raios você não assoa o nariz?

— Acho que ela está um pouco resfriada, querido.

— Não, não está. Você sempre acha que eles estão resfriados! Ela está bem.

Gerda suspirou. Ela nunca havia conseguido entender por que um médico, que passava todo o tempo tratando as moléstias dos outros, era tão indiferente à saúde da própria família. Ele sempre zombava de qualquer sugestão de doença.

— Eu espirrei oito vezes antes do almoço — disse Zena, sentindo-se importante.

— Por causa do calor! — John falou.

— Não está quente — disse Terence. — O termômetro do corredor está marcando 12°C.

John levantou-se.

— Já terminamos? Ótimo, então vamos. Pronta para partir, Gerda?

— Só um minuto, John. Tenho que guardar algumas coisas.

— Certamente você podia ter feito isso *antes*. Passou a manhã fazendo o quê?

Ele saiu da sala de jantar enfurecido. Gerda havia corrido para o quarto. Em sua ânsia para ser rápida ela ficaria mais lenta. Mas por que ela não estava pronta? A valise dele estava arrumada, aguardando no corredor. Por que raios ela...

Zena estava chegando perto dele, cartas pegajosas em suas mãos.

— Posso adivinhar sua sorte, papai? Eu sei como se faz. Eu já tirei a da mamãe, de Terry, de Lewis, de Jane e da cozinheira.

— Tudo bem.

John ficou pensando quanto tempo Gerda ia demorar. Ele queria fugir dessa casa terrível e dessa rua terrível e dessa cidade cheia de gente doente, funguenta, enferma. Queria chegar na floresta, nas folhas úmidas... e na indiferença graciosa de Lucy Angkatell, que sempre passava a impressão de uma pessoa incorpórea.

Zena começou a distribuir as cartas, fazendo pose de séria.

— Você está no meio, pai: o Rei de Copas. A pessoa de quem se tira a sorte é sempre o Rei de Copas. Depois eu coloco as outras de cabeça pra baixo. Duas à sua esquerda e duas à sua direita e uma em cima de sua cabeça... essa tem poder sobre você. E uma sob seus pés... você tem poder sobre ela. E essa aqui... em cima de você! *Agora...* — Zena respirou fundo. — As viramos. À sua direita está a Rainha de Ouros... bem perto.

"Henrietta", pensou ele, momentaneamente distraído e achando graça da solenidade de Zena.

— A seguinte é o Valete de Paus... é um jovem muito calmo. À sua esquerda está o Oito de Espadas... um inimigo oculto. O senhor tem um inimigo oculto, pai?

— Não que eu saiba.

— Depois, a Rainha de Espadas... é uma moça muito mais velha.

54   · AGATHA CHRISTIE ·

— Lady Angkatell — disse ele.

— Agora, essa fica em cima de sua cabeça e tem poder sobre você... a Rainha de Copas.

"Veronica", ele pensou. "Veronica!" E depois: "Como eu sou imbecil! Veronica não significa nada para mim".

— E essa embaixo dos seus pés é aquela sobre a qual você tem poder: a Rainha de Paus.

Gerda entrou correndo na sala.

— Estou quase pronta, John.

— Ah, espere, mãe, espere! Estou tirando a sorte do papai. É só a última carta, papai... a mais importante de todas. A que fica em cima de você.

Os dedos pequenos e pegajosos de Zena viraram a carta. Ela deu um suspiro de surpresa.

— Ah... É o Ás de Espadas! Isso geralmente é uma *morte*... mas...

— Sua mãe — disse John — vai atropelar alguém quando estivermos saindo de Londres. Venha, Gerda. Até mais, vocês dois. Tentem se comportar.

Capítulo 6

Midge Hardcastle desceu as escadas por volta das onze da manhã no sábado. Ela havia feito o desjejum na cama, lido um livro, cochilado um pouco e então se levantado.

Como era bom relaxar. Já estava na hora de ela ter férias! Madame Alfrege, sem dúvida, fazia-lhe mal aos nervos.

Ela saiu pela porta da frente para o agradável sol de outono. Sir Henry Angkatell estava sentado em uma poltrona rústica, lendo o *Times*. Ele ergueu o olhar e sorriu. Tinha afeto por Midge.

— Olá, olá, minha cara.

— Estou muito atrasada?

— Não perdeu o almoço — disse Sir Henry, sorrindo.

Midge sentou-se ao lado dele e falou, suspirando:

— É bom estar aqui.

— Você parece bastante exausta.

— Ah, eu estou bem. Como é bom estar em um lugar onde nenhuma gorda está tentando entrar em roupas que não cabem!

— Deve ser um terror!

Sir Henry fez uma pausa, olhou para seu relógio de pulso e disse:

— Edward chega no trem de 12h15.

— Ah, é? — Midge fez uma pausa antes de falar: — Faz muito tempo que não vejo Edward.

— Está o mesmo de sempre — disse Sir Henry. — Raramente sai de Ainswick.

"Ainswick", pensou Midge. "Ainswick!" Seu coração teve uma pontada de dor. Que dias adoráveis naquele lugar. Visitas pelas quais ela ansiava durante meses! "Vou para Ainswick." Noites deitada de olhos abertos, pensando na viagem. E finalmente... o dia! A pequena estação na qual o trem, o grande expresso de Londres, tinha que parar se você avisasse o guarda! O Daimler aguardando na frente. A viagem de carro... A última curva passando o portão e subindo a floresta até você chegar na clareira onde se via a casa: grande, branca, acolhedora. O velho Tio Geoffrey com seu casaco de *tweed* remendado.

"Então, meus jovens: aproveitem." E eles aproveitaram. Henrietta vindo da Irlanda. Edward, de férias de Eton. Ela mesma, da crueldade de uma cidade fabril do Norte. Tinha sido um paraíso.

Mas sempre centrado em Edward. Edward, alto, delicado, tímido, sempre gentil. Mas que nunca lhe dava atenção porque, evidentemente, Henrietta estava junto.

Edward, sempre tão retraído, tão visitante da própria casa que Midge se assustou no dia em que Tremlet, o jardineiro-chefe, disse:

— Um dia tudo isto será de Mr. Edward.

— Mas por quê, Tremlet? Ele não é filho de Tio Geoffrey.

— Ele é o *herdeiro,* Miss Midge. Implicado, é assim que chamam. Miss Lucy é a filha única do Mr. Geoffrey, mas não pode herdar por ser mulher, e Mr. Henry, com quem ela se casou, é apenas primo em segundo grau. Não é tão próximo quanto Mr. Edward.

Agora Edward morava em Ainswick. Morava lá sozinho e raramente aparecia. Midge perguntava-se, às vezes, se Lucy se importava. Ela tinha cara de quem nunca se importava com nada.

Mas Ainswick havia sido seu lar, e Edward era apenas seu segundo primo, mais de vinte anos mais novo. O pai dela, o velho Geoffrey Angkatell, havia sido uma grande "personalidade" no país. Ele também tinha uma fortuna considerável, a maior parte tendo ido para Lucy, de modo que Edward era um homem comparativamente mais pobre. Tinha o suficiente para conservar a propriedade, mas não muito mais.

Não que tivesse gostos caros. Edward passara algum tempo no serviço diplomático, mas, quando herdou Ainswick, demitira-se e viera morar na propriedade. Ele tinha uma mente acadêmica, era colecionador de primeiras edições e vez por outra escrevia pequenos artigos irônicos e ambíguos para revistas obscuras. Havia pedido em casamento sua prima em segundo grau, Henrietta Savernake, três vezes.

Midge estava sentada ao sol de outono pensando nessas coisas. Ela não conseguia decidir se estava contente em ver Edward ou não. Não é como se ela estivesse "superando" Edward. Não era possível "superar" alguém como ele. O Edward de Ainswick lhe era tão real quanto o Edward que se levantava para recebê-la a uma mesa de restaurante em Londres. Ela havia amado Edward desde que se entendia por gente...

A voz de Sir Henry a trouxe de volta à realidade.

— Como você acha que Lucy está?

— Muito bem. Ela está como sempre. — Midge deu um leve sorriso. — Melhor, até.

— Si... sim. — Sir Henry sorveu o cachimbo e disse, inesperadamente: — Às vezes, Midge, sabe... eu fico preocupado com Lucy.

— Preocupado? — Midge olhou para ele com expressão de surpresa. — Por quê?

Sir Henry balançou a cabeça.

— Lucy não se dá conta de que há coisas que ela não pode fazer.

Midge o encarou. Sir Henry prosseguiu:

— Ela se safa de tudo. Ela sempre se safou. — Ele sorriu.
— Ela desrespeitou as tradições da Residência Governamental... ela fez o diabo com a hierarquia nos jantares (e isso, Midge, é crime calamitoso!). Ela colocou inimigos mortais lado a lado a uma mesa de jantar, e cometeu excessos quanto à questão da cor! E em vez de provocar brigas homéricas e deixar todos discutindo, trazendo desgraça ao Raj Britânico... maldita seja, ainda se safou! É esse truque que ela tem... sorrir para as pessoas e fingir que não consegue se conter! Com os criados é a mesma coisa... ela lhes causa uma série de problemas e ainda assim a adoram.

— Eu sei o que você quer dizer — disse Midge, pensativa.
— As coisas que você não aguentaria de outra pessoa, você releva se é Lucy quem as faz. O que será? Charme? Magnetismo?

Sir Henry deu de ombros.

— Ela sempre foi assim, desde jovem... mas às vezes eu acho que é algo que ela cultiva. Ela não se dá conta de que *existem limites*. Oras, Midge, creio eu — falou, com tom jocoso — que Lucy acredita que poderia se safar até de um assassinato!

Henrietta tirou o Delage da garagem na estrebaria e, depois de uma conversa puramente técnica com o amigo Albert, que cuidava do bom funcionamento do Delage, deu a partida no motor.

— Vai voar que é uma beleza, senhorita — disse Albert.

Henrietta sorriu. Ela saiu a toda da estrebaria, saboreando o prazer infalível que sempre sentia ao dirigir sozinha. Preferia muito mais dirigir sozinha. Assim podia sentir ao máximo a satisfação que dirigir um carro lhe trazia.

Ela gostava de sua habilidade no trânsito, ela gostava de descobrir novos atalhos para sair de Londres. Ela tinha rotas próprias e, quando dirigia na própria Londres, tinha a mesma proficiência com as ruas de qualquer taxista.

Agora, ela estava pegando a rota sudoeste, que descobrira havia pouco, serpenteando por labirintos complexos de ruas suburbanas.

Quando finalmente chegou ao longo cume de Shovel Down, era meio-dia e meia. Henrietta sempre amara a vista daquele lugar em especial. Ela fez uma pausa justamente no ponto em que a estrada começava a descer. Ao redor e abaixo dela havia árvores, árvores cujas folhas estavam passando do dourado ao marrom. Era um mundo incrivelmente dourado e esplêndido ao sol forte de outono.

Henrietta pensou: "Eu amo o outono. É muito mais rico do que a primavera".

E, de repente, um daqueles momentos de felicidade intensa lhe ocorreu... uma sensação de encanto pelo mundo... de seu próprio e intenso prazer com aquele mundo.

"Nunca serei tão feliz quanto agora... nunca."

Henrietta ficou ali um minuto, admirando aquele mundo dourado que parecia nadar e se desmanchar em si, nebuloso e borrado com sua própria beleza.

Então ela desceu do topo, passou pela floresta e seguiu pela longa e íngreme estrada até a Mansão Hollow.

Quando Henrietta chegou com o carro, Midge estava sentada na mureta da varanda, e abanou bastante animada. Henrietta ficou feliz ao ver Midge, de quem gostava.

Lady Angkatell saiu da casa e disse:

— Ah, aí está você, Henrietta. Assim que levar seu carro aos estábulos e deixá-lo comer um feno com farelo, o almoço estará pronto.

— Que comentário afiado de Lucy — comentou Henrietta, dirigindo pelo contorno da casa, Midge acompanhando-a a pé. — Você sabe que sempre me orgulhei de ter fugido por completo da predileção equina dos meus antepassados irlandeses. Quando se é criada no meio de gente que só fala cavalês, você se sente superior por não se importar com eles.

Agora Lucy acabou de me mostrar que eu trato meu carro exatamente como um cavalo. É verdade. Eu trato.

— Eu sei — disse Midge. — Lucy é devastadora. Ela me contou hoje de manhã que eu podia ser tão grosseira quanto quisesse enquanto ficasse aqui.

Henrietta pensou naquilo por um instante e depois assentiu.

— Ah, sim — disse. — A *loja!*

— Pois é. Quando se tem que passar todo dia dentro de uma maldita caixa, sendo educada com senhoras rudes, chamando-as de Madame, botando camisolas por cima da cabeça delas, sorrindo e engolindo a insolência de cada uma, dizendo tudo que querem… ora, a pessoa tem vontade de falar palavrões! Eu não sei, Henrietta, por que as pessoas acham que é tão humilhante ser uma "criada" e que é magnífico e independente trabalhar numa loja. A pessoa tem que aguentar muito mais insolência em uma loja do que Gudgeon ou Simmons, ou qualquer auxiliar doméstica aguentaria.

— Deve ser péssimo, querida. Queria que você não fosse tão majestosa e orgulhosa, insistindo em ter seu ganha-pão.

— De qualquer maneira, Lucy é um anjo. Neste fim de semana serei gloriosamente grosseira com todo mundo.

— Quem está aqui? — Henrietta perguntou ao sair do carro.

— Os Christow estão chegando. — Midge fez uma pausa e depois seguiu. — Edward acabou de chegar.

— Edward? Que bom. Não vejo Edward há tempos. Mais alguém?

— David Angkatell. É neste ponto, segundo Lucy, que você será útil. Você vai impedir que ele fique roendo as unhas.

— Não parece algo para mim — disse Henrietta. — Odeio me intrometer na vida das pessoas, e nem sonharia em refrear seus hábitos. O que Lucy falou de verdade?

— Foi basicamente isso! Ele também tem o pomo de adão pronunciado!

— Nesse caso não querem que eu faça nada, querem? — Henrietta perguntou, alarmada.

— E você tem que ser gentil com Gerda.

— Se eu fosse Gerda, eu odiaria Lucy!

— E alguém que soluciona crimes vem almoçar amanhã.

— Não vamos jogar o Jogo do Assassino, vamos?

— Acho que não. Acho que é apenas hospitalidade entre vizinhos.

A voz de Midge alterou-se um pouco.

— Edward está vindo nos receber.

"Querido Edward", Henrietta pensou, com um acesso repentino de afeto caloroso.

Edward Angkatell era muito alto e magro. Ele estava sorrindo ao encontrar as duas jovens.

— Olá, olá, Henrietta. Faz mais de ano que não a vejo.

— Olá, olá, Edward.

Como Edward era gentil! Aquele sorriso delicado, as pequenas rugas nos cantos dos olhos. E aqueles belos calombos na ossatura. "Acho que é dos *ossos* que eu gosto tanto", Henrietta pensou. A intensidade de seu afeto por Edward a assustou. Ela havia esquecido que gostava tanto dele.

Depois do almoço, Edward disse:

— Vamos passear, Henrietta.

Esse era o tipo de passeio de Edward: uma caminhada.

Eles subiram por trás da casa, tomando uma trilha que fazia ziguezague pelas árvores. Assim como no bosque de Ainswick, pensou Henrietta. Querida Ainswick, como eles haviam se divertido por lá! Ela começou a falar com Edward sobre Ainswick. Eles reviveram memórias antigas.

— Lembra-se do nosso esquilo? Aquele da patinha quebrada. Que guardamos numa gaiola e que ficou bem?

— É claro. Ele tinha um nome ridículo. Como era mesmo?

— Cholmondeley-Marjoribanks!

— Isso mesmo.

Os dois riram.

— E a velha Mrs. Bondy, a governanta... ela *sempre* dizia que ele subiria a chaminé algum dia.

— E nós ficávamos tão indignados.

— E aí, um dia, ele *subiu*.

— Foi ela — Henrietta falou categoricamente. — Ela que colocou a ideia na cabeça do esquilo. Está tudo igual, Edward? Ou algo mudou? Eu sempre imagino que esteja tudo igual.

— Por que não vem ver, Henrietta? Faz tanto, tanto tempo que você não visita.

— Eu sei.

Ora, ela pensou, fazia mesmo tanto tempo? Havia suas ocupações, seus interesses, envolvimento com outras pessoas...

— Você sabe que é sempre bem-vinda.

— Que amável de sua parte, Edward!

"Querido Edward", ela pensou, com aquela *ossatura*.

Ele falou em seguida:

— Fico contente que você goste de Ainswick, Henrietta.

— Ainswick é o lugar mais adorável do mundo — respondeu ela, em devaneio.

Uma garota de pernas compridas, com uma cabeleira castanha e suja... uma jovem alegre, sem ideia alguma de tudo que a vida lhe faria... uma garota que amava árvores...

Ah, ser tão feliz e nem saber que era! "Se eu pudesse voltar", pensou.

Em voz alta, Henrietta disse, de repente:

— Yggdrasil continua lá?

— Ela foi atingida por um raio.

— Ah, não, *Yggdrasil*, não!

Ela ficou angustiada. Yggdrasil — o nome especial que ela mesmo havia dado ao grande carvalho. Se os deuses podiam atacar Yggdrasil, nada estava a salvo! Era melhor não voltar.

— Você se lembra do seu símbolo, o signo de Yggdrasil?

— A árvore engraçada, diferente de todas as árvores que já existiram, que eu costumava desenhar em qualquer papel?

Eu ainda o faço, Edward! Em mata-borrões e em listas telefônicas, em resultados de partida de bridge. Eu rabisco o tempo todo. Me dê um lápis.

Ele lhe entregou um lápis e uma caderneta. Rindo, ela desenhou a árvore ridícula.

— Sim — disse ele —, esta é Yggdrasil.

Eles haviam chegado quase ao fim da trilha. Henrietta sentou-se em um tronco de árvore caído. Edward sentou-se ao lado dela.

Ela olhou para as árvores.

— Aqui é um pouco parecido com Ainswick... uma espécie de Ainswick em miniatura. Eu já me perguntei... Edward, você acha que foi por isso que Lucy e Henry vieram para cá?

— É possível.

— Nunca se sabe — Henrietta respondeu, arrastando as palavras — o que se passa na mente de Lucy. O que você tem feito, Edward, desde que nos vimos pela última vez?

— Nada, Henrietta.

— Parece muito tranquilo.

— Eu nunca fui muito bom em... fazer coisas.

Henrietta o encarou. Havia algo em seu tom de voz. Mas ele estava sorrindo, discretamente.

E mais uma vez ela sentiu aquela onda de afeição profunda.

— Talvez — disse ela — você seja sábio.

— Sábio?

— Por não fazer as coisas.

Edward respondeu devagar:

— Que coisa estranha de se dizer, Henrietta. Você, que tem tanto sucesso.

— Você me acha uma pessoa de sucesso? Que engraçado.

— Mas você é, minha cara. É uma artista. Você deve ter orgulho de si; não há como não ter.

— Eu sei — respondeu ela. — Muita gente me diz isso. Eles não entendem... não entendem nem um pouco. *Você* não entende, Edward. Escultura não é uma coisa que você se propõe a fazer e tem sucesso. É uma coisa que te *pega,* que incomoda... e que te assombra... então você tem, mais cedo ou mais tarde, que chegar a um acordo. Então, por algum tempo, você tem paz... até que tudo começa de novo.

— Você quer ficar em paz, Henrietta?

— Às vezes, eu acho que quero isso mais do que qualquer coisa no mundo, Edward!

— Você podia ter paz em Ainswick. Eu acho que lá você seria feliz. Mesmo... mesmo se tivesse que lidar *comigo.* Que tal, Henrietta? Você viria a Ainswick e a chamaria de lar? Ela sempre esteve lá, sabe, esperando por você.

Henrietta virou a cabeça lentamente. Disse em voz baixa:

— Eu queria não sentir tanto afeto por você, Edward. Fica muito mais difícil continuar a dizer "não".

— Então *é* um "não"?

— Sinto muito.

— Você já me disse "não"... mas desta vez... bem, pensei que seria diferente. Você está feliz esta tarde, Henrietta. Isso você não pode negar.

— Eu estou muito feliz.

— Até mesmo seu rosto... está mais jovem do que hoje de manhã.

— Eu sei.

— Passamos esse tempo juntos contentes, conversando sobre Ainswick, pensando em Ainswick. Você não entende o que isso significa, Henrietta?

— É *você* que não entende o que significa, Edward! Passamos a tarde toda vivendo no passado.

— Às vezes o passado é um bom lugar no qual se viver.

— Não há como voltar. É a única coisa que não se faz: voltar.

Ele ficou alguns instantes em silêncio. Então falou com uma voz tranquila, agradável e sem emoção:

— O que você quer dizer de fato é que não vai se casar comigo por causa de John Christow?

Henrietta não respondeu, e Edward prosseguiu:

— É isso, não é? Se não houvesse John Christow no mundo, você se casaria comigo.

Henrietta falou, ríspida:

— Eu não imagino um mundo no qual não há John Christow! É isso que *você* tem que entender.

— Se for assim, por que diabos o sujeito não se divorcia da esposa para vocês se casarem?

— John não quer se divorciar da esposa. E eu não sei se me casaria com John, se ele o fizesse. Não é... não é como você imagina.

Edward falou de um jeito ponderado, refletido:

— John Christow. Há muitos Johns Christow no mundo.

— Você se engana — disse Henrietta. — Há pouquíssimas pessoas como John.

— Se é assim... que bom! Pelo menos é o que eu acho!

Ele se levantou.

— É melhor nós voltarmos.

Capítulo 7

Quando entraram no carro e Lewis fechou a porta da casa da Harley Street, Gerda se sentiu atravessada por uma flecha de exílio. Aquela porta fechada era algo tão definitivo. Ela havia sido exilada. O terrível fim de semana havia chegado. E havia coisas, muitas coisas, que ela devia ter feito antes de sair. Havia fechado a torneira no banheiro? E aquele bilhete para a lavanderia... ela deixou... onde havia deixado? As crianças ficariam bem com Mademoiselle? Mademoiselle era tão... tão... Será que Terence, por exemplo, obedeceria à Mademoiselle? Governantas francesas nunca pareciam ter muita autoridade.

Gerda sentou-se no assento de motorista, ainda abatida pela angústia, e apertou a ignição com nervosismo. Ela apertou de novo e de novo. John disse:

— O carro vai pegar, Gerda, se você ligar o motor.

— Ah, céus, que burrice a minha. — Ela lhe disparou um olhar rápido, de alarme. Se John ia se irritar já na saída... Mas, para alívio dela, ele estava sorrindo.

"Isso porque", Gerda pensou, em um de seus momentos de perspicácia, "ele está contente de ir aos Angkatell."

Pobre John, trabalhando tanto! Sua vida tão abnegada, tão dedicada aos outros. Não é à toa que ele ansiava por este fim de semana prolongado.

Com a mente voltando à conversa no almoço, Gerda soltou a embreagem muito depressa e o carro deu um salto do meio-fio. Ela disse:

— John, você não devia fazer piadas sobre odiar pessoas doentes. É maravilhoso de sua parte fazer pouco caso de tanta coisa que você faz, e *eu* entendo. Mas as crianças, não. Terry, principalmente, tem um cérebro muito literal.

— Há momentos — começou John — em que Terry quase me parece um ser humano. Diferente de Zena! Quanto tempo as meninas ficam nessa maçaroca de afetação?

Gerda deu um riso doce. Ela sabia que John a estava provocando, então manteve a posição. Ela tinha uma mente simples.

— Eu acho, John, de verdade, que faz *bem* às crianças entenderem o altruísmo e a dedicação da vida de um médico.

— Meu Deus! — disse John.

Gerda perdeu o rumo por um instante. O sinal de trânsito a que ela estava chegando estava verde havia algum tempo. Era quase certo, pensou, que ia fechar antes que o alcançasse. Ela começou a diminuir a velocidade. Continuou verde.

John se esqueceu de sua decisão de manter silêncio quanto a Gerda no volante e indagou:

— Por que você está parando?

— Eu achei que o sinal ia mudar...

Ela pressionou o pé no acelerador, o carro avançou um pouco, passando logo após o sinal, e depois, sem conseguir recuperar, o motor apagou. O sinal mudou.

O trânsito contrário buzinou em fúria.

John disse, mas de modo agradável:

— Você é realmente a pior motorista do mundo, Gerda!

— Eu sempre fico muito preocupada com sinais de trânsito. Nunca se sabe quando vão mudar.

John dirigiu um olhar de soslaio para o rosto ansioso e infeliz de Gerda.

"Tudo deixa Gerda preocupada", pensou ele, e tentou imaginar como devia ser a vida naquele estado. Mas, como não era um homem de muita imaginação, não conseguiu imaginar nada.

— Veja bem — disse Gerda, mantendo-se no argumento —, eu sempre fui clara com as crianças quanto à vida de um médico: o sacrifício, a dedicação a diminuir a dor e o sofrimento... o desejo de servir aos outros. É uma vida muito nobre. E eu me orgulho muito de como você dedica seu tempo e energia e nunca se poupa...

John a interrompeu:

— Nunca lhe ocorreu que eu *gosto* da medicina? Que é um prazer, não um sacrifício? Você não percebe que é *interessante*?

Mas não, ele pensou, Gerda nunca se daria conta de uma coisa dessas! Se ele lhe contasse de Mrs. Crabtree e da Ala Margaret Russell, ela só o veria como o salvador angelical dos Pobres com P maiúsculo.

— É muito cor-de-rosa... — falou, em voz baixa.

— O quê? — Gerda chegou mais perto dele.

Ele balançou a cabeça.

Se fosse contar a Gerda que estava tentando "encontrar a cura do câncer", ela teria uma reação... tinha como entender uma declaração sentimental como essa, simples. Mas nunca entenderia o fascínio peculiar pelas complexidades da Doença de Ridgeway... ele duvidava que conseguiria fazê-la entender o que a Doença de Ridgeway era de fato. "Especialmente", pensou ele, com um sorriso, "pelo fato de que nós mesmos não temos certeza! Não sabemos *por que* o córtex se degenera!"

Mas lhe ocorreu de repente que Terence, por mais que fosse criança, podia interessar-se pela Doença de Ridgeway. Ele havia gostado do olhar pensativo de Terence antes de afirmar: "Acho que ele não está".

Terence estava em maus lençóis nos últimos dias por ter estragado a cafeteira a vácuo... fazendo alguma besteira, querendo produzir amônia. Amônia? Criança esquisita, por que ele queria fazer amônia? Porém, de certo modo, era interessante.

Gerda ficou aliviada com o silêncio de John. Ela conseguia dirigir melhor sem a distração da conversa. Além disso, se John estivesse absorto nos pensamentos, havia menos chances de notar o barulho estridente das trocas de marcha que ela fazia, ocasionalmente forçadas. Se pudesse, ela nunca trocaria de marcha.

Sabia que havia momentos em que trocava a marcha muito bem, mas nunca com confiança, embora isso nunca acontecesse quando John estava no carro. Sua determinação nervosa de fazer direito desta vez quase foi um desastre. Sua mão se atrapalhou, ela acelerou demais ou de menos, e depois puxou a alavanca do câmbio muito rápido e sem prestar atenção, de modo que o carro retaliou com um berro.

— Suave, Gerda, suave — Henrietta havia implorado, anos atrás. Henrietta havia demonstrado. — Você não sente como ele quer ir? Que ele quer um movimento suave…? Mantenha a mão aberta até você sentir… não empurre de qualquer jeito… *sinta*.

Mas Gerda nunca sentia nada na marcha. Se ela empurrasse mais ou menos na direção certa, ele tinha que entrar! Deviam fazer carros que não tivessem aquele som horrível de moedor.

No geral, Gerda pensou, ao começar a subida de Mersham Hill, o trajeto não estava indo mal. John ainda estava absorto em seus pensamentos… e ele não havia notado quando as marchas arranharam forte em Croydon. Pensando com otimismo, conforme o carro ganhava velocidade, ela passou para a terceira e imediatamente o carro afrouxou. John, por assim dizer, acordou.

— Qual é o sentido de mudar de marcha quando você vai entrar numa subida?

Gerda ficou firme. Agora não faltava muito. Não que ela quisesse ir. Não, de fato, ela preferiria dirigir horas e horas, mesmo que John perdesse as estribeiras com ela!

Mas agora eles estavam passando por Shovel Down… a floresta flamejante do outono os cercava.

— É maravilhoso sair de Londres e chegar aqui — exclamou John. — Pense, Gerda: passamos a maioria das tardes presos naquela sala de estar escura, tomando chá... às vezes com a luz acesa.

A imagem da sala de estar um tanto escura do apartamento se assomou diante dos olhos de Gerda com o deleite tentador de uma miragem. Ah, se ela pudesse estar lá agora.

— O interior é tão bonito — comentou, heroica.

Descendo a colina íngreme... não havia mais escapatória. Aquela esperança vaga de que alguma coisa, ela não sabia o quê, pudesse intervir para salvá-la do pesadelo, não se cumpriu. Eles haviam chegado.

Gerda sentiu um pequeno consolo ao entrar com o carro e ver Henrietta sentada no muro com Midge e um homem alto e magro. Ela tinha certa confiança em Henrietta, que às vezes vinha inesperadamente ao seu resgate se as coisas ficavam muito ruins.

John também estava contente em ver Henrietta. Parecia a ele um fim de jornada apropriado para aquele lindo panorama do outono, descer do alto do morro e encontrar Henrietta esperando por ele.

Ela vestia o casaco de *tweed* verde e a saia que ele gostava que ela usasse, que ele achava que lhe ficava muito melhor que os trajes de Londres. Suas pernas compridas estavam esticadas à frente e terminavam em sapatos Oxford, marrons e lustrosos.

Os dois trocaram um sorriso rápido... um breve reconhecimento do fato de que um estava contente com a presença do outro. John não queria falar com Henrietta naquele momento. Agradava-o apenas saber que ela estava ali. Saber que, sem ela, o fim de semana seria estéril, vazio.

Lady Angkatell saiu da casa para recebê-los. Sua consciência a deixou mais calorosa com Gerda do que seria usualmente com qualquer hóspede.

— Mas que *bom* ver você, Gerda! Faz *tanto* tempo. *E* John!

A ideia era claramente que Gerda era a hóspede mais esperada, e John o mero complemento. Falhou incrivelmente, deixando Gerda tensa e desconfortável.

Lucy perguntou:

— Vocês conhecem Edward? Edward Angkatell?

John fez um meneio para Edward e disse:

— Não, creio que não.

O sol da tarde iluminou o ouro do cabelo de John e o azul de seus olhos. Assim como seria com um viking que havia acabado de chegar à costa para conquistar. Sua voz, calorosa e reverberante, encantava o ouvido, e o magnetismo de toda a sua personalidade tomou conta da cena.

Aquele calor e aquela objetividade não fizeram mal a Lucy. Desencadearam, isto sim, aquela curiosa indefinição travessa que ela tinha. Foi Edward que, de repente, em contraste com o outro homem, ficou descorado. Uma silhueta sombria, até mancando um pouco.

Henrietta sugeriu a Gerda que elas visitassem a horta de temperos.

— Lucy com certeza vai insistir em nos mostrar o jardim ornamental e a bordadura de outono — disse enquanto mostrava o caminho. — Mas eu sempre acho essas hortas de temperos bonitas e tranquilas. Pode-se sentar nas treliças de pepinos, ou entrar numa estufa se estiver com frio, e ninguém incomoda ninguém. Às vezes até há o que comer.

Elas descobriram, de fato, algumas ervilhas fora de época, que Henrietta comeu cruas, mas a que Gerda não deu bola. Ela estava contente por ter se distanciado de Lucy Angkatell, que considerou mais preocupante do que nunca.

Ela começou a conversar com Henrietta com algo que parecia empolgação. As perguntas que fazia sempre pareciam perguntas às quais Gerda sabia as respostas. Depois de dez minutos, Gerda sentiu-se muito melhor e começou a pensar que talvez o fim de semana não seria de todo mal.

Zena estava fazendo aula de dança e acabara de ganhar um vestido novo. Gerda o descreveu em detalhes. Além disso, ela havia descoberto uma loja de artesanato de couro que era ótima. Henrietta perguntou se seria difícil ela fazer uma bolsa. Gerda tinha que lhe mostrar como.

Era muito fácil, ela pensou, deixar Gerda feliz. E que diferença enorme quando ela ficava feliz!

"Ela só quer que a deixem se enroscar e ronronar", pensou Henrietta.

Ficaram sentadas e contentes no canto das treliças de pepino, onde o sol, que agora descia no céu, dava a ilusão de um dia de verão.

Então caiu o silêncio. O rosto de Gerda perdeu a expressão de placidez. Seus ombros caíram. Ela ficou sentada ali, o retrato do desânimo. Deu um salto quando Henrietta falou.

— Por que você vem — perguntou Henrietta — se odeia tanto aqui?

Gerda correu a retratar-se:

— Ah, mas eu não odeio! Quer dizer... não sei por que você acha que...

Ela fez uma pausa, depois continuou:

— É realmente agradável sair de Londres, e Lady Angkatell é *muito* gentil.

— Lucy? Ela não é nem um pouco gentil.

Gerda pareceu chocada.

— Ah, mas ela *é*. Ela é sempre muito gentil comigo.

— Lucy é bem-educada e sabe ser cortês. Mas é uma pessoa muito cruel. Eu acho que, na verdade, ela não é bem humana. Não sabe como é sentir e pensar como as pessoas normais. E você *está* odiando ficar aqui, Gerda! Eu sei que está. Por que você viria para se sentir assim?

— Bem, é que John gosta...

— Ah, John gosta mesmo. Mas você não o deixaria vir sozinho?

— Ele não ia gostar. Ele não ia aproveitar sem mim. John é tão abnegado. Ele acha que me faz bem vir ao campo.

— O campo é muito bom — disse Henrietta. — Mas não há por que colocar os Angkatell no meio.

— E-eu não quero que você me considere uma mal-agradecida.

— Minha cara Gerda, por que você tem que gostar de nós? Eu sempre achei os Angkatell uma família detestável. Gostamos de nos juntar e conversar numa língua que é extraordinária, só nossa. Não me admira que quem é de fora queira nos matar. — Então complementou: — Imagino que seja hora do chá. Vamos voltar.

Ela estava observando o rosto de Gerda, que se levantou e começou a andar no caminho da casa.

"É interessante", pensou Henrietta, que tinha uma parte de sua mente sempre desapegada do presente, "ver exatamente como é o rosto de uma mártir cristã antes de entrar na arena."

Enquanto deixavam o canteiro de temperos, elas ouviram tiros e Henrietta comentou:

— Parece que o massacre dos Angkatell já começou!

Descobriram que Sir Henry e Edward estavam debatendo armas de fogo e ilustrando sua discussão com disparos de revólveres. O hobby de Henry Angkatell era as armas de fogo, das quais tinha uma grande coleção.

Ele havia trazido vários revólveres e alguns cartões de alvo, e ele e Edward estavam disparando.

— Olá, olá, Henrietta. Quer ver se conseguiria matar um ladrão?

Henrietta tomou o revólver dele.

— Isso mesmo… isso, mire assim.

Bang!

— Errou — disse Sir Henry.

— Tente você, Gerda.

— Ah, acho que eu não…

— Vamos, Mrs. Christow. É tão simples.

Gerda disparou o revólver, encolhendo-se e fechando os olhos. A bala passou ainda mais longe que a de Henrietta.

— Ah, eu também quero tentar — disse Midge, se aproximando.

— É mais difícil do que se pensa — comentou, após alguns tiros. — Mas é muito divertido.

Lucy saiu da casa. Atrás dela apareceu um jovem alto e mal-humorado com um pomo de adão pronunciado.

— David chegou — anunciou ela.

Enquanto seu marido recebia David, Lady Angkatell pegou o revólver de Midge, recarregou-o e, sem dizer uma palavra, fez três buracos no meio do alvo.

— Muito bem, Lucy — exclamou Midge. — Eu não sabia que tiro ao alvo era um de seus talentos.

— Lucy — disse Sir Henry, sério — sempre mata o homem!

Depois acrescentou, lembrando-se:

— Foi útil uma vez. Lembra-se, minha cara, daqueles bandidos que vieram para cima de nós quando passamos um dia do lado asiático do Bósforo? Eu estava rolando no chão com dois, um tentando pegar meu pescoço.

— E o que Lucy fez? — Midge perguntou.

— Disparou dois tiros contra a escaramuça. Eu nem sabia que ela tinha uma pistola. Acertou um homem na perna e o outro no ombro. Nunca estive tão perto da morte. Não sei como ela não me acertou.

Lady Angkatell sorriu para ele.

— Eu acho que é sempre bom se arriscar um pouco — disse ela, delicadamente. — Fazê-lo de modo rápido e não pensar muito no assunto.

— Uma opinião admirável, minha cara — disse Sir Henry. — Mas sempre me senti um tanto ofendido por *eu* ter sido o risco que você correu!

Capítulo 8

Depois do chá, John disse a Henrietta: "Vamos caminhar", e Lady Angkatell disse que *precisava* mostrar a Gerda o jardim ornamental, mesmo que, evidentemente, fosse a época errada do ano.

Caminhar com John, pensou Henrietta, era o que havia de mais diferente possível de caminhar com Edward.

Com Edward, raramente se fazia mais do que flanar. Edward, ela pensou, era um *flâneur* de nascença. Para caminhar com John, por outro lado, ela tinha que se esforçar para acompanhá-lo. Depois que subiram Shovel Down, Henrietta falou, sem fôlego:

— Não é uma maratona, John!

Ele diminuiu o passo e riu.

— Faltou perna?

— Eu dou conta... mas há necessidade? Não temos que correr para pegar um trem. Por que você tem essa energia tão bárbara? Está fugindo de si mesmo?

John parou no mesmo instante.

— Por que diz isso?

Henrietta olhou para ele com curiosidade.

— Eu não quis dizer algo em específico.

John seguiu de novo, mas caminhando mais devagar.

— Para dizer a verdade — disse ele —, estou cansado. Estou muito cansado.

Ela ouviu a lassidão na voz.

— Como está Crabtree?

— Ainda é cedo para dizer, mas eu acredito, Henrietta, que estou pegando o jeito. Se eu estiver certo — continuou ele, seus passos começando a acelerar —, muitas de nossas ideias passarão por uma revolução... teremos que repensar toda a questão da secreção hormonal...

— Você quer dizer que haverá cura para a Doença de Ridgeway? Que as pessoas não vão morrer?

— Será uma consequência.

"Como são estranhos os médicos", pensou Henrietta. Uma consequência!

— Cientificamente, todo tipo de possibilidade se abrirá! Ele respirou fundo.

— Mas é bom descer aqui... é bom botar ar nos pulmões... é bom vê-la. — Ele deu um de seus sorrisos ligeiros e repentinos. — E vai fazer bem a Gerda.

— Gerda, é claro, adora vir à Hollow!

— É claro que adora. A propósito, eu já conhecia Edward Angkatell?

— Vocês se encontraram duas vezes — respondeu Henrietta, áspera.

— Não conseguia me lembrar. Ele é uma dessas pessoas vagas, indefinidas.

— Edward é um querido. Sempre tive muito carinho por ele.

— Bem, não vamos perder tempo com Edward! Nenhuma dessas pessoas conta.

Henrietta disse em voz baixa:

— Às vezes, John... eu temo por você!

— Teme por mim... o que você quer dizer?

Ele virou o rosto surpreso para ela.

— Você é tão indiferente... tão... sim, *cego*.

— Cego?

— Você não sabe... você não vê... você é de uma insensibilidade tão rara! Você não sabe o que os outros sentem nem pensam.

· A MANSÃO HOLLOW ·

77

— Pois eu diria exatamente o contrário.

— Você sabe o que está *olhando,* sim. Você... você é como um farol. Um feixe de luz potente voltado para o ponto onde fica aquilo que lhe interessa. Atrás e pelos lados do farol, só há trevas!

— Henrietta, minha cara, o que está acontecendo?

— É *perigoso,* John. Você supõe que todos gostam de você, que querem seu bem. Pessoas como Lucy, por exemplo.

— Lucy não gosta de mim? — perguntou ele, surpreso. — Eu sempre tive extrema afeição por Lucy.

— E assim você supõe que ela goste de você. Mas eu não tenho essa certeza. E Gerda e Edward... ah, e Midge e Henry. Como você sabe o que eles sentem em relação a você?

— E Henrietta? Eu sei o que ela sente? — Ele pegou a mão dela por um instante. — Ao menos... de você eu tenho certeza.

Ela afastou a mão.

— Não há como ter certeza de ninguém nesse mundo, John.

O rosto dele havia ficado sério.

— Não, eu não acredito nisso. Tenho certeza de você e tenho certeza de mim. Pelo menos... — Sua expressão se alterou.

— O que foi, John?

— Sabe o que me vi dizendo hoje? Uma coisa ridícula. "Quero ir para casa." Foi isso o que disse e não tinha a mínima ideia do que queria dizer.

Henrietta falou sem pressa:

— Você devia ter alguma imagem na mente.

Ele respondeu, ríspido:

— Nenhuma. Absolutamente nenhuma!

No jantar daquela noite, Henrietta foi alocada ao lado de David. Da ponta da mesa, as delicadas sobrancelhas de Lucy telegrafavam não uma ordem — Lucy nunca dava ordens —, mas uma súplica.

Sir Henry estava fazendo o melhor possível com Gerda e tendo bastante sucesso. John, achando graça, seguia os passos ligeiros da mente discursiva de Lucy. Midge falava de modo afetado com Edward, que parecia mais distraído do que o normal.

David estava carrancudo, esmigalhando seu pão com a mão nervosa.

Ele havia chegado à Mansão Hollow predisposto a se indispor. Até então, ele não havia conhecido Sir Henry ou Lady Angkatell e, sendo crítico do Império em termos gerais, estava preparado para criticar seus parentes. Edward, que também não conhecia, ele tratava como frívolo. Os quatro outros hóspedes, ele analisava com olhar crítico. Parentes, pensou ele, eram horríveis, e ainda se esperava que ele conversasse com as pessoas, coisa que odiava.

Midge e Henrietta, ele tratava como cabeças-ocas. O tal de dr. Christow era só mais um dos charlatões da Harley Street... pura etiqueta e ascensão social. A esposa dele, obviamente, nem contava.

David remexeu o pescoço na gola e desejou com ardor que todas essas pessoas soubessem o quanto ele as menosprezava! Eram todas dispensáveis.

Depois de repetir esse pensamento três vezes na mente, sentiu-se deveras melhor. Ainda estava de cara fechada, mas conseguiu deixar seu pão em paz.

Henrietta, embora reagindo lealmente às sobrancelhas, teve alguma dificuldade em fazer progresso. As réplicas secas de David eram de desdém extremo. Ao fim, ela teve que recorrer a um método que havia empregado com o jovem da língua amarrada em outra ocasião.

Ela, de propósito, fez uma declaração dogmática e extremamente injustificável sobre um compositor moderno, sabendo que David tinha bastante conhecimento técnico e musical.

Para sua graça, o plano funcionou. Até então David estava esparramado na cadeira, praticamente jogado sobre a própria coluna vertebral, mas aprumou-se. Sua voz deixou de ser baixa e resmungona. Ele parou de esmigalhar o pão.

— Isso — falou ele, alto e claro, fixando o olhar gélido em Henrietta — mostra que você não entende absolutamente nada do assunto!

Dali até o final do jantar, ele deu um sermão em tom claro e mordaz, e Henrietta recolheu-se à docilidade de quem é instruído.

Lucy Angkatell dirigiu um olhar benigno mesa abaixo, e Midge sorriu consigo.

— Tão inteligente de sua parte, querida — murmurou Lady Angkatell enquanto passava um braço pelo de Henrietta a caminho da sala de estar. — Que ideia terrível é esta de que, se as pessoas tivessem menos coisas na cabeça, elas saberiam melhor o que fazer com as mãos! Vamos de Copas, Bridge, Buraco ou algo mais bobo, como Animal Grab?

— Acho que David ficaria ofendido se jogássemos Animal Grab.

— É, talvez você tenha razão. Bridge, então. Tenho certeza de que ele vai achar Bridge algo inútil, então poderá fazer aquela cara de desprezo de que tanto gosta para nós.

Eles montaram duas mesas. Henrietta jogou com Gerda contra John e Edward. Não era o grupo que ela tinha em mente. Ela queria separar Gerda de Lucy e, se possível, também de John — mas John havia sido resoluto. Edward, então, abarcou Midge.

A atmosfera não era, pensou Henrietta, de todo confortável, mas ela não sabia ao certo de onde vinha o desconforto. De qualquer modo, se as cartas lhes dessem algum descanso, ela queria que Gerda vencesse. Até que Gerda não jogava mal — longe de John, ela seria mediana —, mas era uma jogadora nervosa, com péssimo juízo e sem conhecimento de fato do valor do que tinha na mão. John era um jogador bom, ainda que com uma dose excessiva de confiança. Edward de fato jogava muito bem.

A noite prosseguiu e, na mesa de Henrietta, continuavam na mesma partida. As pontuações excediam o espaço no placar dos dois lados. Uma tensão curiosa havia se instalado no jogo, que apenas uma pessoa não percebia.

Para Gerda, era apenas uma partida de Bridge que, pela primeira vez, ela estava aproveitando. Ela sentia-se, aliás, animada. Decisões difíceis haviam se tornado inesperadamente fáceis porque Henrietta cobria suas próprias apostas e jogava com a mão que tinha.

Aquele era um dos momentos em que John, incapaz de conter aquela postura crítica que minava a autoconfiança de Gerda mais do que ele poderia imaginar, então exclamou:

— Por que diabos você deu sequência com paus, Gerda?

O que foi quase imediatamente contraposto por Henrietta:

— Que absurdo, John, é claro que ela tinha que seguir com paus! Era a única opção possível.

Por fim, com um suspiro, Henrietta puxou o placar para si.

— Jogo e partida, mas acho que não vamos tirar muito daí, Gerda.

John disse, com voz alegre:

— Uma *finesse* de sorte.

Henrietta ergueu o olhar afiado. Conhecia aquele tom. Seus olhos se encontraram e ela olhou para baixo. A mulher levantou-se e foi ao consolo da lareira, John atrás dela. Ele falou, em tom de quem puxa assunto:

— Não é *sempre* que você olha de propósito para as cartas dos outros, é?

Henrietta respondeu calmamente:

— Talvez eu tenha sido um pouco óbvia. Como é desprezível a pessoa querer vencer no jogo!

— Você queria que Gerda vencesse a partida, no caso. Quando você embarca na sua vontade de agradar, seu limite não é nem roubar.

— Você coloca as coisas de um jeito tão horrível! E está sempre certo.

— Parece que meu parceiro compartilha das suas vontades.

Então ele *havia* notado, Henrietta pensou. Ela mesma havia se perguntado se ela estava enganada. Edward era tão habilidoso... não havia nada a que você podia se apegar. Um fracasso, uma vez, de encerrar o jogo. Uma carta de seguimento que havia sido segura e óbvia... mas quando uma outra, menos óbvia, teria sucesso garantido.

Aquilo preocupava Henrietta. Edward, ela sabia, nunca jogaria as cartas na ordem em que ela, Henrietta, pudesse ganhar. Ele era muito imbuído do espírito esportivo inglês para tanto. Não, ela pensou. Era apenas mais um sucesso para John Christow que ele era incapaz de suportar.

De repente ela se sentiu alerta, vigilante. Não estava gostando desta festa de Lucy.

E foi então que, dramática e inesperadamente, com toda a ilusão de uma entrada em palco, Veronica Cray apareceu pela janela.

As portas de vidro estavam apenas encostadas, não fechadas, pois fazia calor naquela noite. Veronica as abriu por completo, atravessou-as e ficou ali, emoldurada pela noite, com um sorriso um tanto lamentoso, plenamente encantadora, aguardando por aquele breve momento antes de falar, para ter certeza de sua plateia.

— Vocês hão de me perdoar por surgir deste jeito. Sou sua vizinha, Lady Angkatell... daquele chalé ridículo, Dovecotes... e aconteceu uma catástrofe!

O sorriso dela se alargou, ficou mais cômico.

— Nem um fósforo! Nem um único fósforo na casa! E é noite de sábado. Que burrice de minha parte. Mas o que mais eu poderia fazer? Vim aqui pedir ajuda à minha única vizinha em quilômetros.

Por um instante ninguém disse nada, pois era este o efeito que Veronica provocava. Ela era encantadora... não de uma beleza tranquila, nem menos deslumbrante... Mas era encantadora de uma maneira tão eficiente, que fazia a pessoa sus-

pirar! O ondulado do cabelo reluzente, a boca recurvada...
as peles platinadas que envolviam seus ombros e toda a extensão de veludo branco que elas tinham por baixo.

Veronica olhou de um para outro, engraçada, encantadora!

— E eu fumo como uma chaminé! E meu isqueiro não funciona! Além disso temos o café da manhã... fogão a gás... — Ela estendeu as mãos. — Eu me sinto uma grande imbecil.

Lucy tomou a frente, afável, ligeiramente sorridente.

— Ora, mas é claro que... — começou a dizer, mas Veronica Cray a interrompeu.

Ela estava olhando para John Christow. Uma expressão de puro espanto, de prazer incrédulo, se espalhava pelo seu rosto. Ela deu um passo na direção dele, as mãos esticadas.

— Ora, mas é ele mesmo... *John!* John Christow! Mas não é uma coisa extraordinária? Eu não o vejo há anos, anos, anos! E de repente... encontro você *aqui!*

Ela já estava com as mãos dele sobre si. Era puro calor e avidez. Veronica fez uma meia-volta da cabeça para Lady Angkatell.

— Mas que surpresa maravilhosa. John é um velho amigo meu. Oras, John foi o primeiro homem que eu amei! Eu era louca por você, John.

Ela ria parcialmente... uma mulher comovida pela lembrança absurda do primeiro amor.

— Eu sempre achei John maravilhoso!

Sir Henry, cortês e educado, aproximou-se.

Ela precisava tomar um drinque. Ele manuseou os copos. Lady Angkatell disse:

— Midge, querida, soe a campainha.

Quando Gudgeon chegou, Lucy disse:

— Uma caixa de fósforos, Gudgeon... ao menos uma. A cozinha tem o suficiente?

— Recebemos uma dúzia hoje, senhora.

— Então traga meia dúzia, Gudgeon.

— Ah, não, Lady Angkatell... só uma!

Veronica protestou, rindo. Ela já havia tomado seu drinque e estava sorrindo para todos. John Christow disse:

— Esta é minha esposa, Veronica.

— Ah, mas que prazer conhecê-la. — Veronica sorriu com o ar de perplexidade de Gerda.

Gudgeon trouxe os fósforos, empilhados sobre uma bandeja de prata.

Lady Angkatell apontou para Veronica Gray com um gesto e Gudgeon levou a bandeja à visitante.

— Ah, cara Lady Angkatell, não tantos!

O gesto de Lucy foi negligentemente nobre.

— É tão desagradável ter só um de uma coisa. Podemos dispor deles tranquilamente.

Sir Henry perguntou em tom agradável:

— E o que está achando de morar em Dovecotes?

— Eu adoro. Aqui é maravilhoso. É tão perto de Londres, mas ainda assim tão belamente isolado.

Veronica baixou seu copo. Ela puxou as raposas platinadas um pouco mais para si. Sorriu para todos.

— Obrigada, *muito* obrigada! Vocês foram muito gentis. — As palavras flutuaram entre Sir Henry, Lady Angkatell e, por algum motivo, Edward. — Agora levarei os espólios até minha casa. John — disse ela, com um sorriso simples, amigável —, você precisa me levar até em casa em segurança, pois preciso muito ouvir tudo que você tem feito nesses anos e anos em que não nos vemos. Assim me sinto, é claro, *terrível* de velha.

Ela foi até à janela e John Christow a seguiu. A mulher lançou um último sorriso brilhante a todos.

— Sinto muitíssimo por tê-los incomodado dessa maneira tão tola. *Muito* obrigada, Lady Angkatell.

Ela saiu com John. Sir Henry ficou perto da janela, observando os dois.

— Uma bela noite quente — disse ele.

Lady Angkatell bocejou.

— Ai, ai. Melhor irmos para a cama. Henry, temos que ver um dos filmes com esta moça. Pelo que vi hoje, tenho certeza de que atua lindamente.

Eles subiram. Midge, dando boa-noite, perguntou a Lucy:

— Atua lindamente?

— Não achou, querida?

— Eu acredito, Lucy, que você acha perfeitamente possível que ela tivesse alguns fósforos em Dovecotes.

— Imagino que dezenas de caixas, querida. Mas não devemos deixar de ser caridosos. E *foi* uma linda atuação!

Portas se fechavam em todo o corredor, vozes murmurando boa-noite. Sir Henry disse:

— Deixarei a janela aberta para Christow. — E fechou sua porta.

Henrietta disse a Gerda:

— Como atrizes são divertidas. Fazem entradas e saídas tão maravilhosas! — Ela bocejou e depois complementou: — Estou caindo de sono.

Veronica Cray caminhou veloz pela trilha estreita no bosque das castanheiras.

Ela saiu do bosque e chegou a um espaço aberto com uma piscina. Havia um pequeno caramanchão onde os Angkatell ficavam nos dias de sol, mas onde corria um vento frio.

Veronica Cray parou. Virou-se e encarou John Christow.

Então riu. Com a mão, ela fez um gesto para a superfície cheia de folhas da piscina.

— Não é bem o Mediterrâneo, não é, John? — perguntou ela.

Ele soube então pelo que estava esperando. Soube que, naqueles quinze anos de distância de Veronica, ela ainda estava com ele. *O mar azul, o cheiro da mimosa, a areia quente...* enterrados, longe da vista, mas nunca esquecidos de fato. Todos significavam uma coisa apenas: Veronica. Ele era um jovem de 24 anos, sofrendo desesperadamente por amor, e desta vez ele não iria fugir.

Capítulo 9

John Christow saiu do bosque das castanheiras e passou à ladeira gramada perto da casa. Havia uma lua e a casa banhada pelo luar com estranha inocência em suas janelas com cortina. Ele olhou para o relógio de pulso que usava.

Eram três horas da manhã. John respirou fundo, e estava com uma expressão nervosa. Ele não era mais, nem remotamente, um jovem apaixonado de 24 anos. Era um homem astuto, pragmático, que acabara de chegar aos 40 anos, e sua mente estava clara e coerente.

John havia sido um imbecil, é claro, um imbecil por completo, mas não se arrependia! Pois era, como percebia agora, totalmente mestre de si. Era como se, durante anos, ele houvesse arrastado um peso com a perna — e agora o peso houvesse sumido. Ele estava livre.

Ele estava livre e era ele mesmo, John Christow... e ele sabia que, para John Christow, o renomado especialista da Harley Street, Veronica Cray não significava absolutamente nada. Tudo aquilo estava no passado — e como aquele conflito nunca havia sido resolvido, como ele sempre havia sofrido o medo humilhante de ter, em termos simples, "fugido", a imagem de Veronica nunca o abandonara por completo. Ela havia vindo até ele esta noite como se de um sonho, John vivera o sonho e agora, graças a Deus, estava livre dele para sempre. Estava de volta ao presente... E eram três da manhã, o que poderia significar que ele tinha feito uma grande besteira.

Ele havia passado três horas com Veronica. Ela havia atracado como uma fragata, o arrancado do círculo e o carregado como um troféu, e agora ele se perguntava o que todos haviam achado a respeito da cena.

O que, por exemplo, Gerda teria achado?

E Henrietta? (Mas ele não se importava tanto com isso. Ele podia, assim achava, explicar tudo a Henrietta num piscar de olhos. A Gerda, ele nunca conseguiria explicar.)

E ele não queria, realmente não queria perder nada.

Durante toda a vida, fora um homem que corria um número justificável de riscos. Riscos com pacientes, riscos nos tratamentos, riscos nos investimentos. Nunca um risco extraordinário — apenas o tipo de risco um pouco além da margem de segurança.

Se Gerda soubesse... se Gerda tivesse a mínima desconfiança...

Mas como ela teria? O quanto ele sabia de fato a respeito de Gerda? Normalmente, Gerda acreditaria que branco é preto se alguém lhe dissesse que era. Mas em um caso como esse...

Que aparência ele havia passado quando acompanhou a figura grandiosa e triunfal de Veronica? Que expressão havia assumido seu rosto? Uma tonta e apaixonada de um jovem? Ou apenas um homem cumprindo seu dever com educação? Ele não sabia. Não tinha a mínima ideia.

Mas John tinha medo — medo de perder a tranquilidade, a ordem e a segurança de sua vida. Ele fora louco — bastante louco, pensou, assombrado —, e depois se reconfortou naquela ideia. Certamente ninguém acreditaria que ele poderia ter sido tão louco.

Todos estavam na cama e dormindo, isso era evidente. As janelas francesas da sala de estar para o lado de fora estavam entreabertas, para quando ele retornasse. John olhou de novo para a casa adormecida, inocente. De certo modo, parecia inocente demais.

De repente, levou um susto. Ele havia ouvido, ou imaginou ter ouvido, o leve fechar de uma porta.

John virou a cabeça bruscamente. Será que alguém havia vindo até a piscina, seguindo-o até ali? Se alguém havia esperado e o seguido de volta, esse alguém podia ter tomado um caminho mais acima e, assim, conseguido entrar na casa pela porta lateral do jardim, e o fechar suave da porta do jardim teria feito o som que ele acabara de ouvir.

Ele levantou o olhar bruscamente para as janelas. Aquela cortina estava se mexendo, tinha sido puxada de lado para alguém olhar para fora, e depois se soltado? Era o quarto de Henrietta.

Henrietta! Henrietta, não, seu coração berrou de pânico repentino. Não posso perder Henrietta!

De súbito, ele teve vontade de atirar pedrinhas na janela dela, gritar o nome dela.

"Pode sair, minha amada. Venha até mim, agora, caminhe comigo pelo bosque até Shovel Down e lá me ouça... ouça tudo que eu agora sei sobre mim e que você também precisa saber, se ainda não sabe."

Ele queria dizer a Henrietta:

"Eu vou recomeçar do zero. Hoje começo uma nova vida. Tudo o que me paralisava e me impedia de viver desapareceu. Você estava certa na tarde de hoje, quando me perguntou se eu estava fugindo de mim. É isso que venho fazendo há anos. Porque eu nunca soube se foi a força ou a fraqueza que me tirou de Veronica. Eu tive medo de mim, medo da vida, medo de você."

Se ele acordasse Henrietta e a fizesse partir com ele agora... subir o bosque até onde pudessem observar, juntos, o sol surgir pela beirada do mundo.

"Você está louco", disse John a si mesmo. Ele tremeu. Estava frio agora, fim de setembro, afinal. "O que foi que deu na sua cabeça?", perguntou-se. "Você já foi louco demais essa noite. Caso se safe dessa, você é um danado de um sortudo!" O que é que Gerda pensaria se ele passasse a noite fora de casa e voltasse com o pão?

O que, a propósito, os Angkatell pensariam?

Mas aquilo não o preocupou nem por um segundo. Os Angkatell tomavam Lucy Angkatell como o meridiano de Greenwich, por assim dizer. E, para Lucy Angkatell, o incomum parecia perfeitamente razoável.

Mas Gerda, infelizmente, não era uma Angkatell.

Gerda era alguém com quem ele teria de lidar, e era melhor ele entrar e se resolver com ela assim que possível.

E se foi Gerda quem o seguiu pela noite?

Não adiantava dizer que as pessoas não faziam esse tipo de coisa. Como médico, ele sabia bem o que as pessoas — dignas, sensíveis, meticulosas, honradas — faziam a todo momento. Elas ouviam por trás das portas, abriam cartas, espionavam e bisbilhotavam. Não porque aprovavam tal conduta, nem por um instante que fosse, mas porque, diante da pura angústia humana, ficavam desesperadas.

"Pobres diabos", pensou, "pobres diabos humanos que tanto sofrem." John Christow entendia muito do sofrimento dos seres humanos. Ele não tinha muita piedade por pontos fracos, mas pelos sofrimentos John tinha, pois sabia que quem sofria eram os fortes.

Se Gerda soubesse...

Absurdo, ele disse a si mesmo. Como ela saberia? Ela subiu para dormir e está no último sono. Ela não tem imaginação, nunca teve.

Ele entrou pelas janelas francesas, acendeu uma luminária, fechou e trancou as janelas. Então, depois de apagar a luz, ele saiu do quarto, encontrou o interruptor no corredor e foi a passos leves e rápidos até a escada. Um segundo interruptor desligou a luz do corredor. Ele parou por um instante à porta do quarto, com a mão na maçaneta, depois a girou e entrou.

O quarto estava escuro e ele conseguia ouvir a respiração cadenciada de Gerda. Ela se mexeu quando ele entrou e fechou a porta. A voz dela veio a ele, borrada e nebulosa de sono:

— É você, John?

— Sim.

— Não é muito tarde? Que horas são?

Ele respondeu com a voz tranquila:

— Não tenho ideia. Desculpe por acordá-la. Tive que entrar na casa da mulher e tomar um drinque.

Ele fez sua voz soar tediosa e com sono.

Gerda murmurou:

— Ah, é? Boa noite, John.

Houve um farfalhar enquanto ela se mexia na cama.

Estava tudo bem! Como de costume, ele teve sorte. Como *de costume*. Por um instante aquilo o afligiu, só de pensar em quantas vezes sua sorte venceu! Diversas vezes houve momentos em que ele prendeu a respiração e disse: "Se *isso* der errado...". Mas não tinha dado errado! Um dia, no entanto, com certeza sua sorte mudaria.

Ele se despiu rápido e se deitou na cama. Curiosa a sorte que a criança lhe tirou. "E essa fica em cima de sua cabeça e tem poder sobre você..." Veronica! E ela *havia tido* poder sobre ele, de fato.

"Mas não mais, minha garota", pensou ele, com uma espécie de satisfação selvagem. "Isso acabou. Estou livre!"

Capítulo 10

Eram dez horas quando John desceu na manhã seguinte. O café da manhã estava no aparador. Gerda havia mandado servirem seu café na cama e ficara muito incomodada pensando que estava "sendo inconveniente".

"Um absurdo", dissera John. Gente como os Angkatell, que ainda conseguia bancar mordomos e criados, tinha mais era que empregar gente.

Ele sentiu-se muito benevolente em relação a Gerda naquela manhã. Aquela irritação nervosa que tanto o agitara até pouco tempo parecia ter abrandado e desaparecido.

Sir Henry e Edward haviam saído para atirar, Lady Angkatell, que estava ocupada com um cesto e luvas de jardinagem, contou-lhe. John conversou com ela por um tempo até que Gudgeon chegou com uma carta sobre uma bandeja.

— Isso acabou de ser entregue em mãos, senhor.

Ele a recebeu com sobrancelhas levemente erguidas. Veronica!

Ele entrou na biblioteca e rasgou o bilhete para abri-lo.

Por favor, venha hoje pela manhã. Preciso vê-lo.
Veronica.

"Imperiosa como sempre", pensou ele. John considerou não comparecer. Então achou que deveria ir e encerrar o assunto. Ele iria de uma vez.

John pegou o caminho oposto à janela da biblioteca e passou pela piscina, que era uma espécie de núcleo do qual irradiavam trilhas em todas as direções: uma que subia o morro para o bosque, uma que ia para o passeio das flores casa acima, uma para a granja e uma que levava para a estrada, a que ele estava tomando agora. Seguindo alguns metros na estrada, ficava o chalé chamado Dovecotes.

Veronica o aguardava. Ela falou com ele pela janela da pretensiosa construção enxaimel.

— Entre, John. Está frio.

Havia uma fogueira acesa na sala de estar, que era mobiliada em um branco esmaecido com almofadas claras de ciclames.

Encarando-a naquela manhã com seu olhar avaliador, ele percebeu as diferenças entre a Veronica de agora e a Veronica de quem ele se lembrava, de um jeito que não conseguira enxergar na noite anterior.

A rigor, ele pensou, ela estava mais bonita do que antes. Ela entendia melhor sua beleza, e cuidava dela e a ampliava em todos os aspectos. Seu cabelo, que era de um dourado intenso, agora tinha uma cor mais platinada. Suas sobrancelhas estavam diferentes, dando muito mais intensidade a sua expressão.

Sua beleza nunca fora leviana. Veronica, ele lembrou, havia se qualificado como uma de nossas "atrizes intelectuais". Ela tinha um diploma universitário e opiniões sobre Strindberg e Shakespeare.

Naquele momento ele foi acometido por algo que lhe havia sido vagamente claro no passado: que Veronica era uma mulher de egoísmo anormal. Ela estava acostumada a ter tudo a seu modo e, por baixo dos belos contornos suaves da pele, ele sentia uma determinação férrea e feia.

— Mandei chamá-lo — disse Veronica, enquanto lhe alcançava uma cigarreira — porque precisamos conversar. Temos que fazer preparativos. Para nosso futuro, no caso.

Ele pegou um cigarro e o acendeu. Então perguntou, bastante afável:

— Mas nós temos um futuro?

Veronica lhe dirigiu um olhar afiado.

— Como assim, John? É óbvio que temos um futuro. Perdemos quinze anos. Não há por que perder mais tempo.

Ele sentou-se.

— Desculpe, Veronica. Mas creio que você tenha entendido tudo errado. Eu... gostei muito de reencontrá-la. Mas nossos caminhos não se entrelaçam mais. Eles são divergentes.

— Bobagem, John. Eu te amo e você me ama. Nós sempre nos amamos. Você era bem obstinado no passado! Mas deixe isso para lá agora. Nossas vidas não precisam se bater. Eu não pretendo voltar aos Estados Unidos. Quando eu terminar este filme em que estou, eu vou fazer um papel sério no palco em Londres. Eu tenho uma peça maravilhosa: Elderton escreveu pensando em mim. Vai ser um grande sucesso.

— Tenho certeza de que vai — disse ele, educado.

— E você pode continuar sendo médico. — A voz dela era agradável, mas com ares de superioridade. — Você é bem famoso, pelo que me contam.

— Minha cara, eu sou casado. Eu tenho filhos.

— Eu também estou casada no momento — disse Veronica. — Mas tudo isso se organiza. Um bom advogado resolve tudo. — Ela deu um sorriso deslumbrante. — Eu sempre quis me casar com você, querido. Não consigo entender as razões desta paixão louca, mas a sinto!

— Desculpe, Veronica, mas não há advogado bom que vá consertar tudo. A sua vida e a minha não têm nada a ver.

— Nem depois da noite passada?

— Você não é uma criança, Veronica. Você teve alguns maridos e, pelo que se diz, vários amantes. O que a noite passada significa, na verdade? Nada, e você sabe disso.

— Ah, meu caro John. — Ela continuava entretida, indulgente. — Se tivesse visto sua cara... ali, naquela sala de estar abafada! Era como se você houvesse voltado a San Miguel.

John deu um suspiro.

— Eu *estava* em San Miguel. Tente entender, Veronica. Você veio a mim direto do passado. Na noite anterior, eu também estava no passado, mas hoje... hoje é diferente. Sou um homem quinze anos mais velho. Um homem que você nem conhece... e que ouso dizer que você não gostaria muito se conhecesse.

— Você prefere sua esposa e filhos a mim?

Ela parecia genuinamente surpresa.

— Por mais estranho que pareça para você, prefiro.

— Bobagem, John. Você me ama.

— Sinto muito, Veronica.

Ela perguntou, incrédula:

— Você não me ama?

— É melhor ser bem claro quanto a essas coisas. Você é uma mulher de uma beleza extraordinária, Veronica, mas eu não a amo.

Ela ficou tão imóvel que podia ser de cera. A quietude o deixou um pouco incomodado.

Quando ela falou, foi com tanto veneno que ele deu um passo para trás.

— Quem é ela?

— Ela? Como assim?

— Aquela mulher perto da lareira, na noite passada?

"Henrietta!", pensou ele. "Como ela sabe sobre Henrietta?" Mas o que John disse foi:

— De quem está falando? Midge Hardcastle?

— Midge? A garota de pele escura, é essa? Não, não estou falando de Midge. E não estou falando de sua esposa. Estou falando daquela demônia insolente encostada na lareira! É por causa *dela* que você está me recusando! Não finja que é todo moralista, que é por causa de esposa e filhos. É aquela outra mulher.

Ela se levantou e foi na direção dele.

— Você não entende, John, que desde que eu voltei à Inglaterra, há dezoito meses, tenho pensado em você? Por que você acha que eu comprei esta propriedade idiota? Só porque descobri que você vinha passar fins de semana com os Angkatell!

— Então a noite passada foi planejada, Veronica?

— Você é *meu,* John. Sempre foi!

— Eu não sou de ninguém, Veronica. A vida ainda não lhe ensinou que você não pode ser dona do corpo e da alma de outros seres humanos? Eu amava você quando era jovem. Eu queria dividir minha vida com você. Você não aceitou!

— *Minha* vida e minha carreira eram muito mais importantes do que as *suas*. Qualquer um pode ser médico!

Ele perdeu um pouco da paciência.

— Você é *tão* maravilhosa quanto acha que é?

— Você só quer dizer que eu não cheguei no topo. Mas eu vou chegar! *Eu vou!*

John Christow olhou para ela com um interesse repentino, impassível.

— Eu não creio que vá, sabe? *Falta* algo em você, Veronica. Você é do tipo que pega as coisas à força... falta uma generosidade real. Acho que é isso.

Veronica levantou-se. Ela falou com a voz baixa:

— Você me recusou quinze anos atrás. Você me recusou hoje de novo. Você vai se arrepender disso.

John se levantou e foi para a porta.

— Eu sinto muito, Veronica, se a magoei. Você é muito linda, minha cara, e eu a amei muito. Não podemos deixar por isso mesmo?

— Adeus, John. Não vamos deixar por isso mesmo. Você verá, ah, se verá. Eu acho... acho que o odeio mais do que achei que conseguiria odiar qualquer outra pessoa.

Ele deu de ombros.

— Lamento. Adeus.

John voltou pelo bosque, caminhando sem pressa. Quando chegou à piscina, sentou-se em um banco. Não tinha arrependimento algum pela forma como havia tratado Veronica. A mulher, ele pensou, impassível, era uma figura detestável.

Ela sempre fora uma figura detestável, e a melhor coisa que ele já havia feito fora livrar-se dela na hora certa. Só Deus sabe o que teria acontecido com ele se não tivesse!

Assim, ele tinha a sensação extraordinária de estar começando uma vida nova, desimpedida e liberta do passado. Deve ter sido extremamente difícil conviver com ele nos últimos anos. Pobre Gerda, ele pensou, com sua abnegação e seu nervosismo constantes querendo agradá-lo. Ele seria mais gentil no futuro.

E talvez agora ele conseguiria parar de importunar Henrietta. Não que alguém pudesse importunar Henrietta. Não era do feitio dela. Tempestades podiam desabar sobre Henrietta e ela ficaria ali, pensativa, olhos mirando-o de muito longe.

Ele pensou: "Vou falar com Henrietta e contar tudo a ela".

John ergueu o olhar abruptamente, perturbado por um barulho repentino. Ele havia ouvido tiros no alto do bosque, os sons comuns da floresta e dos pássaros, além de suave melancolia das folhas caindo. Mas aquele era outro barulho: um estalo fraco e decidido.

E de repente, teve uma sensação aguda de perigo. Havia quanto tempo estava sentado ali? Meia hora? Uma hora? Havia alguém observando-o. Alguém...

E o estalo era... claro que era...

Ele virou-se bruscamente, um homem de reações muito rápidas. Mas não rápido o bastante. Seus olhos se arregalaram de surpresa, mas não houve tempo de ele fazer um som sequer.

O tiro ressoou e ele caiu, desajeitado, esparramado à beira da piscina.

Uma mancha escura empoçou lentamente à sua esquerda e pingou devagar no concreto; e, então, pingos vermelhos mancharam a água azul.

Capítulo 11

Hercule Poirot limpou a última partícula de pó dos sapatos. Havia se vestido meticulosamente para o almoço e estava satisfeito com o resultado.

Ele sabia muito bem o tipo de vestimenta que se trajava no interior da Inglaterra em um domingo, mas optava por não se conformar às ideias inglesas. Preferia seus próprios critérios de garbo urbano. Ele não era um aristocrata rural inglês. Ele era Hercule Poirot!

Ele confessara a si mesmo que, na verdade, não gostava tanto assim do campo, mas, a um chalé para os fins de semana — que tantos amigos seus haviam enaltecido —, ele se permitira sucumbir. Foi assim que adquiriu Resthaven, embora a única coisa de que gostasse sobre a propriedade fosse o formato, que lembrava bastante uma caixa. À paisagem ao redor ele não dava atenção, muito embora soubesse que supostamente fosse bela. Contudo, tudo era assimétrico demais para lhe causar comoção. Ele nunca gostara muito de árvores — elas tinham o hábito impuro de soltar folhas. Até aguentava choupos e aprovava uma araucária, mas essa confusão de faias e carvalhos não o comovia. Uma paisagem assim era mais bem aproveitada a partir de um carro em uma linda tarde. Você exclamava: "*Quel beau paysage!*", e voltava para um bom hotel.

A melhor coisa de Resthaven, pensava ele, era a pequena horta perfeitamente enfileirada pelo seu jardineiro belga,

Victor, enquanto Françoise, esposa de Victor, dedicava-se com toda ternura a cuidar do estômago do patrão.

Hercule Poirot atravessou o portão, deu um suspiro, olhou mais uma vez para os sapatos pretos lustrosos, ajustou seu chapéu Homburg cinza-claro e olhou rua acima e rua abaixo.

Ele sentiu um leve calafrio ao olhar para a propriedade vizinha. Dovecotes e Resthaven haviam sido erigidas por construtores rivais, ambas tendo adquirido um pequeno terreno. Outros empreendimentos deles foram rapidamente abreviados pelo National Trust em prol da preservação das belezas da zona rural. Os dois chalés permaneceram representantes de duas correntes de pensamento. Resthaven era uma caixa com um telhado, muito moderna e um tanto sem graça. Dovecotes era uma confusão de enxaimel e vernacular antigo empacotados no menor espaço possível.

Hercule Poirot debateu como chegar à Mansão Hollow. Ele sabia que, subindo um pouco a estrada, havia um pequeno portão e uma trilha. Este caminho não oficial lhe pouparia um *détour* de um quilômetro pela estrada. Mesmo assim, Hercule Poirot, defensor da etiqueta, decidiu tomar o caminho mais longo e chegar à casa devidamente pela porta da frente.

Era sua primeira visita a Sir Henry e Lady Angkatell. Não se deve pegar atalhos, pensou ele, sem convite, especialmente quando se era recebido por pessoas de relevância na sociedade. Ele tinha que admitir que estava contente com o convite.

— *Je suis um peu snob* — murmurou consigo mesmo.

Poirot tinha uma impressão agradável dos Angkatell do período em Bagdá, especialmente de Lady Angkatell. "*Une originale!*", ele pensou.

Sua estimativa do tempo para caminhar até a mansão pela estrada foi precisa. Era exatamente um minuto para treze quando ele soou a campainha da porta da frente. Estava contente por ter chegado e sentia-se um pouco cansado. Ele não gostava de caminhar.

A porta foi aberta pelo magnífico Gudgeon, que Poirot aprovou. Sua recepção, contudo, não foi tal como ele esperava.

— Sua senhoria está no caramanchão próximo à piscina, senhor. Poderia vir por aqui?

A paixão dos ingleses por passar tempo do lado de fora da casa irritava Hercule Poirot. Embora fosse normal ter que suportar este capricho no auge do verão, pensou Poirot, deveria se estar a salvo no fim de setembro! O dia estava com uma temperatura agradável, sim, mas havia, como sempre acontecia com os dias de outono, uma certa umidade. Como teria sido muito mais agradável ser conduzido a uma sala de estar aconchegante com, quem sabe, um pequeno fogo aceso na lareira. Mas, não, cá estava ele sendo conduzido pelas janelas francesas a uma encosta gramada, passando um jardim ornamental e, depois, um pequeno portão que dava para uma trilha estreita entre jovens castanheiras plantadas lado a lado.

Era do hábito dos Angkatell convidar hóspedes para as treze horas, e em dias bons eles tomavam coquetéis e conhaque no pequeno caramanchão perto da piscina. O almoço em si estava marcado para 13h30, horário em que até o mais impontual dos hóspedes daria jeito de chegar, o que possibilitava ao excelente cozinheiro de Lady Angkatell embarcar nos suflês e outras iguarias de cronometragem precisa sem receio.

Para Hercule Poirot, o plano não tinha qualquer coisa de louvável.

"Em um minuto", pensou ele, "estarei quase de volta ao ponto onde comecei."

Sentindo cada vez mais seus pés dentro dos sapatos, ele seguiu a figura alta de Gudgeon.

Foi neste instante que, logo à sua frente, ele ouviu um leve grito. Foi o que incrementou, de certo modo, sua insatisfação. Era incongruente; de certo modo, impróprio. Ele não classificou, nem tampouco pensou naquilo. Ao pensar no ocorrido posteriormente, teve dificuldade de lembrar quais emoções o grito teria transmitido. Desalento? Surpresa? Terror? Ele só poderia dizer que sugeriria, com certeza, o inesperado.

Gudgeon saiu do meio das castanheiras. Ele se deslocou para o lado, deferente, para deixar Poirot passar e ao mesmo tempo pigarreando em preparação para balbuciar "monsieur Poirot, senhora", no devido tom moderado e respeitoso, quando sua maleabilidade repentinamente ficou rígida. Ele arfou. Um ruído impróprio para um mordomo.

Hercule Poirot saiu para o espaço que cercava a piscina e ele também, imediatamente, enrijeceu. Mas de incômodo.

Era demais — de fato, demais! Ele não esperava tal manobra da parte dos Angkatell. A longa caminhada pela estrada, a decepção com a casa... e agora *isto*! O senso de humor extraviado dos ingleses!

Ele estava incomodado e entediado... ah, como estava entediado. Ele não considerava a morte algo divertido. E ali haviam lhe preparado, a modo de piada, um espetáculo.

Pelo que ele percebia, era uma cena de crime artificialíssima. Ao lado da piscina, via-se o corpo, artisticamente disposto com um braço estendido e até um pouco de tinta vermelha pingando suave da beira do concreto para a piscina. Era um cadáver espetacular, de um belo homem de cabelo claro. Sobre o corpo, de revólver na mão, havia uma mulher, uma mulher baixa, de constituição forte, meia-idade, com a expressão curiosamente esvaziada.

E havia outros três atores. Do outro lado da piscina havia uma jovem alta cujo cabelo combinava com as folhas de outono no seu castanho forte; ela tinha uma cesta na mão, cheia de dálias. Um pouco mais à frente havia um homem, alto e discreto, com uma casaca de caça, carregando uma pistola. Imediatamente à sua esquerda, com um cesto de ovos na mão, estava sua anfitriã, Lady Angkatell.

Era evidente para Hercule Poirot que várias trilhas convergiam na piscina e que cada uma destas pessoas havia chegado por um caminho diferente.

Era tudo muito matemático e artificial.

Ele suspirou. *Enfin,* o que esperavam dele? Ele deveria fingir acreditar no "crime"? Deveria demonstrar espanto? Alarme? Ou deveria fazer uma mesura, parabenizar sua anfitriã? "Ah, que encantador, preparou tudo isso para mim?"

De fato, era tudo muito imbecil... em nada *spirituel*! Não foi a Rainha Vitoria que havia dito: "Não achamos graça"? Ele estava bastante inclinado a dizer o mesmo: "Eu, Hercule Poirot, não achei graça".

Lady Angkatell havia caminhado na direção do corpo. Ele a seguiu, ciente da presença de Gudgeon, ainda com a respiração pesada, atrás dele. "Este coitado não foi avisado", Hercule Poirot raciocinou consigo. As outras duas pessoas do outro lado da piscina também se aproximaram. Agora estavam todos bem próximos, olhando para a espetacular figura esparramada à beira da piscina.

E, de repente, com um choque apavorante, com aquela sensação de borrado na tela de cinema antes de a imagem ganhar foco, Hercule Poirot percebeu que a cena artificial tinha algo de realidade.

Pois o que ele observava era, se não um morto, um moribundo.

Não era tinta vermelha que pingava na beirada de concreto. Era sangue. O homem havia levado um tiro, e esse tiro tinha sido disparado havia pouquíssimo tempo.

Ele olhou rapidamente para a mulher ali parada com revólver na mão. O rosto dela estava vazio, sem qualquer tipo de emoção. Ela parecia atordoada e um tanto estúpida.

"Curioso", pensou.

Teria ela, ele cogitou, se exaurido de toda emoção, de toda sensação, ao disparar aquele tiro? Seria ela, no momento, pura exaustão após o ato, nada além de uma casca exaurida? Podia ser, pensou ele.

Poirot olhou então para o homem alvejado e levou um choque. Pois os olhos do moribundo estavam abertos. Eram olhos de um azul intenso e guardavam uma expressão que Poirot não conseguia decifrar, mas que descreveu a si mesmo como uma espécie de consciência profunda do momento.

E, de repente, ou assim pareceu a Poirot, não parecia haver em todo este grupo de pessoas uma só que estivesse viva de fato, à exceção do homem à beira da morte.

Poirot nunca havia captado uma impressão tão forte e intensa de vitalidade. Os outros eram figuras pálidas, sombrias, atores em uma peça distante. Mas este homem era *real*.

John Christow abriu a boca e falou. Sua voz era forte, sem parecer surpresa, e urgente.

— *Henrietta...* — disse ele.

Então suas pálpebras se fecharam, sua cabeça virou para o lado.

Hercule Poirot ajoelhou-se, certificou-se e depois se pôs de pé, mecanicamente tirando o pó dos joelhos.

— Sim — disse. — Ele morreu.

A imagem se desfez, tremeu, ganhou foco de novo. Agora havia reações individuais — acontecimentos triviais. Poirot estava ciente de si como uma espécie de olhos e ouvidos ampliados... registrando. Apenas isso: *registrando.*

Ele estava ciente da mão de Lady Angkatell soltando a cesta e Gudgeon saltando à frente, rapidamente tomando-a dela.

— Permita-me, milady.

Mecanicamente, e com bastante naturalidade, Lady Angkatell balbuciou:

— Obrigada, Gudgeon.

E então, hesitante, ela disse:

— Gerda...

A mulher que segurava o revólver se mexeu pela primeira vez. Ela olhou para todos à volta. Quando falou, sua voz carregava o que parecia o mais puro assombro.

— John morreu — disse. — John *morreu*.

Com uma espécie de autoridade ligeira, a jovem alta do cabelo castanho-folha chegou rapidamente à mulher de arma em punho.

— Me dê isso, Gerda — ordenou Lady Angkatell.

E, habilmente, antes que Poirot pudesse protestar ou intervir, ela havia tirado o revólver da mão de Gerda Christow.

Poirot deu um passo rápido à frente.

— Não deveria fazer isto, *mademoiselle*...

A jovem levou um susto ao ouvir a voz de Poirot. O revólver escorregou de sua mão. Ela estava à beira da piscina e o revólver caiu na água, soltando um esguicho.

A boca dela se abriu e proferiu um "ah" de choque, voltando a cabeça para olhar para Poirot com expressão de desculpas.

— Como eu sou tola — falou. — Desculpe.

Poirot ficou um momento sem falar. Ele estava observando o par de olhos castanho-claros. Eles encontraram os seus, firmes, e ele questionou se sua desconfiança momentânea havia sido injusta.

Em voz baixa, Poirot disse:

— Deve-se tocar o mínimo possível nas coisas. Tudo deve ser deixado exatamente como está para a polícia ver.

Houve uma leve movimentação logo a seguir. Muito leve, apenas uma onda de inquietação.

Lady Angkatell balbuciou, desgostosa:

— É claro. Eu creio que... sim, a polícia...

Com voz baixa, agradável, tingida de repulsa meticulosa, o homem com a casaca de caça disse:

— Infelizmente, Lucy, é inevitável.

Naquele instante de silêncio e constatação, ouviu-se o som de passos e vozes, de passos seguros e rápidos e de vozes alegres e incongruentes.

Pelo caminho que levava à casa vieram Sir Henry Angkatell e Midge Hardcastle, conversando e rindo.

Ao ver o grupo ao redor da piscina, Sir Henry parou de repente e exclamou, surpreso:

— O que houve? O que aconteceu?

A mulher respondeu:

— Gerda... — interrompeu-se, bruscamente. — É que... John foi...

Gerda falou com a voz categórica, mas confusa:

— John levou um tiro. Ele morreu.

Todos desviaram o olhar dela, envergonhados.

Então Lady Angkatell falou rapidamente:

— Minha cara, acho melhor você... entrar e deitar-se. Quem sabe todos voltamos para a casa? Henry, você e Monsieur Poirot podem ficar aqui... e esperar a polícia.

— É a melhor medida, creio eu — concordou Sir Henry. Ele virou-se para Gudgeon. — Pode telefonar à delegacia, Gudgeon? Informe exatamente o que aconteceu. Quando a polícia chegar, traga-os aqui de imediato.

Gudgeon fez um aceno com a cabeça e disse:

— Sim, Sir Henry.

Ele estava um tanto pálido, mas ainda era o criado perfeito.

A jovem alta disse "venha, Gerda" e, passando a mão pelo braço da outra, conduziu-a sem resistência pelo caminho até a casa. Gerda caminhava como se estivesse em um sonho. Gudgeon recuou um pouco para deixá-las passar, e depois seguiu carregando o cesto de ovos.

Sir Henry virou-se bruscamente para a esposa.

— Então, Lucy, o que é isso? O que aconteceu, exatamente?

Lady Angkatell esticou as mãos em um gesto ambíguo, adorável e indefeso. Hercule Poirot sentiu o encanto e a súplica.

— Querido, eu mal sei. Eu estava com as galinhas. Ouvi um tiro que pareceu muito próximo, mas não dei tanta atenção. Afinal — disse, dirigindo-se a todos —, é algo a que *não* se dá atenção! Então subi a trilha até a piscina e ali estava John deitado e Gerda de pé ao lado dele, com o revólver. Henrietta e Edward chegaram quase no mesmo instante... vindos de lá.

Ela apontou com a cabeça para a outra ponta da piscina, onde duas trilhas corriam ao bosque.

Hercule Poirot pigarreou.

— Quem são John e Gerda? Se me permitem saber — complementou, em tom pesaroso.

— Ah, é claro. — Lady Angkatell virou-se para ele rapidamente. — É fácil esquecer... mas, no caso, não se *apresenta* os outros... não quando alguém acaba de ser assassinado. John é John Christow, dr. Christow. Gerda Christow é sua esposa.

— E a senhora que entrou na casa com Mrs. Christow?

— Minha prima, Henrietta Savernake.

Houve um movimento, um movimento muito discreto do homem à esquerda de Poirot.

"*Henrietta* Savernake", pensou Poirot, "e ele não gostou que ela tenha me dito o nome... mas, afinal, é inevitável que eu descubra..."

"*Henrietta*", dissera o homem às portas da morte. Ele o havia dito de maneira muito curiosa. Uma maneira que lembrava Poirot de algo... de um incidente... qual era mesmo? Não importa, ainda iria lhe ocorrer.

Lady Angkatell seguiu em frente, agora decidida a cumprir suas funções sociais.

— E este é outro primo nosso, Edward Angkatell. E Miss Hardcastle.

Poirot fez pequenas mesuras a cada apresentação. Midge de repente sentiu que queria dar uma risada histérica; teve que fazer esforço para se controlar.

— E agora, minha cara — disse Sir Henry —, creio que, como você sugeriu, seria melhor entrar. Quero trocar algumas palavras com Monsieur Poirot.

Lady Angkatell olhou para eles, pensativa.

— Eu espero — disse ela — que Gerda *tenha* se deitado. Foi a coisa certa a se sugerir? Eu não conseguia pensar no que dizer. No caso, não se tem *precedentes*. O que se *diz* a uma mulher que acabou de matar o marido?

Ela olhou para eles como se esperasse uma resposta competente à pergunta.

Então ela seguiu a trilha até a casa. Midge foi atrás. Edward fechou o cortejo.

Poirot ficou com seu anfitrião.

Sir Henry pigarreou. Ele parecia um pouco indeciso quanto ao que dizer.

— Christow — comentou, finalmente — era um camarada muito competente... *muito* competente.

Os olhos de Poirot caíram mais uma vez no falecido. Ele ainda tinha a impressão curiosa de que o morto estava mais vivo do que os vivos.

Ficou pensando no que havia lhe causado esta impressão. Ele respondeu com educação a Sir Henry.

— Uma tragédia dessas é uma infelicidade.

— Esse tipo de coisa é mais o seu ramo do que do meu — disse Sir Henry. — Creio que nunca estive tão próximo de um assassinato até hoje. Espero que tenha feito tudo certo até o momento.

— O procedimento foi correto — disse Poirot. — Vocês chamaram a polícia e, até que eles cheguem e assumam o caso, não há o que fazermos... exceto garantir que ninguém mexa no corpo nem adultere as provas.

Ao dizer a última palavra, ele olhou para a piscina, onde viu o revólver caído no fundo de concreto, levemente distorcido pela água azul.

As provas, ele pensou, provavelmente já haviam sido adulteradas antes que ele, Hercule Poirot, pudesse impedir.

Mas não... aquilo havia sido um acidente.

Sir Henry balbuciou, desgostoso:

— Temos que ficar parados aqui? Está um pouco frio. Não haveria problema, creio eu, se entrássemos no caramanchão?

Poirot, que estava incomodado com a umidade nos pés e a tendência a tremer, aquiesceu de bom grado. O caramanchão ficava do lado da piscina mais distante da casa, e pela sua porta aberta havia uma vista da piscina e do corpo e da trilha até a casa pela qual a polícia chegaria.

O caramanchão era luxuosamente mobiliado com sofás aconchegantes e alegres tapetes com símbolos aborígenes. Em uma mesa de ferro pintado, havia uma bandeja com copos e um decantador de conhaque.

— Eu lhe ofereceria um drinque — disse Sir Henry —, mas imagino que seja melhor eu não tocar em nada até a polícia chegar... não que, imagino eu, haja algo de interessante para eles aqui. De qualquer modo, é melhor se precaver. Gudgeon ainda não trouxe os coquetéis, pelo que vi. Ele estava esperando o senhor chegar.

Os dois sentaram-se um pouco trêmulos em duas cadeiras de vime próximas à porta, para poderem ver o caminho da casa.

Uma atmosfera de restrição pairou sobre eles. Era uma ocasião em que ficava difícil falar sobre amenidades.

Poirot olhou em volta do caramanchão, observando qualquer coisa que lhe parecesse incomum. Uma pelerine chique de pele de raposa havia sido jogada de qualquer jeito nas costas de uma das cadeiras. Ele ficou pensando a quem poderia pertencer. Sua magnificência pomposa não harmonizava com nenhuma das pessoas que ele havia visto até agora. Não teria como imaginá-la, por exemplo, em volta dos ombros de Lady Angkatell.

Poirot ficou intrigado. A peça carregava um misto de opulência e exibição... e estas características deixavam a desejar em todos que ele havia visto até agora.

— Imagino que possamos fumar — disse Sir Henry, oferecendo sua cigarreira a Poirot.

Antes de pegar o cigarro, Poirot fungou.

Perfume francês... um perfume francês caro.

Restava apenas um vestígio do perfume, mas estava ali, e mais uma vez o cheiro não era dos que sua mente associaria a qualquer dos ocupantes da Mansão Hollow.

Conforme ele se curvou para acender seu cigarro no isqueiro de Sir Henry, o olhar de Poirot recaiu sobre uma pequena pilha de caixas de fósforo — seis caixas — empilhadas sobre uma mesinha próxima a um dos sofás.

Foi um detalhe que ele considerou deveras estranho.

Capítulo 12

— Às 14h30 — disse Lady Angkatell.

Ela estava na sala de estar com Midge e Edward. Por trás da porta fechada do escritório de Sir Henry ouvia-se apenas um murmúrio de vozes. Hercule Poirot, Sir Henry e o Inspetor Grange estavam ali dentro.

Lady Angkatell suspirou:

— Veja bem, Midge: eu ainda penso que algo devia ser feito em relação ao almoço. É evidente que é insensível ficarmos sentados à mesa como se nada houvesse acontecido. Mas, ao fim e ao cabo, Monsieur Poirot foi convidado para almoçar... e provavelmente está com fome. E para *ele* não é tão inquietante quanto é para nós que o pobre John tenha morrido. Também devo dizer que, embora de minha parte eu não esteja com vontade de comer, Henry e Edward devem estar com uma fome cavalar depois de passarem a manhã atirando.

Edward Angkatell falou:

— Não se preocupe comigo, cara Lucy.

— Você é sempre muito polido, Edward. E depois temos David... notei que ele comeu bastante no jantar de ontem. Intelectuais sempre parecem precisar de muita comida. Aliás, *onde está* David?

— Ele subiu para o quarto — respondeu Midge — depois de ouvir o que aconteceu.

— Sim... bem, muito diplomático da parte dele. Ouso dizer que ele ficou incomodado. Digam o que disserem, mas um assassinato é algo incômodo. Os criados ficam transtornados, acaba com a rotina... Íamos almoçar pato. Por sorte, ainda fica bom se servido frio. O que fazer quanto a Gerda, por sinal? Algo em uma bandeja? Uma sopa mais densa, talvez?

"De fato", pensou Midge, "Lucy é inumana!" E então, sentindo-se mal pelo que pensou, ela refletiu que talvez Lucy chocasse os outros por ser humana demais! Não era a mais simples verdade que todas as catástrofes eram cercadas por pequenas dúvidas e conjecturas triviais? Lucy apenas deu voz às ideias que a maioria das pessoas nem reconhece ter. Era uma pessoa que estava preocupada com os criados e com as refeições. E as pessoas, de fato, sentem fome. Ela mesma estava com fome naquele instante! Com fome, pensou, e ao mesmo tempo enjoada. Uma combinação curiosa.

E havia ainda, indubitavelmente, a vergonha simples e incômoda de não saber como reagir a uma mulher muda, banal, que ainda ontem era tratada como a "pobre Gerda" e que agora, supostamente, estava a poucos passos do banco dos réus, acusada de homicídio.

"Essas coisas acontecem com outras pessoas", pensou Midge. "Não podem acontecer *conosco.*"

Ela olhou para Edward do outro lado da sala. "Não deviam", pensou, "acontecer com gente como Edward. Pessoas que são tão *contra* a violência." Ela reconfortou-se em olhá-lo, tão tranquilo, tão sensato, tão calmo e delicado.

Gudgeon entrou, curvou-se em tom de confidência e falou com a voz devidamente atenuada:

— Servi sanduíches e café na sala de jantar, milady.

— Ah, *obrigada,* Gudgeon!

— Ora — disse Lady Angkatell enquanto Gudgeon saía da sala. — Gudgeon é maravilhoso. Não sei o que eu faria sem ele. Sempre sabe o que é o certo a se fazer. Sanduíches com boa sustância servem tanto quanto um almoço... E não há nada de *insensível* em sanduíches, se é que me entendem!

— Ah, Lucy, *pare*.

Midge de repente sentiu lágrimas quentes escorrerem pelo rosto. Lady Angkatell pareceu surpreendida, e balbuciou:

— Pobre querida. Foi demais para você.

Edward atravessou a sala para se sentar no sofá ao lado de Midge. Ele colocou seu braço por cima dos ombros dela.

— Não se preocupe, pequena Midge — disse.

Midge enterrou o rosto no ombro dele e soluçou, confortável. Ela se lembrou de como Edward havia sido gentil com ela quando seu coelho morreu em Ainswick, durante um feriado de Páscoa.

Edward falou em tom delicado:

— Foi um choque. Posso servir um conhaque para ela, Lucy?

— Está no aparador da sala de jantar. Não creio que...

Ela parou de falar quando Henrietta entrou na sala. Midge aprumou-se no sofá. Ela sentiu Edward entesar-se e ficar imóvel.

"O que", pensou Midge, "será que Henrietta sente?" Ela estava quase relutante em olhar para a prima... mas não havia nada para ver. Henrietta parecia, no mínimo, hostil. Ela havia chegado de queixo erguido, rubor atiçado e com certa agitação.

— Ah, aí está você, Henrietta — exclamou Lady Angkatell. — Eu estava me perguntando onde você estava. A polícia está com Henry e Monsieur Poirot. O que você deu a Gerda? Conhaque? Ou um chá e uma aspirina?

— Eu lhe dei um conhaque... e uma bolsa de água quente.

— Muito bem — disse Lady Angkatell, aprovando. — É isso que dizem nas aulas de Primeiros Socorros. A bolsa de água quente, no caso, para o choque... *não* o conhaque. Há uma reação mais recente aos estimulantes. Mas creio que seja apenas um modismo. Sempre dávamos conhaque no caso de choque quando eu era jovem em Ainswick. Mas no caso de Gerda, creio eu, não é exatamente um *choque*. Eu não sei exatamente *o que* alguém sentiria se matasse o marido... é o tipo de coisa que é quase impossível de se imaginar..., mas não seria exatamente um *choque*. No caso, não haveria um elemento de *surpresa*.

A voz gélida de Henrietta cortou a atmosfera plácida.

— Por que vocês têm tanta certeza de que Gerda matou John?

Houve uma pausa de um instante... e Midge sentiu uma variação curiosa na atmosfera. Havia confusão, tensão e, por fim, uma espécie de vigilância vagarosa.

Então Lady Angkatell falou, sua voz desprovida de qualquer inflexão:

— Me pareceu... evidente. O que mais você sugere?

— Não é possível que Gerda tenha chegado à piscina, encontrado John caído, e que havia acabado de pegar o revólver quando... quando chegamos à cena?

Mais uma vez, aquele silêncio. Então Lady Angkatell perguntou:

— É isso que Gerda está dizendo?

— Sim.

Não foi mera coincidência. Havia uma força por trás. A frase saiu como um tiro de revólver.

Lady Angkatell ergueu as sobrancelhas, depois falou com um tom de irrelevância:

— Há sanduíches e café na sala de jantar.

Ela interrompeu-se com um pequeno suspiro quando Gerda Christow entrou pela porta aberta. Ela falou com pressa e em tom de desculpas:

— E-eu não conseguia mais ficar deitada. A pessoa... eu fico muito agitada.

Lady Angkatell exclamou:

— Você precisa sentar-se! Precisa sentar-se *agora*.

Ela desalojou Midge do sofá, acomodou Gerda e colocou uma almofada em suas costas.

— Pobrezinha — disse Lady Angkatell.

Ela falava com ênfase, mas as palavras pareciam sem sentido.

Edward foi até a janela e ficou ali, olhando para fora.

Gerda tirou o cabelo bagunçado da testa. Ela falou em um tom preocupado, confuso.

— E-eu... estou começando a me dar conta. Sabem que eu ainda não senti que... eu ainda não consigo sentir... que é *real*... que John... *morreu*. — Ela começou a tremer um pouco. — Quem pode tê-lo assassinado? Quem o mataria?

Lady Angkatell respirou fundo antes de virar a cabeça rapidamente. A porta de Sir Henry havia aberto. Ele entrou acompanhado pelo Inspetor Grange, um homem corpulento, forte, com um bigode caído, esboçando pessimismo.

— Esta é minha esposa, Inspetor Grange.

Grange inclinou a cabeça e disse:

— Queria saber, Lady Angkatell, se poderia conversar um pouco com Mrs. Christow...

Ele interrompeu-se quando Lady Angkatell apontou a figura no sofá.

— Mrs. Christow?

Gerda falou prontamente:

— Sim, sou Mrs. Christow.

— Não gostaria de lhe causar desconforto algum, Mrs. Christow, mas preciso fazer algumas perguntas. A senhora, é claro, pode ter seu advogado presente, caso prefira...

Sir Henry interveio:

— Às vezes é mais sábio, Gerda...

Ela o interrompeu:

— Advogado? Por que um advogado? Por que um advogado saberia algo a respeito da morte de John?

O Inspetor Grange tossiu. Sir Henry parecia prestes a falar. Henrietta interveio:

— O inspetor apenas quer saber o que se passou esta manhã.

Gerda virou-se para ele. Ela falou com voz de dúvida:

— Tudo me parece um sonho ruim... que não é real. E-eu não consegui chorar nem nada. Não sinto coisa alguma.

Grange disse, reconfortante:

— Isso é o choque, Mrs. Christow.

— Sim, sim... creio que seja. Mas o senhor entende: foi muito *repentino*. Eu saí da casa e segui o caminho até a piscina...

— A que horário, Mrs. Christow?

— Foi um pouco antes das treze... Por volta de dois minutos para as treze. Eu sei porque olhei no relógio. E quando eu cheguei lá... lá estava John, deitado... e o sangue na beirada do concreto.

— A senhora ouviu um tiro, Mrs. Christow?

— Sim... não... não sei. Eu sabia que Sir Henry e Mr. Angkatell haviam saído para atirar. E-eu vi John...

— Sim, Mrs. Christow?

— John... e sangue... e um revólver. Eu peguei o revólver...

— Por quê?

— Desculpe?

— Por que pegou o revólver, Mrs. Christow?

— Eu... eu não sei.

— A senhora não deveria ter tocado na arma, sabe?

— Não deveria? — Gerda estava perdida, a expressão vazia. — Mas eu o fiz. Segurei-o em minhas mãos.

Ela olhou de novo para as mãos como se estivesse, na imaginação, vendo o revólver entre elas.

Gerda virou-se bruscamente para o inspetor. De repente sua voz ficou ríspida, angustiada.

— Quem iria querer matar John? Não há como existir alguém que iria querer que ele morresse. Ele era... ele era o melhor homem que existia. Tão gentil, tão abnegado... ele fazia tudo pelos outros. Todos o amavam, inspetor. Ele era um médico maravilhoso. O melhor e mais gentil dos maridos. Deve ter sido um acidente... tem que ter sido. *Tem* que ter sido!

Ela gesticulou a sala toda com a mão.

114 · AGATHA CHRISTIE ·

— Pergunte a qualquer um, inspetor. Ninguém iria querer matar John, não é?

Ela suplicou a todos.

O Inspetor Grange fechou sua caderneta.

— Obrigado, Mrs. Christow — falou, com a voz desprovida de emoção. — É só, por enquanto.

Hercule Poirot e Inspetor Grange caminharam juntos pelo bosque de castanheiras até a piscina. A coisa que já fora John Christow, mas que agora era "o corpo" havia sido fotografada e mensurada e anotada e analisada pelo legista da polícia, e agora levada para o necrotério. A piscina, pensou Poirot, parecia curiosamente inocente. Tudo no dia de hoje, ele pensou, havia sido estranhamente fluido. Fora John Christow — ele não havia sido fluido. Mesmo na morte ele havia sido resoluto e objetivo. A piscina não era mais eminentemente uma piscina, era o lugar onde o corpo de John Christow havia caído e onde seu sangue havia empoçado sobre o concreto até cair na água artificialmente azulada.

Artificial... por um instante, Poirot deteve-se na palavra. Sim, havia algo de artificial em toda aquela história. Como se...

Um homem em trajes de banho veio até o inspetor.

— Aqui está o revólver, senhor — disse ele.

Com toda a cautela, Grange pegou o objeto pingando.

— Nem esperança de impressões digitais, agora — comentou —, mas, por sorte, não importa neste caso. Mrs. Christow estava com o revólver na mão quando o senhor chegou, não é, Monsieur Poirot?

— Sim.

— A identificação do revólver é o que vem a seguir — disse Grange. — Imagino que Sir Henry possa fazer isso por nós. Ela o pegou no escritório dele, eu diria.

Ele lançou um olhar à piscina.

— Vamos deixar tudo muito claro. O caminho que desce da piscina leva à granja, e foi de lá que veio Lady Angkatell.

Os outros dois, Mr. Edward Angkatell e Miss Savernake, vieram do bosque... mas não juntos. Ele veio pelo caminho do bosque e ela, pelo da direita, que leva ao passeio das flores acima da casa. Mas os dois estavam parados do outro lado da piscina quando o senhor chegou?

— Sim.

— E esta trilha, ao lado do caramanchão, leva à Podder's Lane. Certo... vamos por ali.

Enquanto caminhavam, Grange falava sem animação, apenas conhecimento de causa e um pessimismo silencioso.

— Nunca gostei muito desse tipo de caso — disse ele. — Tive um assim no ano passado. Perto de Ashridge. Um militar aposentado, ele era. Distinção na carreira. A esposa era do tipo tranquilo, delicado, antiquada, gentil, 65 anos, cabelo grisalho. Cabelo bonito, ondulado. Fazia bastante jardinagem. Um dia ela vai ao quarto dele, pega seu revólver de serviço, vai até o jardim e atira nele. Assim, do nada! Havia muita coisa por trás, é claro, que tivemos que escavar. Às vezes, elas inventam histórias sobre andarilhos! Fingimos que acreditamos, é claro, botamos panos quentes enquanto fazemos a investigação. Mas sabemos o que se passa.

— Quer dizer — disse Poirot — que o senhor concluiu que Mrs. Christow atirou no marido.

Grange lhe dirigiu um olhar de surpresa.

— Ora, o senhor não acha?

Poirot respondeu devagar:

— Pode ter acontecido tal como ela disse.

O Inspetor Grange deu de ombros.

— Sim, *pode* ter acontecido. Mas é uma história rasa. E todos *eles* acham que ela o matou! Eles sabem de algo que não sabemos. — Ele olhou com curiosidade para o acompanhante. — O senhor achou que havia sido ela, não achou, quando chegou à cena?

Poirot semicerrou os olhos. Andando pela trilha... Gudgeon a seu passo lento... Gerda Christow parada sobre o marido

116   · AGATHA CHRISTIE ·

com o revólver na mão e aquela expressão vazia no rosto. Sim, como Grange havia dito, ele *havia* pensado que tinha sido ela... havia pensado, no mínimo, aquela era a impressão que ele deveria ter.

Sim, mas isso não é a mesma coisa.

Uma cena armada. Preparada para enganar.

Gerda Christow parecia uma mulher que tinha acabado de atirar no marido? Era isso que Inspetor Grange queria saber.

E, com um choque repentino de surpresa, Hercule Poirot percebeu que em toda sua experiência com atos de violência, ele nunca ficara frente a frente com uma mulher que havia acabado de assassinar o marido. Qual seria a expressão de uma mulher nessas circunstâncias? Triunfante? Horrorizada? Satisfeita? Desnorteada? Incrédula? Uma expressão vazia?

Qualquer uma dessas, ele pensou.

O Inspetor Grange seguia falando. Poirot ouviu o final do discurso.

— ...assim que se tiver todo os dados sobre o caso, o que geralmente se consegue com os criados.

— Mrs. Christow vai voltar a Londres?

— Sim. Ela tem um casal de filhos que está lá. Temos que deixar que vá. É claro que vamos ficar de olho, mas ela não vai perceber. Ela pensa que se safou. Me parece uma mulher bastante burra...

Será que Gerda Christow percebia, perguntou-se Poirot, o que a polícia pensava... e o que os Angkatell pensavam? Ela parecia não perceber nada. Ela parecia ser uma mulher de reações lentas e que estava totalmente confusa e inconsolável com a morte do marido.

Eles haviam chegado à estrada.

Poirot parou perto do portão. Grange disse:

— Sua casa de campo fica aqui? Adorável e aconchegante. Bem, chegou o momento de nos despedimos, Monsieur Poirot. Obrigado pela cooperação. Eu apareço a qualquer hora e lhe passo o resumo do que conseguimos.

Seu olhar percorreu a estrada.

— Quem é sua vizinha? Não é por aqui que anda nossa nova celebridade, é?

— Miss Veronica Cray, a atriz, passa os fins de semana aqui, creio eu.

— É claro. Dovecotes. Gostei muito dela em *A donzela montada no tigre*, mas ela é um pouco intelectual demais para meu gosto. Sou mais Deanna Durbin ou Hedy Lamarr.

Ele deu meia-volta.

— Bem, preciso voltar ao serviço. Até mais, Monsieur Poirot.

— O senhor reconhece isto, Sir Henry?

O Inspetor Grange deixou o revólver na mesa na frente de Sir Henry e olhou para ele com expectativa.

— Posso segurá-lo? — A mão de sir Henry hesitou sobre o revólver enquanto ele fazia a pergunta.

Grange assentiu.

— Estava dentro da piscina. Acabou com quaisquer impressões digitais que pudessem ter ficado. Uma pena, se me permite dizer, que Miss Savernake o tenha deixado cair.

— Sim, sim... mas é evidente que foi um momento muito tenso para todos nós. As mulheres costumam ficar agitadas e... hã... deixam as coisas caírem.

Inspetor Grange assentiu mais uma vez. Ele disse:

— Miss Savernake parece uma jovem tranquila e inteligente, em termos gerais.

As palavras não carregavam ênfase alguma, mas algo nelas fez Sir Henry levantar o olhar abruptamente. Grange prosseguiu:

— Então, o senhor o reconhece?

Sir Henry pegou o revólver e o analisou. Ele tomou nota do número e comparou com uma lista em uma caderneta com capa de couro. Então, ao fechar a caderneta, deu um suspiro e disse:

— Sim, inspetor, é da minha coleção.

— Quando o senhor o viu pela última vez?

— Ontem à tarde. Estávamos praticando tiros no jardim com um alvo, e esta foi uma das armas que usamos.

— Quem disparou este revólver na ocasião?

— Creio que todos deram pelo menos um tiro com ele.

— Incluindo Mrs. Christow?

— Incluindo Mrs. Christow.

— E depois que terminaram?

— Eu guardei o revólver no lugar de sempre. Aqui.

Ele puxou a gaveta de um grande armário. Estava carregada de armas, até a metade.

— O senhor tem uma grande coleção de armas de fogo, Sir Henry.

— É um hobby de muitos anos.

Os olhos do Inspetor Grange detiveram-se, pensativos, sobre o ex-governador das Ilhas Hollowene. Um homem bem-apessoado, distinto, o tipo de homem a quem ele ficaria contente de servir. Aliás, um homem que ele preferiria ao Chefe de Polícia atual. O inspetor não tinha grande consideração por seu superior... um tirano temperamental e metido à besta. Ele voltou a mente ao tema em pauta.

— O revólver, é claro, não estava carregado quando o senhor o guardou, não é, Sir Henry?

— É certo que não.

— E o senhor guarda a munição... onde?

— Aqui. — Sir Henry tirou a chave de um escaninho e destrancou uma das gavetas inferiores da escrivaninha.

"Bastante simples", Grange pensou. A tal Christow havia visto onde a arma ficava guardada. Bastava ela ir até lá e servir-se. O ciúme, ele pensou, é contundente para as mulheres. Ele apostaria dez para um que *era* ciúme. Tudo ficaria claro quando terminasse a investigação de rotina ali e chegasse à parte em Harley Street. Mas era preciso fazer tudo na devida ordem.

Grange levantou-se e disse:

— Bem, obrigado, Sir Henry. Eu o avisarei quanto ao inquérito.

Capítulo 13

O pato frio ficou para o jantar. Depois do pato, foi servido um *crème caramel* que, disse Lady Angkatell, mostrava a devida compostura da parte de Mrs. Medway.

Cozinhar, ela disse, realmente dava um grande escopo à sutileza do sentir.

— Nós, ela sabe, temos um apreço moderado por pudim. Seria muito grosseiro, logo após a morte de um amigo, comer a sobremesa preferida. Mas pudim é tão fácil... tão esquivo, se é que me entendem... e ainda se deixa um pouco no prato.

Ela deu um suspiro e disse que esperava que eles houvessem feito o certo ao deixar Gerda voltar a Londres.

— Mas foi muito apropriado da parte de Henry acompanhá-la.

Pois Sir Henry havia insistido em conduzir Gerda até Harley Street.

— Ela voltará para o inquérito, é claro — prosseguiu Lady Angkatell, comendo o pudim, pensativa. — Mas, naturalmente, ela queria ser a primeira a contar às crianças... pode ser que eles vejam nos jornais e há apenas uma francesa na casa... sabe-se lá o quanto impressionável... e ela pode ter uma *crise de nerfs*. Mas Henry vai ajudá-la e realmente acredito que Gerda ficará bem. Ela provavelmente vai chamar parentes... as irmãs, quem sabe. É o tipo de pessoa que certamente tem irmãs. Três ou quatro, eu diria. Que provavelmente moram em Tunbridge Wells.

— Que coisas extraordinárias você diz, Lucy — comentou Midge .

— Ora, querida, pode ser Torquay, se preferir... não, Torquay, não. Eles teriam que ter no mínimo 65 anos para morar em Torquay. Eastbourne, quem sabe. Ou St. Leonards.

Lady Angkatell olhou para a última colher de pudim, passou a impressão de que estava se condoendo, e deixou-a no prato delicadamente, sem comer.

David, que só gostava de comidas salgadas, olhou com tristeza para o prato vazio.

Lady Angkatell levantou-se.

— Creio que hoje todos desejamos nos deitar mais cedo — disse ela. — Muito aconteceu, não é? Não se tem ideia ao ler no jornal sobre essas coisas como é *cansativo*. Sinto como se houvesse caminhado vinte quilômetros. Mas o que fiz na verdade foi ficar sentada... o que também é cansativo, porque não há vontade de ler um livro ou um jornal, parece tão desalmado. Acredito que talvez o artigo principal do *Observer* não fosse problema... Só não o *News of the World*. Não concorda comigo, David? Eu gosto de saber o que os jovens pensam, assim não fico por fora.

David respondeu em tom áspero que nunca lia o *News of the World*.

— Eu sempre leio — disse Lady Angkatell. — Fingimos que assinamos para os criados, mas Gudgeon é muito compreensivo e só pega para ler depois do chá. É um jornal muito interessante, só sobre mulheres que botam a cabeça em fornos a gás... no que consiste um número altíssimo!

— O que farão nas casas do futuro, que serão todas elétricas? — perguntou Edward Angkatell, com um ligeiro sorriso.

— Imagino que elas terão que fazer o seu melhor... é o mais sensato.

— Eu discordo, senhor — disse David —, quanto às casas do futuro serem elétricas. Pode ser que haja aquecimento central proveniente do fornecimento público. Toda casa de classe operária deveria ser prática para poupar o trabalho doméstico.

Edward Angkatell respondeu rapidamente que lamentava, mas era um assunto do qual ele não estava a par. Os lábios de David retesaram-se de desdém.

Gudgeon trouxe o café sobre uma bandeja, caminhando um pouco mais lentamente que de costume para demonstrar seu luto.

— Ah, Gudgeon — disse Lady Angkatell —, quanto aos ovos. Eu queria anotar a data a lápis em cada um, como sempre. Pode pedir a Mrs. Medway que trate disso?

— Creio que a madame vai conferir que tudo já foi feito de modo bastante satisfatório. — Ele pigarreou. — Eu mesmo tomei conta disso.

— Ah, obrigada, Gudgeon.

Enquanto o homem saía do recinto, ela balbuciou:

— Oras, Gudgeon é mesmo maravilhoso. Todos os criados estão comportando-se que é uma maravilha. E temos que ser solidários ao receber a polícia... para eles, deve ser horrível. A propósito, sobrou algum?

— Da polícia, você quer dizer? — Midge perguntou.

— Sim. Eles não costumam deixar um a postos no vestíbulo? Ou talvez ele esteja de vigia na porta, nas moitas do lado de fora.

— Por que ele precisaria vigiar a porta?

— Não tenho certeza. É o que fazem nos livros. E então outra pessoa é assassinada durante a noite.

— Ah, Lucy, pare — pediu Midge.

Lady Angkatell dirigiu a ela um olhar de curiosidade.

— Querida, sinto muito. Que burrice de minha parte. É claro que ninguém mais será assassinado. Gerda foi para casa...

122

Eu quero dizer... Ah, Henrietta, querida, desculpe-me. Eu não quis dizer nesse *sentido*.

Mas Henrietta não respondeu. Ela estava parada perto da mesa de jogo, conferindo o placar da partida de bridge que havia feito na noite anterior.

Ela perguntou, avivando-se:

— Desculpe, Lucy, o que foi que disse?

— Fiquei pensando se havia sobrado alguém da polícia.

— Como restos depois de uma liquidação? Creio que não. Todos voltaram à delegacia, para anotar o que declaramos na devida linguagem policial.

— Para o que está olhando, Henrietta?

— Nada.

Henrietta passou ao consolo da lareira.

— O que vocês acham que Veronica Cray está fazendo hoje à noite? — perguntou ela.

Um assombro percorreu o rosto de Lady Angkatell.

— Minha cara! Você não acha que ela pode aparecer aqui de novo, não é? Ela já deve saber do ocorrido.

— Sim — Henrietta falou, pensativa. — Imagino que tenha ouvido.

— O que me lembra — disse Lady Angkatell — de que eu preciso telefonar para os Carey. Não podemos recebê-los para o almoço amanhã como se nada tivesse acontecido.

Ela saiu do cômodo.

David, com ódio de seus parentes, resmungou que queria procurar algo na *Encyclopaedia Britannica*. A biblioteca, ele raciocinou, seria um aposento sossegado.

Henrietta foi às janelas francesas, abriu-as e as atravessou. Após hesitar por um momento, Edward foi atrás dela.

Ele a encontrou do lado de fora, olhando para o céu. Henrietta comentou:

— Não está quente como na noite passada, não é?

Com a voz agradável, Edward respondeu:

— Não, está particularmente frio.

Ela estava parada, olhando para a mansão. Seus olhos passavam pelas janelas. Então ela se virou e olhou para o bosque. Edward não tinha ideia do que se passava em sua mente.

Ele fez um movimento na direção de uma janela aberta.

— É melhor entrar. Está frio.

Henrietta fez que não.

— Vou dar uma caminhada. Até a piscina.

— Ah, minha cara. — Edward foi rápido ao segui-la. — Eu vou junto.

— Não, Edward, obrigada. — A voz saiu ríspida como o frio no ar. — Quero ficar a sós com meu morto.

— Henrietta! Minha cara... eu não disse nada. Mas você sabe que eu... que eu sinto muito.

— Você? Sente muito pela morte de John Christow?

Ainda se ouvia a rispidez na voz dela.

— Eu quis dizer... sinto por você, Henrietta. Sei que deve ter sido um... um choque.

— Choque? Ah, mas eu sou forte, Edward. Eu aguento um choque. Foi um choque para você? O que você sentiu quando o viu ali, caído? Feliz, suponho eu. Você não gostava de John Christow.

Edward murmurou:

— Ele e eu... não tínhamos muito em comum.

— Como você é gentil quando fala! Tão contido. Mas, na verdade, vocês tinham uma coisa em comum. Eu! Os dois tinham carinho por mim, não? Mas isso não criou um laço entre os dois... bem pelo contrário.

A lua apareceu aos poucos por uma nuvem e ele ficou assustado quando, de repente, observou o olhar que Henrietta o lançava. Inconscientemente, sempre a vira como uma projeção da mulher que havia conhecido em Ainswick. Sempre aquela garota risonha, com olhos dançantes e cheios de expectativa. A mulher que ele via agora lhe parecia uma estranha, com olhos que brilhavam, mas frios, que pareciam olhar para ele com animosidade.

Ele disse com sinceridade:

— Henrietta, minha cara, acredite: que eu sou solidário... ao... ao seu luto, sua perda.

— Mas *seria* luto?

A pergunta o assustou. Parecia algo que ela perguntava não a ele, mas a si.

Ela falou com a voz baixa:

— Tão rápido... pode acontecer tão rápido. Em um instante você está vivo, respirando, e no seguinte... está morto... partido... o vazio. Ah, o vazio! E aqui estamos nós, comendo pudim e nos chamando de vivos... e John, que tinha mais vida que qualquer um de nós, está morto. Eu repito a palavra sem parar no meu íntimo. *Morto. Morto. Morto. Morto. Morto.* E de repente ela perde o sentido. Não tem sentido algum. É só uma palavrinha esquisita, como um sapo coaxando. *Morto. Morto. Morto. Morto.* Ou como um tambor na selva. *Morto. Morto. Morto. Morto. Morto.*

— Pare, Henrietta! Pelo amor de Deus, pare!

Ela o encarou, intrigada.

— Você não sabia que eu me sentiria assim? O que achou? Que eu ficaria sentada chorando, toda delicada, com meu lencinho nos olhos e você segurando minha mão? Que seria um grande choque, mas que em seguida eu esqueceria? E que você me consolaria com muito carinho? Você *é* querido, Edward. Você é muito querido, mas é tão... tão inadequado.

Ele recuou. Seu rosto se enrijeceu, e Edward respondeu com a voz seca:

— Sim, disso eu sempre soube.

Henrietta prosseguiu, feroz:

— Como você acha que foi esta noite, sentados em volta da mesa, com John morto e ninguém que se importe fora Gerda e eu? Você feliz e David envergonhado, Midge agoniada e Lucy degustando esta manchete do *News of the World* que deixou o jornal e virou realidade? Você não percebe que isso parece um pesadelo fantástico?

Edward não respondeu. Ele deu um passo para trás, rumo às sombras.

Olhando para ele, Henrietta disse:

— Hoje à noite... nada me parece real, nada *é* real... fora John!

Edward falou em voz baixa:

— Eu sei... que não sou muito real.

— Eu sou cruel, Edward. Mas não tenho o que fazer. Não consigo parar de ficar ressentida porque John, que era tão vivo, está morto.

— E por eu, que sou semimorto, ainda estou vivo.

— Eu não quis dizer isso, Edward.

— Eu creio que quis, Henrietta. Eu acho que, talvez, você esteja certa.

Mas ela estava falando, pensativa, voltando a uma ideia anterior:

— Mas isso não é luto. Talvez eu não consiga sentir luto. Talvez eu nunca o sinta. Ainda assim... eu gostaria de sofrer por John.

As palavras dela lhe soaram como fantasia. Mas ele ficou ainda mais assustado quando ela complementou, de repente, com a voz quase metódica:

— Preciso ir à piscina.

Ela saiu planando pelas árvores.

Com passos pesados, Edward entrou pela janela aberta.

Midge ergueu os olhos quando Edward entrou pela janela com o olhar perdido. Seu rosto estava cinzento e oprimido. Parecia descorado.

Ele não ouviu o pequeno suspiro que Midge sufocou imediatamente.

De forma quase mecânica, ele foi até uma cadeira e sentou-se. Ciente de que esperavam algo dele, disse:

— Está frio.

— Você está com frio, Edward? Gostaria que nós... que eu... acendesse a lareira?

— O quê?

Midge pegou uma caixa de fósforos da cornija. Ela ajoelhou-se e acendeu um fósforo. A mulher olhou de canto, cautelosa, para Edward. Ele estava indiferente a tudo, na percepção dela.

Midge disse:

— Uma lareira faz bem. Aquece a pessoa.

"Ele parece estar com muito frio", pensou ela. "Mas não pode estar tão frio lá fora. É Henrietta! O que foi que ela disse?"

— Traga sua cadeira aqui, Edward. Chegue mais perto da lareira.

— O quê?

— Sua cadeira. Na lareira.

Ela começou a falar alto e devagar, como se ele fosse surdo.

E de repente, tão repentino que seu coração se revirou de alívio, Edward, o Edward de verdade, estava de volta. Sorrindo para ela, gentil.

— Você estava falando comigo, Midge? Desculpe. Eu estava... eu estava pensando em outra coisa.

— Ah, não foi nada. Só a lareira.

Os gravetos estalavam e algumas pinhas queimavam com chama forte, reluzente. Edward os encarou. Ele disse:

— Bela fogueira.

Ele esticou suas mãos compridas e finas até a chama, ciente de que estava se aliviando da tensão.

Midge falou:

— Sempre tínhamos pinhas em Ainswick.

— Ainda tenho. Recolhem uma cesta todo dia e deixam junto à lareira.

Edward em Ainswick. Midge semicerrou os olhos, imaginando. Ele iria sentar-se, ela pensou, na biblioteca, no lado oeste da casa. Havia uma magnólia que cobria quase uma janela inteira e que enchia o cômodo com uma luz verde-dourada nas tardes. Pela outra janela via-se um gramado e uma Wellingtonia que se aprumava como uma sentinela. E à direita ficava a grande faia púrpura.

Ah, Ainswick... Ainswick.

Ela podia sentir o perfume suave que vinha da magnólia e que, em setembro, ainda teria grandes flores brancas com um cheiro doce. E as pinhas na lareira. E um leve odor de mofo do livro que Edward certamente estaria lendo. Ele estaria sentado em uma cadeira com espalda de couro e, vez por outra, quem sabe, seus olhos passariam do livro à lareira e ele pensaria, por apenas um momento, em Henrietta.

Midge se remexeu e perguntou:

— Onde está Henrietta?

— Ela foi à piscina.

Midge o encarou.

— Por quê?

A voz dela, abrupta e profunda, despertou Edward.

— Minha cara Midge, você certamente sabia... ou, enfim... supunha. Ela conhecia Christow muito bem.

— Ah, é claro que *isso* é sabido. Mas não entendo por que ela ficaria contemplando onde ele levou um tiro. Isso não é do feitio de Henrietta. Ela nunca é melodramática.

— Alguém de nós sabe como o outro realmente é? Henrietta, por exemplo.

Midge franziu o cenho. Ela disse:

— Afinal de contas, Edward, você e eu conhecemos Henrietta desde sempre.

— Ela mudou.

— Nem tanto. Eu não acredito que as pessoas mudem.

— Henrietta mudou.

Midge olhou para ele com curiosidade.

— Mais do que nós dois mudamos?

— Ah, eu continuo o mesmo, isso eu sei muito bem. E você...

Os olhos dele, de repente focados, olharam para ela ajoelhada perto da grade da lareira. Foi como se ele a estivesse

128 · AGATHA CHRISTIE ·

olhando de uma longa distância, absorvendo aquele queixo quadrado, os olhos escuros, a boca decidida. Ele disse:

— Eu queria vê-la com mais frequência, cara Midge.

Ela sorriu e disse:

— Eu sei. Não é fácil, hoje em dia, manter o contato.

Houve um barulho do lado de fora e Edward se levantou.

— Lucy tinha razão — disse ele. — O dia foi cansativo... nosso primeiro contato com o homicídio. Vou para a cama. Boa noite.

Ele havia saído da sala quando Henrietta entrou pela janela.

Midge virou-se para ela.

— O que você fez com Edward?

— Edward? — perguntou Henrietta vagamente. Sua testa estava enrugada. Ela parecia estar pensando em algo muito distante.

— Sim, Edward. Ele entrou com uma cara terrível... tão fria, tão cinzenta.

— Se você se importa tanto com Edward, Midge, por que não faz algo a respeito?

— Algo a respeito? Como assim?

— Não sei. Suba em uma cadeira e grite! Chame atenção. Você não sabe que essa é a única esperança no caso de um homem como Edward?

— Edward nunca vai se importar com alguém que não você, Henrietta. Ele nunca se importou.

— Então é muita tolice da parte dele. — Ela olhou rapidamente para o rosto pálido de Midge. — Eu a magoei. Sinto muito. Mas hoje eu odeio Edward.

— Odeia Edward? Não *pode ser.*

— Ah, pode, sim! Você não sabe...

— O quê?

Henrietta respondeu sem pressa:

— Ele me lembra de tantas coisas que eu gostaria de esquecer.

— Quais coisas?

· A MANSÃO HOLLOW ·

129

— Bem... Ainswick, para começar.

— Ainswick? Você quer esquecer Ainswick?

O tom de Midge era incrédulo.

— Sim, sim, *sim*! Lá eu era feliz. Neste momento, eu não aguento me lembrar da felicidade. Você não entende? Uma época em que não se sabia o que iria acontecer. Quando se poderia dizer com confiança que tudo seria adorável! Há pessoas que são inteligentes... elas nunca acham que serão felizes. Eu achava.

Ela completou bruscamente:

— Eu nunca voltarei a Ainswick.

Midge falou sem pressa:

— Será?

Capítulo 14

Midge acordou de supetão na manhã de segunda-feira.

Por um instante ficou deitada, pensativa, seus olhos correndo a esmo para a porta, depois esperava que Lady Angkatell fosse aparecer a qualquer momento. O que foi que Lucy havia dito quando ela apareceu do nada na primeira manhã? Que o fim de semana seria difícil? Ela estava preocupada, temendo que algo desagradável pudesse acontecer.

E, sim, algo desagradável havia acontecido... algo que agora pesava no coração e ânimo de Midge como uma nuvem negra e grossa. Algo em que ela não queria pensar... não queria lembrar. Uma coisa, é claro, que a *assustava*. Algo a ver com Edward.

A memória veio como um surto. Uma única palavra era nítida: *assassinato*!

"Ah, não", pensou Midge, "não pode ser verdade. Foi um sonho que tive. John Christow, assassinado, baleado... caído no próprio sangue. O sangue e a água azul... como a capa de um livro de detetive. Fantasiosa, irreal. O tipo de coisa que não acontece. Se estivéssemos em Ainswick... não teria como acontecer em Ainswick."

O peso deixou sua testa. Acomodou-se no fundo do estômago, fazendo ela se sentir levemente enjoada.

Não era um sonho. Era algo que havia acontecido de verdade — algo à la *News of the World* —, e ela e Edward e Lucy e Henry e Henrietta estavam todos envolvidos.

Era injusto, injusto de fato, já que eles não tinham nada a ver com Gerda ter atirado no marido.

Midge se remexeu na cama, inquieta.

A muda, burra, patética Gerda... Não havia como associar Gerda com melodrama, com violência.

Gerda com certeza era o tipo de pessoa que *nunca* atiraria em alguém.

Aquela inquietação no íntimo ressurgiu. Não, não, não se pode pensar assim. Pois que *outra* pessoa teria atirado em John? E Gerda havia estado lá, ao lado do corpo, com o revólver na mão. O revólver que ela havia pegado no escritório de Henry.

Gerda havia dito que encontrou John morto e pegou o revólver. Oras, o que mais diria? Ela teria que dizer *alguma coisa,* a coitada.

E tudo bem Henrietta defendê-la... dizer que a história de Gerda era perfeitamente plausível. Henrietta não havia considerado as alternativas implausíveis.

Henrietta havia estado muito estranha na noite anterior.

Mas era, é claro, por causa do choque com a morte de John Christow.

Pobre Henrietta... Ela gostava tanto de John.

Mas ela superaria com o tempo. É possível superar tudo. E então ela se casaria com Edward e moraria em Ainswick... e Edward finalmente seria feliz.

Henrietta sempre amara Edward profundamente. Era apenas a personalidade agressiva e dominante de John Christow que se intrometia entre os dois. John fazia Edward parecer tão... tão *apagado* quando se comparava um ao outro.

Quando desceu para o café naquela manhã, ocorreu a Midge que a personalidade de Edward, liberta da dominação de John Christow, já havia começado a se afirmar. Ele parecia mais seguro de si, menos hesitante, menos recatado.

Estava conversando amigavelmente com o carrancudo David, que parecia desinteressado.

— Você devia aparecer mais em Ainswick, David. Gostaria que você se sentisse em casa por lá e conhecesse mais da cidade.

Servindo-se de geleia, David falou com frieza:

— Essas propriedades gigantes são ridículas. Deviam dividir as terras.

— Espero que não aconteça enquanto eu estiver vivo — disse Edward, sorrindo. — Meus inquilinos estão bem contentes.

— Não deviam estar — disse David. — Ninguém devia se contentar com o que tem.

— Se os macacos ficassem contentes com os rabos... — murmurou Lady Angkatell da cadeira em que estava sentada perto do aparador, olhando distraidamente para um prato de rins. — É um poema que aprendi na creche, mas não consigo lembrar como termina. Preciso conversar com você, David, e saber tudo sobre essas novas ideias. Pelo que entendi, deve-se odiar todo mundo, mas ao mesmo tempo fornecer atendimento médico gratuito e um excesso de educação (pobres dessas criancinhas indefesas, obrigadas a ir à escola todo dia)... e óleo de fígado de bacalhau goela abaixo dos bebês, gostem ou não. Que cheiro repugnante tem aquele negócio.

Lucy, pensou Midge, estava se comportando como sempre.

E Gudgeon, quando passou por ela no corredor, também parecia o de sempre. A vida na Mansão Hollow parecia ter retomado o ritmo normal. Com a partida de Gerda, tudo aquilo parecia ter sido um sonho.

Então ouviu-se um barulho de rodas no cascalho da entrada, e Sir Henry parou seu carro. Ele havia pernoitado no clube e partido de manhã cedo.

— Bem, querido — disse Lucy —, ficou tudo bem?

— Sim. A secretária estava lá... uma garota competente. Ela assumiu tudo. Há uma irmã, aparentemente. A funcionária telegrafou para ela.

— Eu sabia que havia — disse Lady Angkatell. — Em Tunbridge Wells?

— Bexhill, creio eu — respondeu Sir Henry, parecendo confuso.

— Eu me atrevo a dizer que... — Lucy ficou pensando em Bexhill — ... sim, é bastante provável.

Gudgeon apareceu.

— O Inspetor Grange telefonou, Sir Henry. O inquérito acontecerá na quarta-feira às onze horas.

Sir Henry assentiu. Lady Angkatell disse:

— Midge, é melhor você telefonar para sua loja.

Midge foi sem pressa até o telefone.

Sua vida sempre fora tão normal e banal que ela sentia que lhe faltava o vocabulário para explicar à patroa que, depois de quatro dias de férias, ela não teria como voltar ao trabalho devido ao fato de que ela estava envolvida em um caso de homicídio.

Não soava crível. Nem a ela parecia crível. E Madame Alfrege não era uma pessoa fácil a quem se explicar qualquer coisa, em situação alguma.

Midge ergueu a cabeça, decidida, e pegou o gancho do telefone.

Foi tão desagradável quanto imaginou que seria. A voz rouca da judiazinha cáustica saiu furiosa pela linha.

— Como é, Miss Hardcastle? Morte? Funeral? A senhora sabe que estou quase sem apoio aqui? Está achando que vou tolerar essas desculpinhas? Ah, sim, você deve estar se divertindo muito! — disse a mulher em seu sotaque estrangeiro.

Midge a interrompeu, falando de forma incisiva e precisa.

— Polícia? A senhorita disse polícia? — Era quase um grito. — A senhorita se meteu com a polícia?

Cerrando os dentes, Midge continuou a explicar. Era estranho como a mulher do outro lado fazia tudo parecer sórdido. Um caso de polícia, que coisa vulgar. Que estranha alquimia esta dos seres humanos!

Edward abriu a porta, entrou e, quando viu Midge no telefone, estava prestes a sair. Ela o deteve.

— Fique, Edward. Por favor. Ah, eu *queria* que você ficasse.

A presença de Edward na sala lhe deu forças, contrapôs o veneno.

Ela tirou a mão de cima do bocal.

— O quê? Sim. Desculpe, madame. Mas, afinal, está longe de ser culpa minha...

A voz rouca e feia gritava de fúria.

— Quem é que são esses seus amigos? Que tipo de casa é essa que tem polícia e um homem morto? Estou achando que não devia aceitá-la de volta! Não posso baixar o nível do meu estabelecimento.

Midge deu algumas respostas esquivas e submissas. Ela enfim devolveu o fone ao gancho e suspirou aliviada. Sentia-se enjoada e abalada.

— É meu trabalho — explicou. — Tive que avisar que só consigo voltar na quinta-feira por causa do inquérito e da... da polícia.

— Espero que tenham sido decentes. Como é essa sua loja? A mulher que a gerencia é agradável e simpática de se trabalhar?

— Seria muito difícil eu descrevê-la como simpática! Ela é uma judia de Whitechapel de cabelo tingido e a voz como uma codorniz.

— Ah, minha cara Midge...

A expressão de desalento de Edward quase fez Midge rir. Ele estava muito preocupado.

— Mas, minha cara... você não pode aguentar esse tipo de tratamento. Se você tem que trabalhar, que seja em um ambiente harmonioso, no qual você goste das pessoas com quem trabalha.

Midge ficou um segundo olhando para ele, sem responder.

Como explicar, ela pensou, a uma pessoa como Edward? O que Edward sabia do mercado de trabalho, de empregos?

De repente, ela sentiu uma onda de amargura dentro de si. Lucy, Henry, Edward — e, sim, até Henrietta — estavam todos apartados dela por um abismo intransitável. O abismo que separa os desocupados dos trabalhadores.

Eles não tinham ideia das dificuldades de conseguir um emprego e, quando se conseguia um, de mantê-lo! Podia-se dizer, talvez, que, se quisesse, ela não precisaria ir atrás do próprio sustento. Lucy e Henry lhe dariam um lar de muito bom grado. Com o mesmo grado lhe dariam um estipêndio. Edward também estaria disposto a fazer a última parte.

Mas algo em Midge rebelava-se contra aceitar algo fácil que seus parentes bem de vida lhe ofereciam. Vir em raras ocasiões e refestelar-se no luxo ordenado da vida de Lucy era um prazer. Ela podia refestelar-se. Mas uma independência feroz de espírito a impedia de aceitar aquela vida como um presente. A mesma sensação que a impedia de abrir um negócio próprio com dinheiro emprestado de parentes e amigos. Ela já havia visto muito disso.

Ela não pegaria dinheiro emprestado. Não se aproveitaria de contatos influentes. Ela havia conseguido um emprego para si a quatro libras por semana e, se havia conseguido o emprego porque Madame Alfrege esperava que Midge fosse atrair suas amigas "elegantes" a comprar ali, Madame Alfrege certamente estava decepcionada. Midge veementemente não incentivava suas amigas a isso.

Ela não tinha ilusões quanto ao trabalho. Não gostava da loja, não gostava de Madame Alfrege, não gostava da subserviência eterna a clientes mal-humoradas e sem educação. Mas duvidava muito se conseguiria outro emprego do qual fosse gostar mais, já que não tinha nenhuma das qualificações exigidas.

A suposição de Edward de que ela tinha uma ampla gama de opções lhe era insuportável de irritante naquela manhã. Que direito tinha Edward de morar em um mundo tão distante da realidade?

Eles eram Angkatell, todos eles. E ela... ela era só metade Angkatell! Às vezes, como naquela manhã, ela não se sentia nem um pouco Angkatell! Midge era puramente filha de seu pai.

Ela pensou nele com a pontada usual de amor e remorso. Um homem de cabelo grisalho e meia-idade, com rosto cansado. Um homem que havia lutado durante anos para gerenciar um pequeno negócio familiar que estava fadado, apesar de todo seu empenho e atenção, a morrer aos poucos. Não foi inaptidão de sua parte — foi a marcha do progresso.

O estranho é que não foi à sua genial mãe Angkatell, mas ao seu pai silencioso e cansado que Midge sempre se dedicou. Toda vez que ela voltava destas visitas a Ainswick, que eram o ponto alto de sua vida, ela respondia às perguntas de leve menosprezo no rosto cansado de seu pai jogando os braços em torno do pescoço dele e dizendo: "*Que bom* voltar para casa, que bom voltar para *casa*".

A mãe de Midge havia morrido quando ela tinha 13 anos. Às vezes, ela se dava conta de que sabia muito pouco sobre a mulher. Ela era indefinida, encantadora, feliz. Será que se arrependia do casamento, aquele que a havia tirado do círculo do clã Angkatell? Midge não tinha ideia. Seu pai havia ficado mais grisalho e mais mudo depois da morte da esposa. As lutas contra a extinção de seu negócio haviam sido cada vez mais infrutíferas. Ele morrera em silêncio, discretamente, quando Midge tinha 18 anos.

Ela passou épocas com diversos parentes do lado Angkatell, aceitou presentes deles, teve bons momentos com os familiares, mas recusava-se a depender financeiramente da benevolência do clã. Por mais que os amasse, havia momentos, tais como este, em que ela se sentia repentina e violentamente em divergência com todos.

Ela pensou, rancorosa: "Eles não entendem *nada*!".

Edward, sensível como sempre, olhava para ela com uma expressão perplexa, e perguntou em tom educado:

— Eu a magoei? Por quê?

Lucy apareceu na sala. Ela estava no meio de uma de suas conversas.

— ...veja, não se sabe se ela *preferiria* o White Hart a nós ou não?

Midge olhou para ela sem expressão... depois para Edward.

— Não adianta olhar para Edward — disse Lady Angkatell. — Edward não tem como saber; você, Midge, é sempre muito pragmática.

— Não sei do que você está falando, Lucy.

Lucy pareceu surpresa.

— O *inquérito,* querida. Gerda terá que vir para cá. Ela deve ficar aqui? Ou no White Hart? As associações com esta casa lhe serão dolorosas, é evidente... mas, no White Hart, haverá gente encarando e multidões de jornalistas. Na quarta-feira, você sabe, às onze horas. Ou será às 11h30? — Um sorriso iluminou o rosto de Lady Angkatell. — Eu nunca fui a um inquérito! Pensei em usar o cinza... e um chapéu, é claro, como na igreja... mas *sem* luvas.

— Sabe — prosseguiu Lady Angkatell, atravessando a sala e pegando o gancho do telefone, contemplando-o seriamente —, acredito que eu nem *tenha* luvas hoje em dia, fora as de jardinagem! E, claro, várias dessas compridas, para a noite, que eu guardei dos tempos da Residência Governamental. Luvas são algo um pouco imbecil, não acha?

— Só servem para evitar impressões digitais em um crime — disse Edward, sorrindo.

— Ora, que interessante você falar nisso, Edward... muito interessante. O que estou fazendo com essa coisa? — Lady Angkatell olhou para o bocal do telefone com leve desgosto.

— Você ia telefonar para alguém?

— Acho que não. — Lady Angkatell sacudiu a cabeça, absorta, e colocou o fone cuidadosamente de volta no gancho.

Ela olhou de Edward para Midge.

— Eu acho, Edward, que você não deveria incomodar Midge. Ela é mais afetada por mortes repentinas do que nós.

— Minha cara Lucy! — exclamou Edward. — Eu só estava preocupado com esta loja em que Midge trabalha. Parece que não está nada certo.

— Edward acha que eu deveria ter uma patroa querida e simpática que me dá valor — disse Midge, áspera.

— Edward, querido — falou Lucy, com estima.

Ela sorriu para Midge e saiu do cômodo novamente.

— É sério, Midge — Edward disse. — Estou preocupado.

Ela o interrompeu:

— Aquela maldita me paga quatro libras por semana. É só isso que importa.

Midge passou por ele e saiu para o jardim.

Sir Henry estava sentado em seu local de sempre, junto ao muro baixo, mas Midge virou-se e subiu na direção do passeio das flores.

Seus parentes eram encantadores, mas ela não queria saber de seus encantos naquela manhã.

David Angkatell estava na cadeira que ficava do alto da trilha.

Não havia charme algum em David, e Midge foi direto a ele e sentou-se ao seu lado, percebendo com prazer malicioso sua expressão consternada.

Como era extraordinariamente difícil, pensou David, fugir dos outros.

Ele havia sido afugentado de seu quarto pela incursão enérgica das serventes, diligentes com seus esfregões e espanadores.

A biblioteca (e a *Encyclopaedia Britannica*) não havia sido o santuário que ele, em seu otimismo, esperava que fosse. Lady Angkatell entrou e saiu duas vezes, dirigindo-se a ele gentilmente com comentários aos quais não havia possibilidade de resposta inteligente.

Ele havia chegado ali para matutar quanto à situação dele. O mero fim de semana ao qual ele havia se comprometido, contra sua vontade, agora havia se prolongado em função das exigências relativas a uma morte repentina e violenta.

David, que preferia a contemplação de um passado conforme a Tradição a discussões sérias sobre um futuro à Esquerda, não tinha aptidão para lidar com um presente violento e real. Como havia dito a Lady Angkatell, ele não lia o *News of the World*. Mas, agora, era como se o *News of the World* tivesse vindo à Mansão Hollow.

Um homicídio! David estremeceu de desgosto. O que seus amigos diriam? Como uma pessoa, por assim dizer, *lida* com um homicídio? Como deveria se portar? Com tédio? Desgosto? Leve satisfação?

Tentando resolver esses problemas em sua mente, ele não estava nem um pouco feliz em ser incomodado por Midge. David lhe dirigiu um olhar de inquietação quando ela se sentou ao seu lado, e ficou assustado com a provocação nos olhos dela em resposta. Uma garota desagradável sem valor intelectual algum.

Midge perguntou:

— O que você acha dos seus parentes?

David deu de ombros. Ele respondeu:

— E alguém de fato *pensa* nos parentes?

Midge disse:

— Alguém pensa no que quer que seja?

Sem dúvida, David pensou, *ela* não pensava. Ele disse em tom quase cortês:

— Eu estava analisando minha reação a homicídio.

— É estranho, de fato — disse Midge —, fazer *parte* de um homicídio.

David deu um suspiro e falou:

— Cansativo. — Esta era a melhor postura. — Todos os clichês que se achava que só existissem nas páginas da literatura policial!

— Você deve estar arrependido de ter vindo — disse Midge.

David suspirou.

— Sim, eu poderia ter ficado na casa de um amigo em Londres. — Ele complementou: — Ele tem uma livraria com obras de esquerda.

— Imagino que aqui seja mais confortável — disse Midge.

— E alguém se importa com conforto? — perguntou David, desdenhoso.

— Há momentos — disse Midge — em que eu acho que não me importo com nada mais.

— A postura mimada diante da vida — disse David. — Se você fosse uma trabalhadora...

Midge o interrompeu.

— Eu *sou* uma trabalhadora. Por isso ficar confortável me atrai tanto. Camas altas, travesseiros de pena de ganso... chá matinal servido do lado de sua cama... uma banheira de porcelana com água quente em abundância. E os sais de banho, uma delícia. Essas poltronas em que você pode sentar e se afundar...

Midge fez uma pausa no catálogo.

— Os trabalhadores — disse David — deveriam ter tudo isso.

Mas ele tinha algumas dúvidas sobre o chá matinal servido ao lado da cama, que parecia de uma impossibilidade sibarita em um mundo organizado com seriedade.

— Eu não teria como concordar mais — disse Midge, com toda energia.

Capítulo 15

Hercule Poirot, que apreciava uma xícara de chocolate quente no meio da manhã, foi interrompido pelo tocar do telefone. Ele levantou-se e o tirou do gancho:

— *Allo?*

— Monsieur Poirot?

— Lady Angkatell?

— Que gentil de sua parte reconhecer minha voz! Estou incomodando?

— De modo algum, oras. A senhora, assim espero, não está muito abalada após os acontecimentos inquietantes de ontem?

— Não. De fato, não. Acontecimentos inquietantes, como o senhor colocou, mas a pessoa se sente, acredito eu, *distanciada*. Telefonei para saber se o senhor poderia vir aqui. Sei que é um incômodo, mas estou realmente angustiada.

— Ora, mas é claro, Lady Angkatell. A senhora quis dizer agora?

— Bem, sim, eu quis dizer agora. O mais rápido possível. Muito gentil de sua parte.

— De modo algum. Eu chego pelo bosque, então?

— Ah, é claro... pelo caminho mais curto. Muitíssimo obrigada, Monsieur Poirot.

Parando apenas para tirar as partículas de pó das lapelas de seu casaco e para vestir um fino capote, Poirot cruzou a rua e apressou-se pela trilha entre as castanheiras. A piscina estava deserta; a polícia havia encerrado o serviço e partido. Ela parecia inocente e pacífica à luz brumosa do outono.

Poirot olhou rapidamente para o caramanchão. A pelerine de pele de raposa, ele observou, havia sido recolhida. Mas as seis caixas de fósforos ainda estavam sobre a mesa ao lado do sofá. Ele questionou, mais do que nunca, a presença dos fósforos.

"Não é um lugar para se guardar fósforos... aqui, na umidade. Uma caixa, por conveniência, talvez sim, mas não seis."

Ele franziu o cenho para a mesa de ferro pintada. A bandeja de copos havia sido levada. Alguém havia riscado a mesa com lápis — o esboço de uma árvore apavorante. Aquilo doeu em Hercule Poirot. Ofendeu sua mente ordenada.

Ele estalou a língua, balançou a cabeça e correu para a casa, pensando em qual seria o motivo para esta convocação urgente.

Lady Angkatell o estava aguardando às janelas francesas e levou-o para a sala de estar vazia.

— Foi gentil de sua parte vir aqui, Monsieur Poirot.

Ela apertou a mão dele calorosamente.

— Estou a seu dispor, madame.

As mãos de Lady Angkatell abriram-se de forma expressiva. Seus olhos grandes e belos se abriram.

— O senhor sabe, está tudo muito difícil. O tal inspetor está entrevistando... não, interrogando... tomando o depoimento... Qual *é* o termo que eles usam? *Gudgeon*. Oras, nossa vida inteira aqui depende de Gudgeon, e há de se ter empatia por ele. Porque, naturalmente, é terrível ser interrogado pela polícia. Até mesmo pelo Inspetor Grange, que eu considero muito gentil e provavelmente seja homem de família. Pai de meninos, creio eu, os quais ajuda a montar os Meccano toda noite, e uma esposa que deixa a casa impecável, mas com um certo excesso...

Hercule Poirot piscou enquanto Lady Angkatell desenvolvia seu esboço imaginário da vida caseira de Inspetor Grange.

— Pelo caimento do bigode — prosseguiu Lady Angkatell —, creio que, por vezes, uma casa impecável possa ser deprimente... como o sabão no rosto de uma enfermeira hospitalar. Algo que *reluz*! Mas isso acontece mais no interior, onde as coisas são atrasadas... nas casas de repouso de Londres há bastante pó de arroz e batom de cores vívidas. Bem, como eu ia dizendo, Monsieur Poirot, o senhor deve vir *propriamente* para o almoço quando esta situação ridícula tiver terminado.

— A senhora é muito gentil.

— Eu não me importo com a polícia — disse Lady Angkatell. — Eu realmente considero tudo isso muito interessante. "Por favor, quero ajudar de toda forma possível", eu disse ao Inspetor Grange. Ele parece uma pessoa desnorteada, mas metódica. Motivação me parece algo importante para os policiais. Falando de enfermeiras, agora mesmo, uma de cabelo ruivo e nariz empinado era bem atraente. Mas, é claro, isso faz muito tempo e a polícia talvez não se interesse. Não se sabe ao certo o quanto a pobre Gerda teve que aguentar. Ela é do tipo leal, não? Ou talvez ela acredite no que lhe dizem. Eu acredito que, se a pessoa não tem um certo nível de inteligência, seja o mais sábio a se fazer.

Abruptamente, Lady Angkatell abriu a porta do escritório e conduziu Poirot para dentro, exclamando:

— Eis aqui Monsieur Poirot.

Ela o contornou e saiu, fechando a porta. Inspetor Grange e Gudgeon estavam sentados à mesa. Um jovem com uma caderneta estava no canto. Gudgeon levantou-se respeitosamente.

Poirot apressou-se nas escusas.

— Vou retirar-me imediatamente. Garanto-lhes que não tinha ideia de que Lady Angkatell...

— Não, não, o senhor não teria como.

O bigode de Grange parecia mais pessimista do que nunca naquela manhã.

"Talvez", pensou Poirot, fascinado com o esboço que Lady Angkatell havia feito de Grange havia pouco, "fizeram muita faxina ou quem sabe compraram uma mesa Benares, de modo que nosso caro inspetor não tem espaço para se mexer."

Ele desprezou aquelas ideias, irritado. A casa limpa mas lotada do Inspetor Grange, sua esposa, seus meninos e o vício deles em Meccano eram apenas figuras da mente movimentada de Lady Angkatell.

Mas a vivacidade com que ganharam realidade concreta lhe interessou. Era uma grande realização.

— Sente-se, Monsieur Poirot — disse Grange. — Há algo que quero lhe perguntar, e estou quase terminando aqui.

Ele voltou a atenção de novo a Gudgeon, que retomou seu assento com deferência e quase sob protesto, depois voltou seu rosto sem expressão ao interlocutor.

— E isso é tudo o que o senhor lembra?

— Sim, senhor. Tudo, senhor, estava como o usual. Não houve nenhum tipo de dissabor.

— Há uma pelerine de raposa ou algo assim... na casa de verão, perto da piscina. A qual das damas pertence?

— O senhor se refere a uma pelerine de pele de raposa? Eu a percebi ontem, quando levei os copos ao caramanchão. Mas não seria de ninguém na casa, senhor.

— De quem seria, então?

— É possível que pertença à Miss Cray, senhor. Miss Veronica Cray, a atriz de cinema. Ela estava usando uma dessas pelerines.

— Quando?

— Quando ela esteve aqui na noite de anteontem, senhor.

— O senhor não a mencionou como hóspede da casa.

— Ela não é hóspede, senhor. Miss Cray mora em Dovecotes, o... hã... chalé subindo a estrada, e veio aqui após o jantar, pois havia ficado sem fósforos e queria alguns emprestados.

— Ela levou seis caixas? — perguntou Poirot.

Gudgeon virou-se para ele.

— Correto, senhor. Sua senhoria, depois de questionar se teríamos o suficiente, insistiu que Miss Cray levasse meia dúzia de caixas.

— Que ela deixou no caramanchão — disse Poirot.

— Sim, senhor, eu as vi ontem pela manhã.

— Há pouca coisa que esse homem não observe — comentou Poirot quando Gudgeon saiu, fechando a porta delicada e respeitosamente ao passar.

Inspetor Grange apenas comentou que criados eram o diabo na terra!

— Contudo — disse ele, de bom grado renovado —, sempre temos a ajudante de cozinha. As ajudantes *conversam*... não são como esses criados mais graduados e soberbos... Eu coloquei um homem para fazer perguntas na Harley Street. Eu mesmo irei lá ainda hoje. Lá devemos obter mais informação. Eu me atrevo a dizer que a tal esposa de Christow teve que aguentar muita coisa quieta. Esses médicos da moda, suas pacientes... bem, o senhor se surpreenderia! E soube a partir de Lady Angkatell que houve alguma situação envolvendo uma enfermeira no hospital. Claro que ela foi bastante vaga ao tratar do assunto.

— Sim — concordou Poirot. — Ela tende a ser vaga.

Uma imagem cuidadosamente armada... John Christow e intrigas amorosas com enfermeiras... as oportunidades na vida de um médico... motivos de sobra para o ciúme de Gerda Christow, os quais haviam culminado em homicídio.

Sim, um panorama sugerido com destreza, que chamava atenção para o pano de fundo da Harley Street — longe da Mansão Hollow... longe do momento em que Henrietta Savernake, que tomou a frente, tirou o revólver da mão de Gerda Christow, que não demonstrou resistência... Longe daquele outro momento em que John Christow, morrendo, disse: *"Henrietta"*.

De repente, abrindo os olhos, que estavam semicerrados, Hercule Poirot exigiu saber com curiosidade irresistível:

— Seus meninos brincam de Meccano?

— Hã? — O inspetor voltou de um devaneio com o cenho franzido e encarou Poirot. — Oras, mas o quê? Bem, eles são muito pequenos... Mas eu estava pensando em comprar um kit Meccano para Teddy no Natal. Por que o senhor pergunta?

Poirot balançou a cabeça de um lado para outro.

O que tornava Lady Angkatell perigosa, pensou ele, era o fato de que estas suposições intuitivas que ela fazia muitas vezes podiam estar certas. Com uma palavra imprudente (aparentemente imprudente?), ela criava uma imagem... e se uma parte desta imagem estava certa, você, contra sua própria vontade, não acreditaria na outra metade da imagem?

O Inspetor Grange estava falando:

— Há uma questão que quero levantar com o senhor, Monsieur Poirot. Essa Miss Cray, a atriz... ela veio até aqui pedir fósforos. Se ela queria fósforos, por que não foi à sua casa, que fica a questão de um ou dois passos? Por que percorrer quase um quilômetro?

Hercule Poirot encolheu os ombros.

— Pode haver motivos. Motivos esnobes, talvez? Meu chalé é pequeno, irrelevante. Sou apenas um domingueiro. Já Sir Henry e Lady Angkatell são importantes. Eles moram aqui. É a eles que se recorre no interior. Essa Miss Veronica Cray... talvez ela quisesse conhecê-los... e aí encontrou uma desculpa.

Inspetor Grange se levantou.

— Sim — disse ele —, é perfeitamente possível, é claro, mas alguém não quer deixar passar nada. Ainda assim, não tenho dúvida de que tudo correrá bem. Sir Henry identificou que a pistola faz parte de sua coleção. Parece que estavam mesmo praticando com ela na tarde anterior. Mrs. Christow precisava apenas entrar no escritório e tirar do lugar onde Sir Henry guarda a arma e a munição. É tudo muito simples.

— Sim — murmurou Poirot. — Parece muito simples.

Tal como seria, pensou ele, uma mulher como Gerda Christow cometer um crime. Sem subterfúgios ou complexidades... guiada repentinamente pela violência devido à angústia amarga de uma natureza de amor profundo.

E, ainda assim, era evidente, *evidente,* que ela teria algum *sentimento* de autopreservação. Ou teria agido naquela cegueira, naquela escuridão do espírito, quando a razão fica totalmente de lado?

Ele se lembrou do rosto vazio e pasmo da moça.

Poirot não sabia. Simplesmente não sabia.

Mas sentiu que deveria saber.

Capítulo 16

Gerda Christow puxou o vestido preto pela cabeça e o deixou cair sobre uma cadeira.

Seus olhos estavam lastimosos de incerteza. Ela disse:

— Eu não sei. Não sei mesmo. Parece que nada tem importância.

— Eu sei, querida, eu sei — disse Mrs. Patterson, gentil mas firme.

Afinal, ela sabia exatamente como tratar gente que havia passado por uma perda. "Elsie é *maravilhosa* em crises", dissera a família de Gerda.

No momento, Elsie estava sentada no quarto de sua irmã na Harley Street, sendo formidável. Elsie Patterson era alta e magra, com um jeito ativo. Ela fitava Gerda com um misto de irritação e compaixão.

Pobre e querida Gerda... tão trágico ela perder o marido desse jeito horrível. E, mesmo agora, parecia que ela não estava absorvendo as... bem, as *consequências*. Claro que, refletiu Mrs. Patterson, Gerda sempre teve uma cabeça lenta. E era preciso levar em consideração o choque.

Ela falou com a voz animada:

— Acho que eu devia decidir por aquele crepe marroquino preto a doze guinéus.

Alguém sempre tinha que decidir por Gerda.

Gerda ficou imóvel, com o cenho franzido. Ela disse, vacilante:

— Eu não sei se John gostava de ficar de luto. Acho que ouvi ele dizer uma vez que não gostava.

"John", pensou ela. "Se ao menos ele estivesse aqui para me dizer o que fazer."

Mas John nunca mais estaria ali. Nunca... nunca... nunca... A paleta de carneiro esfriando... A gordura solidificando na mesa... o bater da porta do consultório, John subindo a escada dois degraus por vez, sempre com pressa, sempre com vigor, sempre tão vivo...

Vivo.

Caído de costas ao lado da piscina... o sangue pingando lentamente pela beirada... a sensação do revólver na mão...

Um pesadelo, um sonho ruim. Em seguida ela acordaria e nada daquilo seria verdade.

A voz nítida de sua irmã cortou suas ideias nebulosas:

— Você *precisa* usar algo preto no inquérito. Seria muito estranho se você aparecesse de azul-claro.

— Maldito inquérito — disse Gerda, semicerrando os olhos.

— Sim, terrível para você, querida — falou Elsie Patterson, rápido. — Mas quando isso acabar você vai ficar conosco e cuidaremos muito bem de você.

O borrão nebuloso na cabeça de Gerda se enrijeceu. Ela falou, sua voz assustada, quase tomada pelo pânico:

— O que farei sem John?

Elsie Patterson sabia a resposta para aquela pergunta.

— Você tem seus filhos. Você tem que viver por *eles*.

Zena, soluçando e chorando: "Meu papai morreu!". Jogando-se na cama. Terry, pálido, fazendo perguntas, sem derramar lágrimas.

Foi um acidente com um revólver, ela lhes havia dito. Seu pobre papai havia sofrido um acidente.

Beryl Collins (tão atenciosa da parte dela) confiscara os jornais matinais para que as crianças não os lessem. Ela também avisou os criados. Beryl, de fato, havia sido muito gentil e atenciosa.

150

Terence havia ido à mãe na sala de estar mal iluminada, seus lábios franzidos, o rosto quase verde em sua estranha palidez.

— Por que meu pai levou um tiro?

— Foi um acidente, querido. E-eu não posso dizer mais.

— Não foi acidente. Por que você fala o que não é verdade? Meu pai foi morto. Foi um assassinato. É o que diz no jornal.

— Terry, como você conseguiu um jornal? Eu disse a Miss Collins...

Ele havia assentido repetidamente com a cabeça, como um velho.

— Eu saí e comprei um, oras. Eu sabia que eles me diriam algo que vocês não estavam nos contando. Senão por que Miss Collins os esconderia?

Nunca era bom esconder a verdade de Terence. Aquela curiosidade esquisita, imparcial e científica dele sempre tinha que ser satisfeita.

— *Por que* ele foi assassinado, mãe?

Foi ali que ela havia se desmanchado, ficando histérica.

— Não me pergunte, não fale sobre isso. Eu não consigo... É terrível demais.

— Mas eles vão descobrir, não vão? Quer dizer, eles têm que descobrir. É indispensável.

Tão sensato, tão imparcial. Ele fazia Gerda querer gritar e rir e chorar. Ela pensou: "Ele não se importa... não tem como se importar... ele só continua fazendo perguntas. Oras, ele nem chorou".

Terence havia desaparecido, fugindo dos cuidados de sua tia Elsie, um garotinho solitário com um rosto rígido, contraído. Ele sempre se sentira sozinho. Mas isso nunca fizera diferença, até agora.

Agora, ele pensou, era diferente. Se ao menos houvesse alguém que pudesse responder às perguntas com sensatez e inteligência.

Amanhã, na terça-feira, ele e Nicholson Minor iriam fazer nitroglicerina. Ele vinha ansiando por aquilo, vidrado.

A emoção havia passado. Ele não estava nem aí se jamais fizesse nitroglicerina.

Terence sentiu-se quase chocado consigo mesmo. Não se importar mais com um experimento científico... Mas quando seu pai é assassinado... Ele pensou: "Meu pai... assassinado".

E algo se remexeu... fincou raiz... cresceu... uma raiva lenta.

Beryl Collins bateu à porta do quarto e entrou. Ela estava pálida, serena, eficiente. Ela disse:

— O Inspetor Grange está aqui. — E, enquanto Gerda suspirava e olhava para ela com lástima, Beryl continuou rapidamente: — Ele disse que não há razão para lhe incomodar. Ele vai falar com a senhora antes de ir embora, mas são só questões de rotina sobre o consultório de dr. Christow e eu posso contar tudo que ele quer saber.

— Ah, obrigada, Collie.

Beryl fez uma saída rápida e Gerda suspirou:

— Collie ajuda tanto. Ela é tão pragmática.

— Sim, de fato — disse Mrs. Patterson. — Uma secretária excelente, tenho certeza. Pobre garota, muito sem sal, não? Ah, bem, eu sempre acho que é melhor assim. Principalmente no caso de um homem atraente como John.

Gerda explodiu com ela:

— O que você quer dizer, Elsie? John nunca iria... ele nunca... você fala como se John fosse flertar ou fazer algo repugnante se tivesse uma secretária bonita. John não era assim.

— É claro que não, querida — disse Mrs. Patterson. — Mas, afinal, sabemos como os homens *são*!

No consultório, Inspetor Grange encarava o olhar suave e beligerante de Beryl Collins. *Era* um olhar beligerante, ele percebeu. Bem, talvez fosse o esperado.

"Absolutamente sem graça", pensou ele. "Acredito que não havia nada entre ela e o médico. *Ela* talvez sentisse algo por ele. Às vezes é assim."

Mas não dessa vez, ele concluiu ao se recostar em sua cadeira um quarto de hora depois. As respostas de Beryl Collins às suas perguntas haviam sido exemplos de transparência. Ela respondeu prontamente, e obviamente tinha controle de cada detalhe do consultório do médico. Ele mudou o foco e começou a indagar quanto às relações entre John Christow e a esposa.

Eles se davam muitíssimo bem, disse Beryl.

— Imagino que tivessem suas discussões uma vez e outra, como a maioria dos casados? — O inspetor soou tranquilo, como um confidente.

— Eu não me lembro de nenhuma discussão. Mrs. Christow era muito dedicada ao marido... em nível servil.

Havia um fio de desprezo na voz da secretária. O Inspetor Grange o notou.

"Um pouco feminista, a garota", pensou ele. Em voz alta, disse:

— Ela não se impunha?

— Não. Tudo girava em torno do dr. Christow.

— Um tirano, então?

Beryl considerou a pergunta.

— Não, eu não diria "tirano". Mas ele era o que eu consideraria um homem muito egoísta. Ele dava como certo que Mrs. Christow sempre concordaria com as ideias *dele*.

— Alguma dificuldade com pacientes... pacientes mulheres, no caso? Não precisa se preocupar quanto à franqueza, Miss Collins. Sabe-se que os médicos têm seus percalços nessa área.

— Ah, esse tipo de coisa! — A voz de Beryl foi de desdém. — O dr. Christow era plenamente capaz de lidar com quaisquer percalços como *estes*. Ele tinha ótimo trato com as pacientes. — Ela parou e depois complementou: — Ele era um excelente médico.

Havia uma admiração quase relutante na voz.

Grange perguntou:

— Ele estava envolvido com alguma mulher? Não se prenda à lealdade, Miss Collins, é importante que saibamos disso.

— Sim, eu entendo. Não que eu saiba.

"Um pouco abrupta demais", pensou. Ela não sabe, mas talvez suponha.

Ele perguntou com rispidez:

— E quanto à Miss Henrietta Savernake?

Os lábios de Beryl se franziram.

— Era amiga íntima da família.

— Nenhum... problema entre o doutor e Mrs. Christow em relação a ela?

— Certamente não.

A resposta foi enfática. (Enfática demais?)

O inspetor mudou de foco novamente.

— E quanto à Miss Veronica Cray?

— Veronica Cray?

Havia surpresa genuína na voz de Beryl.

— Ela era amiga do dr. Christow, não era?

— Nunca ouvi falar dela. Mas me lembro do *nome*...

— A atriz de cinema.

Beryl pareceu compreender.

— É claro! Fiquei pensando por que o nome me era familiar. Mas eu nem sabia que o dr. Christow a conhecia.

Ela parecia tão decidida sobre a resposta que o inspetor deixou o assunto de lado imediatamente. Passou a questioná-la quanto ao comportamento do dr. Christow no sábado anterior. E aqui, pela primeira vez, a autoconfiança das respostas de Beryl vacilou. Ela respondeu devagar:

— Ele estava com um comportamento que *não era* o normal.

— Qual era a diferença?

— Ele parecia desatento. Fez um intervalo longo antes de chamar a última paciente... normalmente ele tinha pressa de passar à última quando estava prestes a ir embora. Eu achei... sim, eu com certeza achei que ele estava preocupado com algo.

Mas ela não tinha como explicar mais.

Inspetor Grange não estava muito satisfeito com a investigação. Ele não estava nem perto de chegar ao motivo — e o motivo tinha que ser definido antes de se ter uma acusação para levar à Promotoria.

O inspetor tinha muita certeza, em sua mente, de que Gerda Christow havia atirado no marido. Ele suspeitava que ciúme era a motivação — mas até o momento não havia encontrado nada para dar seguimento à suspeita. O sargento Coombes vinha interrogando as empregadas, mas todas contavam a mesma história. Mrs. Christow beijava o chão em que o marido pisava.

Seja lá o que aconteceu, ele pensou, aconteceu na Mansão Hollow. E ao lembrar-se da Mansão Hollow ele sentiu uma leve inquietação. Eram muito estranhos naquela casa.

O telefone na mesa soou e Miss Collins o tirou do gancho. Ela disse:

— É para o senhor, inspetor. — E lhe alcançou o aparato.

— Alô, quem fala é Grange. Como é? — Beryl ouviu a alteração no tom dele e lhe dirigiu um olhar de curiosidade. O rosto com expressão fechada estava impassível como nunca. Ele estava resmungando... ouvindo.

— Sim... sim, entendi. E isso é uma certeza, é? Sem margem de erro. Sim... sim... sim, estou indo. Terminei por aqui. Sim.

Ele depositou o fone no gancho e ficou imóvel por um instante. Beryl olhou para ele, curiosa.

O inspetor recompôs-se e perguntou com uma voz totalmente distinta daquela das perguntas anteriores:

— A senhorita não tem uma opinião própria, creio eu, sobre o assunto, Miss Collins?

— O senhor quer dizer...

— Quero saber se tem ideia de quem matou dr. Christow.

Ela foi categórica:

— Não tenho ideia alguma, inspetor.

Grange falou devagar:

— Quando o corpo foi encontrado, Mrs. Christow estava ao lado dele com o revólver na mão...

Ele deixou a frase propositalmente inacabada.

A reação dela foi instantânea. Não foi acalorada, mas suave e imparcial.

— Se o senhor acredita que Mrs. Christow matou o marido, tenho certeza de que está errado. Mrs. Christow não é uma mulher violenta. Ela é meiga e submissa, e estava sob mando total do doutor. Parece-me ridículo que alguém imagine, por um instante que seja, que ela tenha atirado nele, por mais que pareça isso.

— Então, se não foi ela, quem foi? — ele perguntou, ríspido.

Beryl respondeu devagar:

— Não tenho ideia.

O inspetor foi até a porta. Beryl perguntou:

— O senhor quer ver Mrs. Christow antes de ir embora?

— Não... bem, sim, talvez seja melhor.

Novamente Beryl pensou que aquele não era o mesmo homem que a estava interrogando antes de o telefone tocar. Que notícia ele teria recebido para deixá-lo tão alterado?

Gerda entrou nervosa na sala. Ela parecia descontente e confusa. Falou com voz baixa e trêmula:

— O senhor descobriu algo mais a respeito de quem matou John?

— Ainda não, Mrs. Christow.

— É tão impossível... absolutamente impossível.

— Mas aconteceu, Mrs. Christow.

Ela consentiu, olhando para baixo, amassando um lenço até virar uma bola.

Ele disse em voz baixa:

— Seu marido tinha inimigos, Mrs. Christow?

— John? Ah, não. Ele era maravilhoso. Todos o adoravam.

— A senhora não consegue pensar em alguém que guardasse rancor do seu marido... — Ele fez uma pausa, e continuou: — Ou da senhora?

— De mim? — Gerda pareceu surpresa. — Ah, não, inspetor.

Grange suspirou.

— E quanto à Miss Veronica Cray?

— Veronica Cray? Ah, o senhor quer dizer aquela que apareceu naquela noite para pedir fósforos?

— Sim, ela mesma. A senhora a conhecia?

Gerda fez que não com a cabeça.

— Eu nunca a havia visto. John a conhecia de muitos anos atrás... pelo menos foi o que ela disse.

— Imagino que pudesse guardar algum rancor dele do qual a senhora não teria conhecimento.

Gerda falou com toda a sua dignidade:

— Não acredito que alguém pudesse guardar rancor de John. Ele era o mais gentil e mais abnegado... ah, e um dos homens mais nobres que eu já conheci.

— Hum — disse o inspetor. — Sim. Veja só. Bem, desejo-lhe uma ótima manhã, Mrs. Christow. A senhora está ciente do inquérito? Às onze horas, quarta-feira, em Market Depleach. Será muito simples, nada que a vá deixar incomodada. Provavelmente será adiado por uma semana para fazermos mais investigações.

— Ah, entendo. Obrigada.

Ela ficou ali olhando para o homem. Grange se perguntou se, mesmo agora, ela havia entendido que era a principal suspeita.

Ele chamou um táxi — um gasto justificável diante da informação que acabara de receber pelo telefone. Aonde aquela informação o levaria, ele não sabia. À primeira vista, parecia absolutamente irrelevante. Insano. Simplesmente não fazia sentido algum. Mas, de alguma maneira que ele ainda não enxergava, devia fazer sentido.

A única inferência a se tirar dali era que aquele não era o caso simples e fácil que ele supusera ser até então.

Capítulo 17

Sir Henry ficou olhando para Inspetor Grange com uma expressão curiosa.

Ele falou devagar:

— Não tenho certeza se entendi, inspetor.

— É muito simples, Sir Henry. Estou pedindo que confira sua coleção de armas de fogo. Suponho que estejam todas catalogadas e indexadas?

— Naturalmente. Mas já identifiquei que o revólver faz parte da minha coleção.

— Não é tão simples, Sir Henry. — Grange fez uma pausa.

Seu instinto sempre ia contra fornecer mais informações, mas naquela ocasião em particular ele estava sendo obrigado a fazê-lo. Sir Henry era uma pessoa de importância. Era indubitável que ele acederia ao pedido, mas precisaria de um motivo. O inspetor decidiu que teria que dar o motivo.

Ele falou em tom mais baixo:

— Dr. Christow não foi alvejado com o revólver que o senhor identificou hoje de manhã.

As sobrancelhas de Sir Henry levantaram-se.

— Extraordinário! — disse ele.

Grange sentiu-se um tanto reconfortado. Extraordinário era exatamente a sensação que ele tinha. Ele ficou grato a Sir Henry pelo que disse, e igualmente grato por não ter dito mais. De momento, só poderiam ir até ali. Era algo extraordinário e, passando disso, não fazia sentido.

Sir Henry perguntou:

— O senhor tem algum motivo para crer que a arma da qual o tiro fatal foi disparado faz parte da minha coleção?

— Motivo nenhum. Mas tenho que me certificar, por assim dizer, de que não faz.

Sir Henry assentiu com a cabeça.

— Entendo o que diz. Bem, então vamos ao trabalho. Isso vai levar algum tempo.

Ele abriu a mesa e tirou um livro encadernado em couro. Enquanto o abria, repetiu:

— Vai levar algum tempo para conferir...

A atenção de Grange foi detida por algo na voz de Sir Henry. Ele ergueu o olhar, incisivo. Os ombros de Sir Henry cederam levemente... ele de repente parecia um homem mais velho e mais cansado.

Inspetor Grange franziu o cenho. Ele pensou: "Como diabos eu devo entender a gente dessa casa?!".

— Ah...

Grange se virou. Ele notou o horário no relógio: trinta minutos... vinte minutos... desde que Sir Henry dissera: "Vai levar algum tempo".

Grange perguntou enfaticamente:

— Então, senhor?

— Falta uma *Smith & Wesson* calibre 38. Estava em um estojo marrom de couro e ficava na ponta da estante, nesta gaveta.

— Ah! — O inspetor manteve a voz calma, mas estava animado. — E quando o senhor, até onde sabe, a viu pela última vez no devido lugar?

Sir Henry refletiu por alguns instantes.

— Não é fácil dizer, inspetor. Abri esta gaveta pela última vez há uma semana, e creio... tenho quase certeza de que, se a pistola não estivesse aqui, eu teria dado falta. Mas não gostaria de afirmar em definitivo que a *vi* aqui.

O Inspetor Grange assentiu.

— Obrigado, senhor, entendo muito bem. Bem, preciso prosseguir.

Ele deixou a sala, um homem ocupado e resoluto.

Sir Henry ficou algum tempo imóvel após o inspetor sair, depois saiu lentamente pelas janelas francesas para a varanda. Sua esposa estava ocupada com um cesto de jardinagem e luvas. Ela estava aparando alguns arbustos peculiares com um podão.

Ela acenou para ele, feliz.

— O que o inspetor queria? Espero que ele não deixe os criados aflitos novamente. Sabe, Henry, eles *não* gostam desse tipo de coisa. Eles não veem a situação como algo interessante ou inédito, tal como nós.

— E nós a vemos assim?

O tom de voz dele chamou sua atenção. Ela lhe dirigiu um sorriso doce.

— Como você parece cansado, Henry. Vai mesmo deixar que isso o preocupe tanto?

— Um assassinato *é* preocupante, Lucy.

Lady Angkatell pensou por um instante, distraidamente cortando alguns galhos, e então seu rosto fechou.

— Ah, não... Não há tesouras de poda piores do que essa. São tão fascinantes... não consigo parar e sempre aparo mais do que queria. O que você estava dizendo? Algo a respeito de assassinatos serem preocupantes? Oras, Henry, nunca entendi *por quê*. Se a pessoa tem que morrer, pode ser de câncer, tuberculose, em um desses sanatórios brancos e terríveis, ou de um derrame... é horrível, quando o rosto fica travado de um lado só... ou pode levar um tiro ou ser esfaqueada, estrangulada, quem sabe. Mas, no fim, é tudo a mesma coisa. A pessoa, no caso, morreu! Está por fora de tudo. E acabaram-se todas as preocupações. E os parentes terão todos os seus percalços... brigas por dinheiro, usar ou não roupas pretas... quem vai ficar com a escrivaninha da tia Selina... essas coisas!

Sir Henry sentou-se sobre o parapeito de pedra. Disse:

— Isso vai ser um transtorno muito maior do que pensávamos, Lucy.

— Bem, querido, vamos ter que aguentar. E, quando tudo tiver terminado, podemos ir viajar. Não vamos nos preocupar com os problemas presentes, mas sim olhar para o futuro. Eu *estou* feliz com isso. Fiquei pensando se não seria bom ir para Ainswick no Natal... ou deixar para a Páscoa. O que você acha?

— Temos tempo de sobra para fazer planos para o Natal.

— Sim, mas eu gosto de *ver* as coisas na minha mente. A Páscoa, quem sabe... sim. — Lucy deu um sorriso feliz. — Ela com certeza terá esquecido até lá.

— Quem? — Sir Henry se espantou.

Lady Angkatell respondeu com calma:

— Henrietta. Acho que se o casamento deles for em outubro... outubro do ano que vem, quero dizer... depois poderíamos ir e passar *aquele* Natal lá. Eu andei pensando, Henry...

— Preferia que não, minha cara. Você pensa demais.

— Sabe o celeiro? Daria um ateliê perfeito. E Henrietta vai precisar de um ateliê. Ela tem talento de verdade, sabe? Edward, com certeza, terá muito orgulho dela. Dois meninos e uma menina seria muito bom... ou dois meninos e duas meninas.

— Lucy... Lucy! Como você se perde.

— Mas, querido — Lady Angkatell arregalou seus lindos olhos. — Edward nunca vai se casar com alguém que não Henrietta. Ele é muito, *muito* obstinado. Lembra muito meu pai, neste sentido. Ele bota as ideias na cabeça e não há quem as tire de lá! Por isso, é claro que Henrietta *tem* que se casar com ele... e *vai*, agora que John Christow saiu do caminho. Ele foi a pior coisa que poderia ter acontecido a ela.

— Pobre diabo!

— Por quê? Ah, você diz por que ele morreu? Ah, bem, em algum momento todo mundo morre. Nunca me preocupo com quem morre...

Ele dirigiu um olhar de curiosidade à esposa.

— Achei que você gostasse de Christow, Lucy.

— Eu achava graça dele. E ele tinha seu charme. Mas penso que nunca se deve atribuir muita importância a *qualquer um*.

E, gentilmente, com o rosto sorridente, Lady Angkatell podou sem remorso uma *Viburnum carlesii*.

Capítulo 18

Hercule Poirot olhou pela janela e viu Henrietta Savernake vindo pelo caminho até a porta de seu chalé. Ela vestia o mesmo *tweed* verde do dia da tragédia. Trazia consigo um *spaniel*.

O detetive se apressou até a porta e a abriu. Ela sorriu.

— Posso entrar e conhecer a casa do senhor? Eu gosto de olhar a casa dos outros. Estou levando o cachorro para passear.

— Mas é claro. Que coisa mais inglesa, levar o cachorro para passear!

— Eu sei — disse Henrietta. — Pensei nisso. O senhor conhece aquele lindo poema? "Os dias passavam devagar, devagar. Dei pão aos patos, ralhei com a mulher, toquei Handel na flauta e com o cão saí a passear."

Ela sorriu de novo, um sorriso genial e sem substância.

Poirot a conduziu à sala de estar. Ela olhou em volta, conferindo a organização precisa e afetada, assentindo com a cabeça.

— Bonito — disse ela —, dois de tudo. O senhor odiaria meu ateliê.

— Por que eu odiaria?

— Ah, tem muita argila grudada por tudo... e aqui e ali uma coisa de que eu gosto e que ficaria arrasada se houvesse duas.

— Mas eu a compreendo, mademoiselle. A senhorita é uma artista.

— O senhor não é um artista também, Monsieur Poirot?

Poirot deixou a cabeça pender para o lado.

— É uma boa pergunta. Mas, no geral, eu diria que não. Tive contato com crimes que foram artísticos... que foram, entenda bem, exercícios elevados da imaginação. Mas resolvê-los... não, não é o poder criativo que é necessário. O que se exige é o ardor pela verdade.

— O ardor pela verdade — disse Henrietta, pensativa. — Sim, consigo ver como isso pode tornar o senhor perigoso. A verdade o satisfaria?

Ele dirigiu um olhar indagador à moça.

— O que quer dizer, Miss Savernake?

— Eu entendo que o senhor gostaria de *saber*. Mas o conhecimento bastaria? O senhor sentiria a necessidade de dar um passo a mais e transformar o conhecimento em ação?

Ele ficou interessado pela abordagem de Henrietta.

— A senhorita está sugerindo que, se eu soubesse a verdade a respeito da morte do dr. Christow... eu talvez ficasse satisfeito em conservar este conhecimento apenas para mim. A *senhorita* sabe a verdade a respeito da morte dele?

Henrietta deu de ombros.

— A resposta óbvia aparentemente é Gerda. Como é cínico ver a esposa ou o marido sempre como primeiros suspeitos.

— Mas o senhor não concorda?

— Gosto de manter a mente aberta.

Poirot perguntou em voz baixa:

— Por que veio até aqui, Miss Savernake?

— Devo admitir que não tenho seu ardor pela verdade, Monsieur Poirot. Levar o cachorro para passear foi uma bela desculpa interiorana inglesa. Mas os Angkatell não têm um cachorro... como o senhor deve ter notado no outro dia.

— O fato não havia me escapado.

— Por isso peguei emprestado o *spaniel* do jardineiro. Entenda, Monsieur Poirot, que não sou muito honesta.

O sorriso intenso e cintilante brilhou de novo. Ele se perguntou por que, de repente, o achou insuportável de comovente. Ele falou em voz baixa:

— Não, mas a senhorita tem integridade.

— Por que o senhor diria isso?

Ela estava surpresa... quase, pensou ele, espantada.

— Porque eu acredito que seja verdade.

— Integridade — respondeu Henrietta, pensativa. — Queria saber o que essa palavra realmente significa.

Sentada, imóvel, ela ficou olhando para o tapete, depois ergueu a cabeça e olhou fixo nos olhos de Poirot.

— O senhor não quer saber por que vim até aqui?

— A senhorita tem, eu diria, dificuldade em colocar em palavras.

— Sim, creio que tenho. A audiência de inquérito, Monsieur Poirot, é amanhã. É preciso decidir-se em relação a quanto...

Ela se interrompeu. Levantando-se, caminhou até a lareira, tirou um ou dois enfeites sobre o consolo do seu lugar e levou um vaso de margaridas Michaelmas de sua posição no meio da mesa até uma ponta do consolo. Ela deu um passo para trás, olhando a disposição com a cabeça inclinada para o lado.

— Gostou assim, Monsieur Poirot?

— Nem um pouco, mademoiselle.

— Achei que não gostaria. — Ela riu, trocando tudo de lugar rápida e habilmente para voltar à posição original. — Bem, se alguém quer dizer algo, ela precisa dizê-lo! O senhor é, por assim dizer, o tipo de pessoa com quem se pode conversar. Então, aí vai. O senhor considera necessário a polícia saber que eu era amante de John Christow?

A voz dela era seca, sem emoção. Ela não estava olhando para Poirot, mas para a parede acima dele. Com o indicador, ela acompanhava a curva do vaso que continha as flores roxas. Ele pensava que no toque daquele dedo estava sua vazão emocional.

Hercule Poirot falou com precisão, ele também sem emoção:

— Entendo. Vocês tinham uma relação extraconjugal?

— Se o senhor prefere chamar assim.

Ele dirigiu a ela um olhar indagador.

— Não foi assim que a senhora chamou, mademoiselle.

— Não.

— Por que não?

Henrietta deu de ombros. Ela sentou-se ao lado de Poirot no sofá. Disse devagar:

— É preferível que se descreva as coisas do jeito... do jeito mais preciso.

O interesse dele por Henrietta Savernake aumentou. Ele perguntou:

— A senhorita foi "a outra" do dr. Christow... por quanto tempo?

— Por volta de seis meses.

— A polícia, creio eu, não terá dificuldade em descobrir esta relação?

Henrietta parou para pensar.

— Imagino que não. Quer dizer, se estiverem procurando por algo neste sentido.

— Ah, estarão. Isso eu lhe garanto.

— Sim, achei que estariam. — Ela fez uma pausa, esticou os dedos sobre o joelho e ficou fitando-os, depois lhe lançou um olhar rápido, simpático. — Bem, Monsieur Poirot, o que se pode fazer? Ir ao Inspetor Grange e dizer... o que se diz a um bigode como aquele? É um bigode tão doméstico, tão família.

A mão de Poirot subiu até seu próprio ornato, orgulhosamente cultivado.

— E quanto ao meu, mademoiselle?

— Seu bigode, Monsieur Poirot, é um triunfo artístico. Ele não se associa a nada além de si. Tenho certeza de que é singular.

— Certamente.

— E é provavelmente o motivo pelo qual estou conversando com o senhor deste modo. Dado que a polícia precisa saber a verdade entre John e eu, ela terá que necessariamente vir a público?

— Isso depende — disse Poirot. — Se a polícia achar que não há importância para o caso, eles serão discretos. A senhorita... está muito nervosa quanto a isso?

Henrietta fez que sim. Ela encarou seus dedos por alguns instantes, então levantou a cabeça de repente e falou. Sua voz não era mais seca e suave.

— Por que as coisas têm que ficar piores do que já estão para a pobre Gerda? Ela adorava John e ele morreu. Ela o perdeu. Por que a fazer carregar mais este fardo?

— É com ela que a senhorita se importa?

— O senhor acha que é hipocrisia? Imagino que esteja pensando que, se eu me importasse mesmo com o estado de espírito de Gerda, não teria me tornado "a outra" de John. Mas o senhor não entende... Não foi assim. Eu não rompi o casamento dos dois. Eu fui apenas uma... uma de uma procissão.

— Ah, então era assim?

Ela virou-se para ele na hora.

— Não, não, *não*! Não é o que o senhor está pensando. É com isso que eu me importo acima de tudo! A falsa ideia de que todos terão que ver como John era de fato. Por isso vim falar com o senhor... porque tenho a vaga, nebulosa esperança de que consiga fazê-lo entender. Entender, no caso, o tipo de pessoa que John era. Vejo muito bem o que vai acontecer... as manchetes nos jornais... "A Vida Amorosa do Médico"... Gerda, eu, Veronica Cray. John não era assim... ele não era, na verdade, um homem que pensava tanto em mulheres. Não eram as mulheres que lhe importavam mais, era o *trabalho*. Era no trabalho que seu interesse e sua emoção... sim, até seu senso de aventura, ficavam de fato. Se John fosse pego de surpresa, a um momento qualquer, e chamado a nomear a mulher que mais se destacava na mente, sabe o que ele diria? Mrs. Crabtree.

— Mrs. Crabtree? — Poirot ficou surpreso. — Mas quem é essa Mrs. Crabtree?

Havia algo entre lágrimas e riso na voz de Henrietta quando ela prosseguiu:

— É uma velha... uma velha feia, imunda, carcomida, intratável. John a tinha em altíssima consideração. Ela é paciente do St. Christopher's Hospital. Ela tem a Doença de Ridgeway. É uma doença muito rara e, se a pessoa contrai, fica-se fadada à morte. Não existe cura. Mas John estava pesquisando a cura... eu não sei explicar a parte técnica. Era muito complicado, algo a ver com secreções hormonais. Ele vinha fazendo experimentos e Mrs. Crabtree era sua paciente mais estimada. Sabe, ela tem *gana,* ela *quer* viver. E ela gostava de John. Ela e ele lutavam do mesmo lado. A Doença de Ridgeway e Mrs. Crabtree estavam na mente de John havia meses... dia e noite... nada mais contava. É isso que significa ser o tipo de médico que John era... Não essa coisa toda da Harley Street; e as mulheres ricas gordas, isso acontecia apenas em paralelo. Era a curiosidade científica intensa, a realização. Eu... ah, como eu gostaria de fazer com que o senhor entendesse.

As mãos dela se desataram em um curioso gesto de desesperança, e Hercule Poirot pensou como aquelas mãos eram bonitas e delicadas.

Ele disse:

— Parece que *a senhorita* entende muito bem.

— Ah, sim, eu entendia. John vinha e conversava, entende? Não exatamente comigo... em parte, eu acho, era uma conversa consigo mesmo. Era assim que ele desanuviava. Às vezes chegava a ser desesperador... ele não sabia como superar o aumento da toxicidade. E então ele tinha uma ideia de como mudar o tratamento. Eu não consigo explicar como era... Era, pode-se dizer, como uma *batalha.* O senhor não imagina a... a fúria que havia, a concentração... e, sim, às vezes, a agonia. E às vezes puro cansaço...

Ela ficou um minuto ou dois em silêncio, seus olhos escuros relembrando.

Poirot falou, curioso:

— A senhorita deve ter algum conhecimento técnico, não?

Ela fez que não.

— Não tenho. Apenas o suficiente para entender do que John estava falando. Eu comprei livros e li a respeito.

Ela voltou ao silêncio, seu rosto suavizou, seus lábios se abriram. Ela estava, pensou ele, recordando.

Com um suspiro, a mente de Henrietta voltou ao presente. Ela olhou para ele com melancolia.

— Se eu conseguisse fazer o senhor entender...

— Mas conseguiu, mademoiselle.

— É mesmo?

— Sim. A autenticidade é algo que se reconhece quando se ouve.

— Obrigada. Mas não será tão fácil explicar ao Inspetor Grange.

— Provavelmente não. Ele vai focar no ângulo pessoal.

Henrietta falou com veemência:

— E isso é tão sem importância... tão sem importância.

As sobrancelhas de Poirot ergueram-se devagar. Ela respondeu à oposição tácita do detetive.

— Mas é! Veja... passado um tempo, eu virei um obstáculo entre John e o que ele estava pensando. Eu o afetei como mulher. Ele não conseguia mais se concentrar como queria... por culpa minha. Ele começou a ficar com medo de quanto me amava... não queria amar ninguém. Ele... ele fazia amor comigo porque não queria ficar pensando em mim. Ele queria que fosse algo leve, tranquilo, apenas um caso como outros que já tivera.

— E a senhorita... — Poirot a observava com atenção. — A senhorita contentou-se em aceitar... desse modo.

Henrietta levantou-se. Ela disse mais uma vez com a voz seca:

— Não, eu não estava... contentada. Afinal, se é humano...

Poirot aguardou um minuto, depois perguntou:

— Então por quê, mademoiselle...?

— Por quê? — Ela virou de frente para ele. — Eu queria que John ficasse satisfeito, eu queria que *John* conseguisse o que ele queria. Eu queria que ele continuasse com aquilo com que se importava... seu trabalho. Se ele não queria se magoar... voltar a ficar vulnerável... ora... ora, por mim não havia problema.

Poirot coçou o nariz.

— Há pouco, Miss Savernake, a senhorita mencionou Veronica Cray. Ela também era amiga de John Christow?

— Até o sábado passado, ele não a via havia quinze anos.

— Ele a conhecia havia quinze anos?

— Eles foram noivos. — Henrietta voltou e sentou-se. — Percebo que preciso esclarecer isso. John tinha um amor arrebatado por Veronica. Ela era, e ainda é, uma vaca de marca maior. É a egocêntrica suprema. As cláusulas dela eram: John devia abdicar de tudo que gostava e tornar-se seu maridinho domado. John pôs fim ao caso... como bem devia. Mas ele sofreu para diabo. Ele fixou a ideia de casar-se com alguém que fosse o mais diferente possível de Veronica. Foi assim que se casou com Gerda, que você pode descrever, se me permitir a deselegância, como uma pateta de primeira linha. Um casamento muito bonito e seguro, mas, como qualquer um poderia ter lhe dito, chegou o dia em que estar casado com uma pateta o irritou. Ele teve diversos casos. Nenhum teve importância. Gerda, é claro, nunca ficou sabendo. Mas eu penso que há quinze anos há algo de errado com John... algo relacionado a Veronica. Ele nunca a superou de fato. E então, no sábado passado, eles se reencontraram.

Depois de uma longa pausa, Poirot proferiu em tom pensativo:

— Ele levou Veronica Cray naquela noite para casa e voltou à Mansão Hollow às três horas da manhã.

— Como o senhor sabe?

— Uma servente estava com dor de dente.

Henrietta fez um comentário irrelevante:

— Lucy tem criados demais.

— Mas a senhorita também sabia disso, mademoiselle.

— Sim, sabia.

— E como sabia?

Mais uma vez, uma breve pausa infinitésima. Então Henrietta respondeu sem pressa:

— Eu estava olhando pela janela e o vi voltar para a casa.

— Dor de dente, mademoiselle?

Ela sorriu para ele.

— Era outro tipo de dor, Monsieur Poirot.

Henrietta levantou-se e fez menção de ir à porta. Poirot disse:

— Eu a levo, mademoiselle.

Eles cruzaram a estrada e passaram pelo portão que levava às castanheiras.

Henrietta disse:

— Não precisamos passar da piscina. Podemos pegar o caminho da esquerda e seguir o caminho mais alto até o passeio das flores.

Uma trilha íngreme levava ao bosque. Depois de algum tempo, eles chegaram a um caminho mais amplo com ângulos retos passando a encosta acima das castanheiras. Em seguida chegaram a um banco e Henrietta sentou-se, Poirot ao seu lado. O bosque ficava acima e atrás deles, e abaixo havia o bosque de castanheiras plantadas rente. Logo à frente do assento havia uma trilha curva que levava para baixo, onde se via apenas o brilho da água azul.

Poirot observava Henrietta sem dizer nada. O rosto dela estava relaxado, a tensão havia passado, agora parecia mais arredondada e mais jovem. Ele percebeu como ela provavelmente havia sido quando garota.

Ele, enfim, falou com muita delicadeza:

— No que está pensando, mademoiselle?

— Em Ainswick.

— O que é Ainswick?

— Ainswick? É um lugar.

Quase como se fosse um sonho, ela lhe descreveu Ainswick. A mansão branca, graciosa, a grande magnólia que crescia à volta, tudo isso em um anfiteatro formado por morros arborizados.

— Era sua casa?

— Não exatamente. Eu morava na Irlanda. Era para Ainswick que íamos, todos nós, nas férias. Edward, Midge e eu. Era a casa de Lucy, na verdade. Do pai dela. Depois da morte dele, a propriedade passou para Edward.

— Não para Sir Henry? Mas é ele quem detém o título.

— Ah, é um Cavaleiro da Ordem de Bath — explicou ela. — Henry era apenas um primo distante.

— E depois de Edward Angkatell, para quem passará, essa Ainswick?

— Que estranho, nunca parei para pensar. Se Edward não se casar... — Ela fez uma pausa. Uma sombra cruzou seu rosto. Hercule Poirot se perguntou que pensamento tinha lhe ocorrido.

— Eu imagino — Henrietta falou, devagar — que será de David. Então é por isso...

— Por isso o quê?

— Por isso Lucy o convidou para vir para cá... David e Ainswick? — Ela balançou a cabeça. — Eles não se encaixam.

Poirot apontou a trilha à sua frente.

— Foi por este caminho que a mademoiselle desceu à piscina ontem?

Ela estremeceu.

— Não, foi pelo mais perto da casa. Foi Edward que veio por aqui. — Ela virou-se para ele de repente. — Temos mesmo que falar mais desse assunto? Eu odeio a piscina. Eu odeio até mesmo Hollow.

Poirot entoou:

I hate the dreadful hollow behind the little wood;
Its lips in the field above are dabbled with blood-red heath,
The red-ribb'd ledges drip with a silent horror of blood
And Echo there, whatever is ask'd her, answers: "Death"*

Henrietta lhe voltou um olhar atônito.

— Tennyson — disse Hercule Poirot, assentindo a cabeça com orgulho. — A poesia de seu Lord Tennyson.

Henrietta ficou repetindo:

— *E Eco, quando questionada, responde...* — Ela prosseguiu, como se falasse sozinha. — Mas é claro... eu entendi... é isso... Eco!

— Como assim, o Eco?

— Esse lugar... Hollow em si! Eu quase percebi outro dia... no sábado, quando Edward e eu subimos a encosta. Um eco de Ainswick. E é isso que nós somos, os Angkatell: ecos! Não somos reais. Não como John era real. — Ela virou-se para Poirot. — Queria que o senhor o tivesse conhecido, Monsieur Poirot. Somos apenas sombras comparados a John. Ele estava vivo de verdade.

— Eu soube disso mesmo quando o vi morrendo, mademoiselle.

— Eu sei. Era algo visível... E agora John morreu e nós, ecos, seguimos vivos... Parece, se me entende, uma péssima piada.

A juventude sumiu de novo do rosto dela. Seus lábios estavam tortos, amargados por uma dor repentina.

Quando Poirot fez uma pergunta a seguir, ela não reagiu àquilo que ele disse por um momento.

---

* Em tradução livre: "Odeio a várzea temerosa que fica atrás do silvado / Seus lábios úmidos de sangue e o urzal vermelho-forte / As saliências rubras pingam sangue com horror calado / E Eco, quando questionada, responde:'Morte'.".

— Desculpe. O que foi que perguntou, Monsieur Poirot?

— Eu perguntei se sua tia, Lady Angkatell, gostava do dr. Christow.

— Lucy? Ela é minha prima, a propósito, não minha tia. Sim, ela gostava muito dele.

— E seu... seria primo também? Mr. Edward Angkatell. Ele gostava do dr. Christow?

A voz dela, pensou ele, soou um pouco mais contida quando respondeu:

— Não muito... mas eles mal se conheciam.

— E seu... seria outro primo? Mr. David Angkatell?

Henrietta sorriu.

— Creio que David odeia todos nós. Ele passa o tempo todo fechado na biblioteca, lendo a *Encyclopaedia Britannica.*

— Ah, um caráter sério.

— Eu tenho pena de David. Ele teve uma vida difícil em casa. Sua mãe era desequilibrada, inválida. Agora, o único jeito que tem de se proteger é tentar se sentir superior a todos. Tudo bem, desde que funcione, mas uma vez que a comporta se rompe e o David vulnerável aparece...

— Ele se sentia superior ao dr. Christow?

— Ele tentava... mas creio que não conseguia. Imagino que John Christow era o tipo de homem que David gostaria de ser. Por conta disso, ele desprezava John.

Poirot assentiu, reflexivo.

— Sim... autoconfiança, segurança de si, virilidade... qualidades intensamente masculinas. É interessante... muito interessante.

Henrietta não respondeu.

Em meio às castanheiras, perto da piscina, Hercule Poirot viu um homem se abaixar, como se procurasse por algo.

Ele murmurou:

— O que será...?

— Perdão?

Poirot disse:

— Aquele é um dos agentes do Inspetor Grange. Ele parece estar procurando por algo.

— Por pistas, imagino. Policiais não procuram pistas? Cinzas de cigarro, pegadas, fósforos usados.

A voz dela carregava um leve tom de zombaria. Poirot respondeu sério:

— Sim, é o que procuram... e às vezes encontram. Mas as pistas de verdade, Miss Savernake, em um caso como este, geralmente estão nas relações interpessoais dos envolvidos.

— Não sei se entendi.

— Coisas pequenas — disse Poirot, a cabeça caída para trás, seus olhos semicerrados. — Não cinzas de cigarro nem pegadas com solado de borracha, mas um gesto, um olhar, uma atitude inesperada...

Henrietta virou a cabeça bruscamente para olhar para ele. Ele sentiu os olhos dela, mas não virou a cabeça. Ela perguntou:

— O senhor está pensando em... algo específico?

— Estava pensando em como a senhorita tomou a frente, pegou o revólver de Mrs. Christow e o deixou cair na piscina.

Poirot sentiu o leve susto que ela levou. Mas sua voz estava normal, tranquila.

— Gerda, Monsieur Poirot, é uma pessoa desastrada. No choque daquele momento, se o revólver tivesse mais um projétil, ela poderia ter disparado e... e machucado alguém.

— Mas foi muito desastrado de sua parte, não foi, deixar que a arma caísse na piscina?

— Bem, eu também estava chocada. — Ela fez uma pausa. — O que o senhor está sugerindo, Monsieur Poirot?

Poirot sentou-se, virou a cabeça e falou de um jeito direto, prosaico:

— Se havia impressões digitais naquele revólver, ou seja, digitais deixadas *antes de Mrs. Christow manuseá-lo,* seria interessante saber de quem eram... e, agora, nunca saberemos.

Henrietta disse com voz baixa, mas firme:

— Ou seja, o senhor acredita que as digitais eram *minhas*. O senhor está insinuando que eu atirei em John e depois deixei o revólver ao lado dele para que Gerda viesse, segurasse ele e fosse pega no flagra. É isso que está sugerindo, não é? Mas, certamente, se eu houvesse feito isso, o senhor me daria o crédito de ter a inteligência de limpar minhas impressões antes!

— Mas é evidente que a mademoiselle *é* inteligente a ponto de perceber que, se assim houvesse feito e o revólver *não tivesse impressões digitais que não as de Mrs. Christow, isso* sim seria notável! Pois todos vocês estavam atirando com aquele revólver no dia anterior. Gerda Christow dificilmente teria limpado as impressões digitais do revólver *antes* de usá-lo... Por que o faria?

Henrietta perguntou sem pressa:

— Então o senhor acha que eu matei John?

— Quando o dr. Christow estava morrendo, ele disse: *Henrietta*.

— E o senhor acha que foi uma acusação? Não foi.

— Então foi o quê?

Henrietta esticou o pé e fez um desenho com a ponta do dedo. Ela respondeu em voz baixa:

— O senhor não está esquecendo... o que eu lhe contei há pouco? Eu me refiro... aos termos do nosso relacionamento?

— Ah, sim... ele era seu amante. E então, enquanto morria, ele disse: "*Henrietta*". Tocante.

Ela lançou um olhar flamejante ao detetive.

— O senhor precisa mesmo fazer troça?

— Não estou fazendo troça. Mas não gosto que mintam para mim... e é isso, creio eu, que mademoiselle está tentando fazer.

Henrietta falou com tranquilidade:

— Eu disse ao senhor que não sou de todo sincera. Mas, quando John disse "*Henrietta*", ele não estava me acusando de o assassinar. O senhor não entende que pessoas do meu tipo, que *fazem* coisas, são incapazes de tomar vidas? Eu não mato, Monsieur Poirot, eu não *teria como* matar alguém. Esta é a verdade nua e crua. O senhor suspeita de mim apenas porque meu nome foi balbuciado por um homem moribundo que mal sabia o que estava dizendo.

— O dr. Christow sabia perfeitamente o que estava dizendo. A voz dele estava tão vivaz e consciente quanto a de um médico que faz uma operação vital e pede, de forma aguda e urgente: "Enfermeira, por favor, o fórceps".

— Mas… — Ela parecia perdida, surpresa. Hercule Poirot prosseguiu rapidamente:

— E não é apenas pelo que o dr. Christow disse quando estava morrendo. Não creio nem por um instante que a senhorita seja capaz de premeditar um homicídio. Isto, não. Mas a senhorita pode ter disparado aquele revólver em um momento repentino de ressentimento feroz. E, se assim foi… *se* assim foi, a mademoiselle tem criatividade e capacidade suficientes para cobrir seus rastros.

Henrietta levantou-se. Ela ficou parada por um instante, pálida e abalada, olhando para ele. Ela falou com um sorriso repentino, de lástima:

— E eu que achei que o senhor gostasse de mim.

Hercule Poirot suspirou. Ele disse, triste:

— É este o meu infortúnio. Eu gosto.

Capítulo 19

Quando Henrietta o deixou, Poirot ficou sentado até ver o Inspetor Granger, logo abaixo, passar pela piscina com um passo tranquilo mas decidido, e tomar o caminho que atravessava o caramanchão.

O inspetor caminhava de modo objetivo.

Ele, portanto, devia estar indo para Resthaven ou para Dovecotes. Poirot ficou pensando qual seria.

O detetive levantou-se e refez os passos pelo caminho em que havia chegado. Se o Inspetor Grange estava indo visitá-lo, ele tinha interesse em ouvir o que o inspetor tinha a dizer.

Mas, quando chegou a Resthaven, não havia sinal de visitantes. Poirot olhou para a estrada no caminho para Dovecotes, pensativo. Ele sabia que Veronica Cray não havia voltado a Londres.

Ele percebeu que tinha uma curiosidade crescente quanto a Veronica Cray. As peles claras e brilhosas de raposa, as pilhas de caixas de fósforos, aquela invasão repentina e inexplicada na noite de sábado e, por fim, as revelações de Henrietta Savernake sobre John Christow e Veronica.

"Era um padrão interessante", pensou ele. Sim, era isso que ele via: um padrão.

Um desenho de emoções mescladas e o embate de personalidades. Um desenho estranho e intricado, atravessado por linhas sombrias de ódio e desejo.

Teria Gerda Christow atirado no marido? Ou não seria algo tão simples?

Ele pensou em sua conversa com Henrietta e decidiu que não era tão simples.

Henrietta havia saltado à conclusão de que ele suspeitava que ela fosse a homicida, mas na verdade ele não tinha chegado a esse ponto no raciocínio. Não havia ido além da crença de que Henrietta sabia de algo. Que ela sabia de algo ou estava escondendo algo. O que seria?

Ele sacudiu a cabeça, insatisfeito.

A cena na piscina. Uma cena armada. Uma encenação.

Armada por quem? Encenada *para* quem?

Ele tinha forte suspeita de que a resposta à segunda pergunta era Hercule Poirot. Ele havia pensado assim no momento. Mas, também naquele momento, havia pensado que era uma impertinência, uma piada.

Continuava sendo uma impertinência, mas não uma piada.

E a resposta à primeira pergunta?

Ele balançou a cabeça. Não sabia. Não tinha a mínima ideia.

Mas ele semicerrou os olhos e conjurou todos... todos eles... enxergou-os com clareza em sua mente. Sir Henry: íntegro, responsável e confiável administrador a serviço do Império. Lady Angkatell: incorpórea, esquiva, de um charme inesperado e desconcertante, com aquele poder letal da sugestão inconsequente. Henrietta Savernake, que amara John Christow mais do que a si mesma. O gentil e pessimista Edward Angkatell. A jovem negra e grata chamada Midge Hardcastle. A expressão confusa, perplexa, de Gerda Christow com um revólver na mão. A personalidade adolescente e ofendida de David Angkatell.

Lá estavam eles, apanhados e presos pelas tramas da lei. Unidos por algum tempo pelas consequências implacáveis de uma morte repentina e violenta. Cada um tinha sua própria tragédia e sentido, sua própria história.

E em algum ponto naquela teia de personagens e emoções estava a verdade.

Para Hercule Poirot, havia apenas uma coisa mais fascinante do que o estudo dos seres humanos: a busca pela verdade.

Ele estava decidido a saber a verdade por trás da morte de John Christow.

— Mas é claro, inspetor — disse Veronica. — Se há algo que tenho, é uma grande vontade de ajudar o senhor.

— Obrigado, Miss Cray.

Veronica Cray, de certo modo, não era nada do que o inspetor imaginara.

Grange viera preparado para glamour, para afetação, até para heroísmo, quem sabe. Ele não ficaria em nada surpreso se ela tivesse armado algum tipo de encenação.

De fato, ele suspeitava astutamente de que ela estivesse atuando. Mas não era o tipo de atuação que ele havia esperado.

Não havia charme feminino exagerado... O glamour não era ressaltado.

Em vez disso, ele sentiu como se estivesse se sentando à frente de uma mulher de beleza excessiva e trajes caríssimos, que também tinha ótimo tino comercial. Veronica Cray, pensou ele, não era boba.

— Queremos apenas um depoimento claro, Miss Cray. A senhorita foi à Mansão Hollow na noite de sábado?

— Sim, eu havia ficado sem fósforos. É fácil esquecer como essas coisas são importantes no interior.

— E a senhorita foi até a mansão? Por que não foi ao seu vizinho, o Monsieur Poirot?

Ela sorriu. Um sorriso magnífico, confiante, feito para as câmeras.

— Eu não sabia quem era meu vizinho. Senão, teria ido. Achei que fosse apenas um estrangeiro baixinho e pensei, oras, ele pode virar um chato, morando tão perto.

"Sim", pensou Grange "bastante plausível." Ela já havia preparado a resposta para a ocasião.

— A senhorita conseguiu seus fósforos — disse ele —, e então reconheceu um velho amigo, o dr. Christow, pelo que eu soube?

Ela assentiu.

— Pobre John. Sim, eu não o via havia quinze anos.

— É mesmo? — Havia uma descrença educada no tom do inspetor.

— Sim. — O tom dela foi assertivo e firme.

— E ficou contente em revê-lo?

— Muito contente. É sempre um grande prazer rever um velho amigo, não acha, inspetor?

— Pode ser, em certas ocasiões.

Veronica Cray prosseguiu sem esperar por mais perguntas:

— John me trouxe em casa. O senhor vai me perguntar se ele disse algo que poderia ter relevância para a tragédia, e eu venho repassando a nossa conversa com muita atenção... mas, na verdade, não houve nenhum tipo de indicativo.

— Sobre o que conversaram, Miss Cray?

— Os velhos tempos. *"Lembra-se disso, daquilo, daquilo mais?"* — Ela sorriu, pensativa. — Nós nos conhecemos no sul da França. John havia mudado muito pouco... estava mais velho, é claro, mais seguro de si. Sei que ele era bem conhecido em seu ramo. Ele não falou da vida pessoal, absolutamente nada. Fiquei com a impressão de que sua vida de casado não era das mais felizes... mas foi apenas uma impressão vaga. Imagino que a esposa, coitada, fosse uma dessas mulheres apagadas, ciumentas... provavelmente sempre criando confusão com as pacientes bonitas.

— Não — disse Grange. — Parece que ela não era nem um pouco assim.

Veronica falou depressa:

— O senhor quer dizer que ela... *guardava* todos esses sentimentos? Sim... sim, eu vejo que isso seria muito mais perigoso.

— Então a senhorita acredita que Mrs. Christow atirou nele, Miss Cray?

— Não devia ter dito isso. Não se deve fazer esse tipo de comentário antes de um julgamento, não é mesmo? Eu sinto muitíssimo, inspetor. Falei apenas porque minha empregada disse que ela foi encontrada na frente do corpo, com o revólver ainda na mão. O senhor sabe como nesses recantos pacatos do campo tudo é muito exagerado e os criados conversam entre si.

— Criados podem ser muito úteis, Miss Cray.

— Sim, imagino que o senhor consiga muita informação desse modo.

Grange prosseguiu, fleumático:

— É uma questão, é claro, de quem tinha a motivação...

Ele fez uma pausa. Veronica falou com um sorriso apagado, pesaroso:

— E a esposa é sempre a primeira suspeita? Que cinismo! Mas geralmente se tem o que chamam de "a outra". Imagino que se possa considerar que *ela* também tinha um motivo?

— A senhorita acha que havia outra mulher na vida do dr. Christow?

— Bem... sim, eu imaginei que haveria. Tem-se a impressão, se me entende.

— Impressões podem ser muito úteis — disse Grange.

— Eu imaginei... pelo que ele disse... que aquela escultora era, na verdade, uma amiga íntima. Mas creio que o senhor já saiba tudo sobre isso?

— Temos que investigar tudo o que há, evidentemente.

A voz do Inspetor Grange era rigorosamente evasiva, mas ele viu, sem parecer que via, um esboço rápido, rancoroso de satisfação naqueles olhos grandes e azuis.

Ele perguntou de modo oficial:

— O dr. Christow levou a senhorita em casa, como já disse. A que horas a senhorita despediu-se dele?

— Pois veja que eu não lembro! Conversamos por um bom tempo, isso eu sei. Deve ter sido muito tarde.

— Ele entrou?

— Sim, eu servi um drinque para ele.

— Entendo. Imagino que a conversa de vocês pode ter ocorrido no... hã... no caramanchão próximo à piscina.

Ele viu as pálpebras dela tremerem. Mal houve um momento de vacilo antes de ela responder:

— O senhor é *mesmo* um investigador, não é? Sim, ficamos sentados ali algum tempo, fumando e conversando. Como o senhor sabia?

O rosto dela tinha a expressão satisfeita e ávida de uma criança que pede para que se demonstre um truque de mágica.

— A senhorita esqueceu suas peles, Miss Cray. E os fósforos. — Ele complementou sem ênfase.

— Sim, é claro que os esqueci.

— O dr. Christow retornou à Mansão Hollow às três da manhã — proclamou o inspetor, mais uma vez sem ênfase.

— Foi tão tarde assim?

Veronica parecia muito surpresa.

— Sim, Miss Cray, foi.

— É claro, tínhamos muito o que conversar, já que não nos víamos havia tantos anos.

— Tem certeza de que fazia tanto tempo que a senhorita não via o dr. Christow?

— Eu acabei de dizer ao senhor que não o via havia quinze anos.

— Tem certeza de que não está enganada? Tenho a impressão de que a senhorita o vinha encontrando com frequência.

— Mas por que o senhor pensa uma coisa dessas?

— Bem, para começar, por causa deste bilhete. — O Inspetor Grange tirou uma carta do bolso, passou os olhos sob ela, pigarreou e leu:

Por favor, venha hoje pela manhã. Preciso vê-lo.
Veronica.

— Sim... — Ela sorriu. — *É* um tanto categórico, talvez. Sinto dizer que Hollywood deixa a pessoa... bem, bastante arrogante.

— O dr. Christow veio à sua casa na manhã seguinte para responder à sua convocação. Vocês discutiram. Poderia me dizer, Miss Cray, qual foi o motivo da discussão?

O inspetor havia desmascarado seus passos. Ele foi rápido em aproveitar o lampejo de raiva, a torção de mau humor nos lábios dela. Ela rosnou:

— Nós não discutimos.

— Ah, mas discutiram, sim, Miss Cray. Suas últimas palavras foram: "Acho que o odeio mais do que achei que conseguiria odiar uma pessoa".

A atriz ficou em silêncio. Ele a sentia raciocinando... pensando depressa, cautelosa. Algumas mulheres teriam corrido a falar. Mas Veronica Cray era muito esperta para tal.

Ela deu de ombros e falou em tom suave:

— Entendo. Mais histórias da criadagem. Minha empregada tem uma imaginação muito vivaz. Há várias maneiras de dizer as coisas, como o senhor sabe. Posso lhe assegurar que não fui melodramática. Foi um mero comentário galanteador. Estávamos flertando.

— As palavras não deveriam ter sido levadas a sério?

— É claro que não. E posso lhe assegurar, inspetor, que fazia, *sim,* quinze anos que eu não via John Christow. O senhor mesmo pode conferir.

Ela estava equilibrada novamente, desapegada, segura de si.

Grange não discutiu nem avançou no assunto. Ele se levantou.

— É tudo por enquanto, Miss Cray — disse, de modo agradável.

Ele deixou Dovecotes e desceu a estrada, depois virou no portão de Resthaven.

Hercule Poirot ficou encarando o inspetor com a maior surpresa. Ele repetiu, incrédulo:

— O revólver que Gerda Christow estava segurando e que subsequentemente foi derrubado na piscina não é o revólver que disparou o tiro fatal? Mas isto é extraordinário.

— Exatamente, *monsieur* Poirot. Digo sem rodeios: não faz sentido.

Poirot falou em voz baixa:

— Não, não faz sentido. Mas, de qualquer maneira, inspetor, tem que fazer sentido, não?

O inspetor deu um suspiro forte:

— Exatamente isso, Monsieur Poirot. Temos que encontrar maneiras de fazer sentido... mas, no momento, eu não vejo como. A verdade é que não iremos mais longe até encontrarmos a pistola que *foi* usada. Ela veio, sim, da coleção de Sir Henry... ao menos há uma faltando. Isso significa que tudo continua conectado à Mansão Hollow.

— Sim — murmurou Poirot. — Tudo continua conectado à Mansão Hollow.

— Parecia um caso simples, rápido — prosseguiu o inspetor. — Bem, não é tão rápido e simples.

— Não — disse Poirot —, não é simples.

— Temos que admitir a possibilidade de que foi tudo uma armação... ou seja, que foi tudo armado para incriminar Gerda Christow. Mas, se foi assim, por que não deixar o revólver certo perto do corpo para que o pegasse?

— Talvez ela não o pegasse.

— É verdade, mas mesmo que não o pegasse, contanto que não houvesse impressões digitais de outra pessoa na arma... ou seja, se ela fosse limpa depois do uso... ela provavelmente teria sido suspeita do mesmo jeito. E é isso que o assassino queria, não era?

· A MANSÃO HOLLOW ·

— Era?

Grange o encarou.

— Bem, se você cometesse um assassinato, você iria querer incriminar, segura e rapidamente, outra pessoa, não? Seria a reação normal de um assassino.

— Sim... — disse Poirot. — Mas talvez tenhamos um tipo nada usual de assassino. É possível que *essa* seja a solução do nosso problema.

— Qual é a solução?

Poirot falou, pensativo:

— Um tipo incomum de assassino.

Inspetor Grange o encarou, pensativo. Ele perguntou:

— Mas então... qual *era* a ideia do assassino? O que ele ou ela queria?

Poirot abriu as mãos e soltou um suspiro.

— Não tenho ideia... não tenho a mínima ideia. Mas tenho uma leve impressão...

— Sim?

— De que o assassino é alguém que queria matar John Christow, mas não queria incriminar Gerda Christow.

— Hum! Na verdade, suspeitamos dela desde o início.

— Ah, sim, mas era apenas uma questão de tempo até os fatos sobre a pistola virem à luz, e isso estava fadado a dar um novo ângulo à questão. Nesse intervalo, o assassino teve tempo... — Poirot parou por completo.

— Tempo de fazer o quê?

— Ah, *mon ami,* aí você me pegou. Terei que dizer mais uma vez que não sei.

O Inspetor Grange deu uma ou duas voltas pela sala. Então parou e pôs-se de frente a Poirot.

— Vim até o senhor nesta tarde, Monsieur Poirot, por dois motivos. O primeiro é porque eu sei, como é conhecido por todos, que o senhor é um homem de ampla experiência que já teve funções muito complexas neste tipo de problema. Este é o motivo número um. Mas há outro motivo. O se-

186 · AGATHA CHRISTIE ·

nhor estava lá. O senhor foi testemunha ocular. O senhor *viu* o que aconteceu.

Poirot assentiu.

— Sim, eu *vi* o que aconteceu. Mas os olhos, Inspetor Grange, são testemunhas nada confiáveis.

— O que quer dizer, Monsieur Poirot?

— Os olhos veem, às vezes, o que os outros *querem* que eles vejam.

— O senhor acha que foi planejado de antemão?

— É o que eu suspeito. Foi exatamente, entenda bem, como uma encenação. O que eu *vi* estava bem claro. Um homem que havia acabado de levar um tiro e a mulher que lhe deu um tiro segurando a pistola que ela havia acabado de usar. Foi o que eu *vi,* e já sabemos que em um aspecto a imagem está errada. A pistola *não* havia sido usada para atirar em John Christow.

— Hum! — O inspetor puxou seu bigode caído para baixo. — O senhor quer dizer que há outros aspectos da cena que estão errados?

Poirot assentiu. Ele disse:

— Havia outras três pessoas presentes. Três pessoas que *aparentemente* haviam acabado de chegar à cena. Mas talvez isso também não seja verdade. A piscina é cercada por um bosque denso de jovens castanheiras. Da piscina, cinco trilhas levam a outros pontos: uma para a casa, outra sobe o bosque, uma leva à trilha das flores, uma desce da piscina à granja e uma leva à estrada, aqui.

Ele continuou:

— Destas três pessoas, cada uma veio por um caminho diferente: Edward Angkatell pelo bosque, Lady Angkatell da granja e Henrietta Savernake da bordadura de flores acima da casa. Estes três chegaram à cena do crime quase simultaneamente, e alguns minutos depois de Gerda Christow. Mas um desses três, inspetor, podia ter estado na piscina *antes* de Gerda Christow chegar, podia ter atirado em John Christow, podia ter se retirado por um destes três caminhos e, dando meia-volta, podia chegar ao mesmo tempo que os outros.

O Inspetor Grange disse:

— Sim, é possível.

— E outra possibilidade, não considerada no momento. Alguém poderia ter vindo da estrada, ter atirado em John Christow, e voltado pelo mesmo caminho sem ser visto.

Grange disse:

— O senhor acertou na mosca. Há duas outras suspeitas além de Gerda Christow. Temos a mesma motivação: ciúme. É certo que é um *crime passionel*. Havia duas outras mulheres envolvidas com John Christow.

Ele fez uma pausa e disse:

— Christow foi ver Veronica Cray naquela manhã. Eles brigaram. Ela disse que o faria se arrepender pelo que havia feito, e que o odiava mais do que achava que podia odiar uma pessoa.

— Interessante — murmurou Poirot.

— Ela vem de Hollywood... e, pelo que leio nos jornais, eles trocam tiro por lá. Ela podia ter vindo buscar suas peles, que havia deixado no caramanchão na noite anterior. Eles podem ter se encontrado... a situação pode ter esquentado... ela disparou contra ele... e então, ao ouvir alguém chegando, ela pode ter retornado pelo mesmo caminho que veio.

Ele fez um instante de pausa e complementou com irritação:

— Agora chegamos à parte em que tudo vai para as cucuias. Aquela maldita arma! A não ser — disse ele, seus olhos se avivando — que ela tenha disparado contra ele com a própria arma e deixado cair outra que havia pegado do escritório de Sir Henry, para lançar suspeita sobre os *habitués* da Mansão Hollow. Talvez ela não soubesse que conseguiríamos identificar a pistola a partir das estrias do cano.

— Queria saber quantas pessoas sabem disso.

— Eu levei a questão ao Sir Henry. Ele disse que achava que muitas pessoas saberiam... graças aos contos de detetive que tanto circulam. Eu citei um recente, *A pista da fonte pingando,* que ele disse que o próprio John Christow estava lendo no sábado e que enfatizava este aspecto em particular.

— Mas Veronica Cray teria que ter pegado a pistola do escritório de Sir Henry de alguma maneira.

— Sim, seria premeditação. — O inspetor deu mais um puxão no bigode, depois olhou para Poirot. — Mas o senhor mesmo sugeriu outra possibilidade, Monsieur Poirot. Temos Miss Savernake. E é aqui que ressurge sua condição de testemunha ocular, ou deveria dizer testemunha *auricular*? O dr. Christow disse "*Henrietta*" quando estava morrendo. O senhor ouviu... todos ouviram, embora Mr. Angkatell aparentemente não tenha escutado.

— Edward Angkatell não escutou? Interessante.

— Mas os outros escutaram. A própria Miss Savernake diz que ele tentou conversar com ela. Lady Angkatell diz que ele abriu os olhos, viu Miss Savernake e disse: "*Henrietta*". Ela não atribuiu importância ao fato, creio eu.

Poirot sorriu.

— Não... ela não atribuiria importância alguma.

— Então, Monsieur Poirot, e o senhor? O senhor estava lá... e viu... e ouviu. O dr. Christow estava tentando dizer a todos que foi Henrietta quem disparou contra ele? Em resumo, a palavra foi uma *acusação?*

Poirot respondeu lentamente:

— Não foi o que pensei naquele momento.

— Mas e agora, Monsieur Poirot? O que o senhor pensa *agora?*

Poirot deu um suspiro. Respondeu devagar:

— Pode ter sido. Não posso dizer mais do que isso. O senhor está me perguntando por uma opinião, e quando o momento passa existe uma tentação de ver nas coisas um sentido que não estava lá na hora.

Grange falou rapidamente:

— É claro, está tudo em confidência. O que Monsieur Poirot pensou não é uma prova... disso eu sei. É apenas um indicador a que estou tentando chegar.

— Ah, eu entendo o senhor muito bem... e uma opinião de uma testemunha ocular pode ser muito útil. Mas me rebaixo a dizer que minhas opiniões não têm valor. Eu estava sob o equívoco, induzido pelas provas visuais, de que Mrs. Christow havia acabado de atirar no marido; de modo que, quando o dr. Christow abriu os olhos e disse "*Henrietta*", eu nunca pensei que teria sido uma acusação. É tentador, agora, olhando para trás, ler naquela cena algo que não estava lá.

— Eu sei o que o senhor quer dizer — disse Grange. — Mas me parece que, como foi a última palavra que Christow falou, Henrietta deve ter um entre dois significados. Foi ou uma acusação de assassinato ou foi... bem, foi puramente emotiva. Ela é a mulher por quem ele é apaixonado e ele está morrendo. Agora, tendo isso em mente, qual das duas opções lhe pareceu provável?

Poirot suspirou, se remexeu, fechou os olhos, abriu-os de novo, esticou as mãos com aborrecimento profundo. Ele disse:

— A voz dele era urgente. É tudo que posso dizer: *urgência*. Não me pareceu nem acusatória nem emotiva... mas urgente, sim! E tenho certeza de uma coisa. Ele estava em plena posse de suas faculdades. Ele falou... sim, falou como um médico. Um médico que tem, digamos, uma emergência médica repentina em mãos... um paciente que está com uma hemorragia fatal, talvez. — Poirot deu de ombros. — É o máximo a que consigo chegar.

— Uma emergência médica, hã? — perguntou o inspetor.

— Bem, sim, essa *é* uma terceira maneira de ver a situação. Ele levou um tiro, suspeitou que ia morrer e queria que algo fosse feito por ele, depressa. E se, como Lady Angkatell diz,

Miss Savernake foi a primeira pessoa que ele viu quando seus olhos abriram, então ele faria um apelo a ela. Não é muito satisfatório, porém.

— Nada neste caso é satisfatório — disse Poirot, com certa amargura.

Uma cena de crime, armada e encenada para enganar Hercule Poirot... e que o *enganou*! Não, nada satisfatório.

Inspetor Grange estava olhando pela janela.

— Opa — disse ele —, aqui está Clark, meu sargento. Parece que ele conseguiu algo. Ele vem trabalhando com as criadas, tem aquele toque de simpatia. É um camarada bonito, leva jeito com as mulheres.

Sargento Clark chegou um tanto esbaforido. Estava em seu rosto sua satisfação consigo mesmo, embora tentasse esconder este fato sob uma postura oficial respeitosa.

— Achei melhor vir informá-lo, já que eu sabia aonde o senhor havia ido.

Ele hesitou, disparando um olhar duvidoso a Poirot, cuja aparência extravagante e estrangeira não combinava com sua sensação de reticência oficial.

— Desembuche, rapaz — disse Grange. — Não se preocupe com Monsieur Poirot. Ele esqueceu mais do nosso metiê do que você vai saber por muitos e muitos anos.

— Sim, senhor. É por aqui, senhor. Consegui uma coisa com a auxiliar de cozinha...

Grange o interrompeu. Ele virou-se para Poirot, triunfal.

— O que foi que eu lhe disse? Sempre há esperança quando se tem uma auxiliar de cozinha. Que os céus nos ajudem quando as equipes domésticas ficarem tão reduzidas que ninguém mais terá auxiliar de cozinha. Auxiliares falam, auxiliares tagarelam. Elas são tão disciplinadas e colocadas em seu devido lugar pela cozinheira-chefe e pelos criados de maior graduação que é apenas humano que falem o que sabem com quem quiser ouvir. Prossiga, Clark.

— É isso que a moça diz, senhor. Que no domingo à tarde ela viu Gudgeon, o mordomo, caminhar pelo saguão com um revólver na mão.

— Gudgeon?

— Sim, senhor. — Clark conferiu sua caderneta. — São as palavras dela: "Eu não sei o que fazer, mas creio que tenha de dizer o que vi naquele dia. Eu vi Mr. Gudgeon, parado no saguão com um revólver na mão. Mr. Gudgeon parecia de fato muito estranho".

— Acredito — disse Clark, interrompendo o relato — que essa parte sobre ele parecer estranho não seja relevante. Ela provavelmente tirou isso da cabeça. Mas achei que o senhor devia saber de imediato.

Inspetor Grange levantou-se com a satisfação de um homem que vê uma tarefa que está apto para executar.

— *Gudgeon?* — disse ele. — Vou falar com Mr. Gudgeon imediatamente.

Capítulo 20

De volta ao escritório de Sir Henry, o inspetor Grange observou o rosto impassível do homem à sua frente.

Até agora, as honras cabiam a Gudgeon.

— Eu sinto muito, senhor — repetiu ele. — Imagino que eu deveria ter comentado o ocorrido, mas havia escapado de minha memória.

Ele passou seu olhar pesaroso do inspetor para Sir Henry.

— Era por volta das 17h30, senhor, se me lembro corretamente. Eu estava atravessando o saguão para ver se havia alguma carta para o correio quando percebi um revólver sobre a mesa do saguão. Supus que fosse da coleção do meu amo, então o peguei e o trouxe para cá. Havia uma lacuna na estante próxima ao console da lareira de onde ele havia saído, então o retornei ao lugar devido.

— Aponte a arma para mim — disse Grange.

Gudgeon levantou-se e foi à prateleira em questão, com o inspetor logo atrás.

— Foi esta, senhor. — O dedo de Gudgeon apontou uma pequena pistola Mauser no fim da prateleira.

Era uma calibre 25: uma arma muito pequena. Certamente não era a arma que havia matado John Christow.

Grange, com os olhos no rosto de Gudgeon, disse:

— Esta é uma pistola automática, não um revólver.

Gudgeon tossiu.

— É mesmo, senhor? Infelizmente não sou muito versado em armas de fogo. Posso ter usado o termo revólver de forma leviana, senhor.

— Mas o senhor tem certeza de que essa é a arma que encontrou no saguão e trouxe para cá?

— Ah, sim, senhor, disso não há dúvida alguma.

Grange o deteve quando Gudgeon estava prestes a estender a mão.

— Não toque nela, por favor. Tenho que analisar impressões digitais e ver se está carregada.

— Não creio que esteja carregada, senhor. Nenhuma das armas na coleção de Sir Henry é guardada com munição. Quanto a impressões digitais, eu passei um lenço nela antes de devolvê-la ao lugar, senhor, de modo que só encontrará minhas impressões.

— Por que fez isso? — perguntou Grange, incisivo.

Mas o sorriso pesaroso de Gudgeon não cedeu.

— Pensei que estava empoeirada, senhor.

A porta se abriu e Lady Angkatell entrou. Ela sorriu para o inspetor.

— Que bom vê-lo, Inspetor Grange! O que é isso tudo a respeito de um revólver e Gudgeon? Aquela menina na cozinha está que é uma cascata de lágrimas. Mrs. Medway estava importunando-a... mas a moça estava em seu direito de dizer o que viu se achava que deveria dizê-lo. Eu também sempre acho isso de certo e errado tão confuso... É fácil quando o certo é desagradável e o errado é conveniente, pois a pessoa sabe por onde tem que ir... mas é confuso quando é o inverso... E eu creio que todos deviam fazer o que consideram certo para si, não acha, inspetor? O que andou dizendo a eles sobre a pistola, Gudgeon?

Gudgeon respondeu com ênfase respeitosa:

— A pistola estava no saguão, milady, na mesa de centro. Eu não tenho ideia de onde veio. Eu a trouxe para cá e a coloquei em seu devido lugar. É o que acabei de contar ao inspetor e ele compreendeu.

Lady Angkatell balançou a cabeça. Ela falou com delicadeza:

— Não deveria ter dito isso, Gudgeon. Eu mesma vou falar com o inspetor.

Gudgeon fez um leve movimento, e Lady Angkatell falou, carismática:

— Eu entendo seus motivos, Gudgeon. Sei que sempre tenta nos poupar de incômodo e inquietações. — Ela completou, gentilmente dispensando o mordomo: — Por enquanto é só.

Gudgeon hesitou, lançou um olhar rápido a Sir Henry, depois ao inspetor, então fez uma mesura e foi até a porta.

Grange fez um movimento como se fosse detê-lo, mas, por algum motivo que não conseguiu definir a si mesmo, deixou o braço baixar. Gudgeon saiu e fechou a porta.

Lady Angkatell acomodou-se em uma cadeira e sorriu para os dois homens. Ela disse, puxando assunto:

— Vejam, considero isso muito encantador da parte de Gudgeon. Muito feudal, se me entendem. Isso, "feudal" seria a palavra certa.

Grange perguntou, rígido:

— Devo entender, Lady Angkatell, que a senhora tem mais conhecimento sobre o assunto?

— É claro. Gudgeon não encontrou a pistola no saguão de modo algum. Ele a encontrou quando foi tirar os ovos.

— Os ovos? — Inspetor Grange a encarou.

— Do cesto — disse Lady Angkatell.

Ela parecia pensar que agora tudo estava claro. Sir Henry falou, delicado:

— Terá que nos contar um pouco mais, querida. O Inspetor Grange e eu continuamos sem norte.

— Ah. — Lady Angkatell pareceu determinada a ser explícita. — A pistola, veja bem, estava *dentro* do cesto, *sob* os ovos.

— Que cesto e que ovos, Lady Angkatell?

— O cesto que eu trouxe da granja. A pistola estava dentro, e depois eu coloquei os ovos sobre a pistola e esqueci completamente. Quando encontramos o pobre John Christow morto junto à piscina, o choque foi tão grande que soltei o cesto e Gudgeon o pegou a tempo (por conta dos ovos, no caso. Se eu tivesse deixado cair, estariam todos quebrados). Ele trouxe o cesto para a casa. Depois eu lhe pedi para anotar as datas nos ovos, algo que eu sempre faço... senão os ovos mais frescos são comidos antes dos antigos... e ele disse que já o tinha feito. Agora que me recordo, ele foi bastante enfático. E é isso que quero dizer quanto a ser feudal. Ele encontrou a pistola e a colocou de volta no lugar... creio que por haver policiais na casa. Eu percebo que os criados sempre ficam muito aflitos com a polícia. Muito gentis e leais... mas também um pouco burros, pois é óbvio, inspetor, que o senhor quer ouvir a verdade, não é?

Lady Angkatell encerrou com um sorriso radiante para o inspetor.

— É à verdade que quero chegar — disse Grange, um tanto soturno.

Lady Angkatell suspirou.

— É um tal de um estardalhaço, não é? — disse ela. — Quero dizer, essa tarefa de perseguir as pessoas. Não creio que quem tenha disparado em John Christow quisesse mesmo disparar contra ele. Não de verdade, quero dizer. Se foi Gerda, tenho certeza de que não foi a intenção. Na verdade, fico até surpresa que ela não tenha errado o alvo. É o tipo de coisa que se espera de Gerda. E ela é de fato uma criatura muito querida, muito gentil. E se o senhor a levar para a cadeia e à forca, o que será das crianças? Se ela de fato atirou em John, provavelmente sente muitíssimo. Já é ruim o suficiente para as crianças ter um pai assassinado... será infinitamente pior para elas se a mãe for enforcada pelo homicídio. Às vezes, eu acho que vocês policiais não *pensam* nessas coisas.

— Não estamos considerando a prisão de ninguém no momento, Lady Angkatell.

— Bem, acho isso muito sensato. Mas desde o início, Inspetor Grange, eu pensei que o senhor era um homem sensato.

Mais uma vez aquele sorriso encantador, quase deslumbrante.

Inspetor Grange piscou um pouco. Não pôde evitar, mas voltou firme à questão em pauta.

— Como a senhora acabou de dizer, Lady Angkatell, é à verdade que quero chegar. A senhora tirou a pistola daqui... qual arma era, a propósito?

Lady Angkatell inclinou a cabeça para a prateleira perto da lareira.

— A segunda a contar da ponta. A Mauser calibre 25. — Algo no modo preciso e técnico como ela respondeu soou estranho para Grange. Por algum motivo, ele não havia esperado que Lady Angkatell, que até o momento ele havia rotulado como "ambígua" e "meio lelé", pudesse descrever uma arma de fogo com tal precisão técnica.

— A senhora pegou a pistola daqui e colocou em seu cesto. Por quê?

— Sabia que o senhor me perguntaria isso — disse Lady Angkatell. Inesperadamente, seu tom era quase triunfal. — E é óbvio que precisa haver um motivo. Não acha, Henry? — Ela virou-se para o marido. — Não acha que eu devo ter tido algum motivo para carregar uma pistola naquela manhã?

— Eu assim pensei, minha cara — respondeu Sir Henry, inflexível.

— A pessoa faz coisas — disse Lady Angkatell, olhando pensativa para frente — e depois não lembra por que as fez. Mas eu creio, sabe, inspetor, que sempre há motivo se a pessoa consegue chegar lá. Eu devia ter *alguma* ideia na cabeça quando coloquei a Mauser no cesto de ovos. — Ela apelou ao próprio inspetor. — O que o senhor acha que seria?

Grange ficou encarando-a. Ela não demonstrava qualquer embaraço, apenas uma avidez infantil. Ele não conseguia entender. Nunca havia encontrado alguém como Lady Angkatell e, naquele momento, não sabia o que fazer.

— Minha esposa — começou Sir Henry — é extremamente distraída, inspetor.

— Assim parece, senhor — disse Grange.

Ele não falou com tom agradável.

— Por que o *senhor* acha que levei a pistola? — perguntou Lady Angkatell em tom de confidência.

— Não tenho ideia, Lady Angkatell.

— Eu vim até aqui — refletiu Lady Angkatell. — Eu estava conversando com Simmons sobre as fronhas... e me recordo vagamente de ir até a lareira... e pensar que precisávamos de um novo atiçador... o cura, não o prior...

Inspetor Grange ficou observando. Ele sentiu que sua cabeça rodopiava.

— E lembro-me de pegar a Mauser... uma pistolinha bonita, prática, de que eu sempre gostei... e colocá-la no cesto. Eu havia acabado de pegar o cesto da sala das flores. Mas estava com tanta coisa na cabeça... Simmons, como sabe, e as ervas daninhas nas Michaelmas... e esperando que Mrs. Medway fizesse uma torta de chocolate bem *farta*...

— Uma torta de chocolate? — O Inspetor Grange teve que interrompê-la.

— Chocolate, o senhor sabe, e ovos... depois cobertos com chantilly. O tipo de sobremesa que um estrangeiro gostaria após o almoço.

O Inspetor Grange falou feroz e brusco, sentindo-se como um homem que tira finas teias de aranha que atrapalham sua visão:

— A senhora carregou a pistola?

Ele esperava pegá-la de surpresa, quem sabe assustá-la um pouco. Mas Lady Angkatell apenas pensou sobre a pergunta com uma espécie de reflexão ansiosa.

— Será que a carreguei? Que burrice. Eu não me recordo. Mas imagino que sim, não é, inspetor? Afinal, de que serve uma pistola sem munição? Queria lembrar exatamente o que eu tinha na cabeça na hora.

— Minha cara Lucy — disse Sir Henry. — O que se passa ou não se passa na sua cabeça é a angústia de todos que a conhecem bem há anos.

Ela lhe disparou um sorriso suave.

— Eu *estou* tentando lembrar, Henry querido. A pessoa faz coisas tão curiosas. Eu peguei o telefone outro dia e fiquei olhando para ele, perplexa. Eu não conseguia imaginar o que ia fazer com ele.

— Supostamente telefonar para alguém — disse o inspetor, gélido.

— Não, o engraçado é que eu não ia. Depois eu lembrei: eu vinha me perguntando por que Mrs. Mears, a esposa do jardineiro, segurava o bebê daquele jeito tão esquisito, e peguei o telefone para testar, se o senhor me entende, como se segura um bebê. E, claro, percebi que devia parecer esquisito, pois Mrs. Mears é canhota e a cabeça ficava virada para o outro lado.

Ela olhou triunfante de um para outro dos dois homens.

"Bem", pensou o inspetor, "imagino que seja possível que existam pessoas assim."

Mas ele não tinha tanta certeza.

Tudo isso podia, ele percebeu, ser um emaranhado de mentiras. A ajudante de cozinha, por exemplo, havia afirmado claramente que o que Gudgeon tinha na mão era um revólver. Ainda assim, não se podia fincar certeza. A moça não entendia nada de armas de fogo. Ela ouvira falar de um revólver em conexão com o crime e, para ela, revólver ou pistola seriam a mesma coisa.

Tanto Gudgeon quanto Lady Angkatell haviam especificado a pistola Mauser... mas não havia nada que provasse suas declarações. Aquele podia inclusive ser o revólver perdido que Gudgeon estava manuseando e ele o podia ter devolvido, não ao escritório, mas à própria Lady Angkatell. Todos os criados pareciam completamente absortos por aquela maldita mulher.

E se havia sido ela mesma quem atirou em John Christow? (Mas por quê? Ele não via motivo.) Os outros ainda lhe dariam respaldo e contariam mentiras em seu nome? Ele teve a sensação desagradável de que era justamente o que fariam.

E agora essa história fantasiosa dela quanto a não conseguir se recordar... é claro que ela podia elaborar algo melhor. E com tamanha naturalidade... nenhum acanhamento, nenhuma apreensão. Maldita seja, ela dava a impressão de que estava falando a verdade literal.

Ele levantou-se.

— Quando lembrar-se um pouco mais, conte-me, Lady Angkatell — disse ele, áspero.

Ela respondeu:

— É claro que sim, inspetor. As coisas voltam repentinamente à pessoa, às vezes.

Grange saiu do escritório. No saguão, ele colocou um dedo por dentro de uma gola e respirou fundo.

Ele sentia-se embaralhado. Tudo o que precisava era de seu velho e sujo cachimbo, um copo de cerveja e um bom filé com batatas. Algo simples e objetivo.

Capítulo 21

No escritório, Lady Angkatell andava de um ponto a outro, tocando uma coisa aqui e outra ali vagamente com o indicador. Sir Henry estava recostado na poltrona, observando-a. Enfim ele perguntou:

— Por que você pegou a pistola, Lucy?

Lady Angkatell voltou e sentou-se graciosamente numa poltrona.

— Eu não tenho certeza, Henry. Imagino que eu tivesse uma vaga ideia de que poderia haver um acidente.

— Um acidente?

— Sim. Sabe, com todas essas raízes de árvores se esticando por aí — disse Lady Angkatell vagamente. — Seria tão fácil... tropeçar. Seria possível ter dado alguns tiros no alvo e deixado uma bala no cartucho... um descuido, é claro. Mas as pessoas *são* descuidadas. Sempre pensei que um acidente seria o jeito mais fácil de fazer uma coisa desse tipo. A pessoa ficaria sentidíssima, é claro, e se culparia...

A voz dela se perdeu. Seu marido estava parado, muito quieto, sem tirar os olhos do rosto da esposa. Ele falou de novo com a mesma voz baixa e cuidadosa:

— Quem sofreria... o acidente?

Lucy virou a cabeça um pouco, olhando para ele com surpresa.

— John Christow, é claro.

— Por Deus, Lucy...

Ela falou com zelo:

— Ah, Henry, eu ando tão preocupada. Com Ainswick.

— Entendo. É Ainswick. Você sempre se preocupou demais com Ainswick, Lucy. Às vezes eu penso que é a única coisa a que você dá atenção.

— Edward e David são os últimos... os últimos dos Angkatell. E David não serve, Henry. Ele nunca vai se casar, por conta da mãe e de tudo o mais. Ele vai ficar com a casa quando Edward morrer, e não vai se casar, e você e eu já teremos morrido antes de ele chegar à meia-idade. Ele será o último dos Angkatell e tudo vai se extinguir.

— E isso importa tanto, Lucy?

— É óbvio que importa! É *Ainswick*!

— Você devia ter sido um menino, Lucy.

Mas ele sorriu um pouco. Pois não conseguia imaginar Lucy sendo algo que não feminina.

— Tudo depende de Edward se casar. E Edward é tão obstinado... é aquela cabeça comprida, igual à do meu pai. Eu esperava que ele superasse Henrietta e se casasse com uma menina de bem. Mas vejo agora que não há esperança. Então pensei que o caso de Henrietta com John daria no que sempre dá. Os casos de John, pensei, nunca duraram muito. Mas eu o vi olhando para ela na outra noite. Ele *gostava* dela. Se John não estivesse na disputa, eu achava que Henrietta se casaria com Edward. Ela não é o tipo de pessoa que acalenta uma memória e vive no passado. Então, perceba, tudo resultava nisso: livrar-se de John Christow.

— Lucy. Você não... O que você fez, Lucy?

Lady Angkatell levantou-se de novo. Ela tirou duas flores mortas de um vaso.

— Querido — disse ela —, você não considera nem por um instante que *eu* tenha atirado em John Christow, considera? Eu tive essa ideia boba, de um acidente. Mas, como sempre, eu lembrei que havíamos *convidado* John Christow.

Não foi ele que se impôs. Não se pode convidar alguém para ser seu hóspede e depois armar acidentes. Até os árabes são mais hospitaleiros. Por isso, não se preocupe, certo, Henry?

Ela olhou para ele com um sorriso genial e afetuoso. Ele falou com voz pesada:

— Eu sempre me preocupo com você, Lucy.

— Não há necessidade, querido. E veja: tudo acabou bem. Livraram-se de John sem termos que fazer coisa alguma. Isso me lembra — disse Lady Angkatell, recordando — daquele homem em Bombaim que foi tão grosseiro comigo. Três dias depois, ele foi atropelado por um bonde.

Ela destrancou as janelas francesas e saiu ao jardim.

Sir Henry ficou parado, assistindo à figura alta e esguia vagar pela trilha. Ele parecia velho, cansado, e seu rosto era o de um homem que vive intimamente com o medo.

Na cozinha, uma lacrimosa Doris Emmott murchava diante das reprimendas severas de Mr. Gudgeon. Mrs. Medway e Miss Simmons cumpriam função similar à de um coro grego.

— Voluntariando-se quando não devia e chegando a conclusões como uma novata faria...

— Isso mesmo — disse Mrs. Medway.

— Se você me vir com uma pistola na mão, o certo a se fazer é vir a mim e dizer: "Mr. Gudgeon, poderia me dar uma explicação?".

— Ou você poderia ter vindo a mim — interveio Mrs. Medway. — *Eu* sempre estou disposta a dizer o que pensar a uma garota que não entende nada desse mundo.

— O que você *não* devia ter feito — disse Gudgeon, em tom severo — é ficar tagarelando com um policial. E um sargento, ainda por cima! Nunca se meta com a polícia mais do que o necessário. Já é um sofrimento recebê-los nesta casa.

— Uma sofrimento inexpressável — murmurou Miss Simmons. — Uma coisa dessas nunca aconteceu *comigo*.

— Todos sabemos — prosseguiu Gudgeon — como é sua senhoria. Nada que ela faz poderia me surpreender. Mas a polícia não conhece sua senhoria como a conhecemos, e não se deve pensar que sua senhoria deveria ser perturbada com perguntas e desconfianças tolas apenas porque anda com armas de fogo. É o tipo de coisa que ela faria, mas a polícia tem a mente de quem vê apenas assassinatos e coisas igualmente asquerosas. Sua senhoria é do tipo de pessoa distraída que não faria mal a uma mosca, mas não há como negar que ela deixa as coisas em lugares estranhos. Nunca me esquecerei — complementou Gudgeon, convicto — de quando ela trouxe uma lagosta viva e a colocou na bandeja das correspondências no saguão. Achei que eu estava enxergando coisas!

— Deve ter sido antes da minha época — disse Simmons, curiosa.

Mrs. Medway ouviu as revelações com um olhar para a equivocada Doris.

— Em outro momento — disse ela. — Doris, estamos apenas falando com você para seu próprio bem. Envolver-se com a polícia é *vulgar*, nunca se esqueça. Agora, pode continuar com os legumes e tenha mais cuidado com as vagens do que teve na noite passada.

Doris deu uma fungada.

— Sim, Mrs. Medway — disse ela, e foi arrastando-se à pia.

Mrs. Medway disse, como em um presságio:

— Sinto que não vou ter a mão leve para fazer a massa folhada. Amanhã acontece aquele inquérito asqueroso. Fico revoltada cada vez que penso nisso. Uma coisa dessas... acontecendo *conosco*.

Capítulo 22

A trava do portão estalou e Poirot olhou pela janela a tempo de ver a visitante que fazia o trajeto até sua porta. Ele soube de imediato quem era. O detetive se perguntou o que havia trazido Veronica Cray para uma visita.

Ela trazia consigo um cheiro leve e delicioso ao recinto, um cheiro que Poirot identificou. Ela usava *tweed* e sapatos Oxford, tal como Henrietta. Mas ela, concluiu ele, era muito diferente de Henrietta.

— Monsieur Poirot. — O tom dela era aprazível, um pouco entusiasmado. — Acabei de descobrir quem é meu vizinho. E sempre quis conhecê-lo.

Ele pegou as mãos dela e fez uma mesura.

— Encantado, Madame.

Ela aceitou a deferência com um sorriso, mas recusou a oferta de chá, café ou um coquetel.

— Não, eu vim apenas falar com o senhor. Uma conversa séria. Estou preocupada.

— A senhorita está preocupada? Sinto em saber.

Veronica sentou-se e suspirou.

— A respeito da morte de John Christow. O inquérito será amanhã. O senhor sabe disso?

— Sim, sim, eu sei.

— E tudo isso tem sido tão fora do comum...

Ela interrompeu-se.

— A maioria das pessoas nem acreditaria. Mas o senhor, sim, creio eu, pois entende da natureza humana.

— Entendo um pouco da natureza humana — Poirot admitiu.

— Inspetor Grange me visitou. Ele botou na cabeça que tive uma discussão com John. O que é verdade, mas não no sentido que ele acha. Eu disse a ele que não via John havia quinze anos... e ele simplesmente não quis acreditar em mim. Mas é verdade, Monsieur Poirot.

Poirot disse:

— Já que é verdade, pode-se provar facilmente. Então por que a preocupação?

Ela devolveu o sorriso com toda a simpatia.

— A verdade é que eu não ousei contar ao inspetor o que aconteceu de fato na noite de sábado. É tão extraordinário que ele certamente não acreditaria. Mas senti que devia contar a alguém. Por isso, vim ao senhor.

Poirot falou em tom mais baixo:

— Fico lisonjeado.

Ele percebeu que ela não deu muita importância a isso. Era uma mulher, pensou ele, muito segura do efeito que provocava. Tão segura que, vez por outra, podia cometer um erro.

— Quinze anos antes, John e eu estávamos noivos. Ele estava apaixonadíssimo por mim... tanto que às vezes me alarmava. Ele queria que eu desistisse da carreira de atriz, que desistisse de qualquer opinião própria ou vida individual. Ele era tão possessivo e autoritário que eu senti que não conseguiria ir em frente com o casamento, então rompi nosso noivado. Infelizmente, ele aceitou muito mal.

Poirot estalou a língua, com discrição e solidariedade.

— Eu só o vi de novo naquele último sábado à noite. Ele me acompanhou até minha casa. Eu disse ao inspetor que conversamos sobre os velhos tempos, e isso é verdade, de certo modo. Mas houve muito mais.

— Sim?

— John ficou ensandecido, descontrolado. Ele queria deixar esposa e filhos, queria que eu me divorciasse do meu marido e me casasse com ele. Disse que nunca havia me esquecido. Que, no instante em que me viu, o tempo parou.

Ela fechou os olhos e engoliu em seco. Sob a maquiagem, o rosto de Veronica estava pálido.

Ela abriu os olhos de novo e deu um sorriso quase acanhado a Poirot.

— O senhor acredita que... que uma pessoa pode sentir algo assim? — ela perguntou.

— Eu creio que é possível, sim — Poirot disse.

— Nunca esquecer... ficar à espera... planejando... com esperança. Determinar de coração e mente que se vai conseguir o que quer. Existem homens assim, Monsieur Poirot.

— Sim. E mulheres.

Ela lhe dirigiu um olhar sério.

— Estou falando dos homens. De John Christow. Bem, foi o que foi. Eu reclamei no início, ri, recusei-me a levá-lo a sério. Então disse a ele que estava louco. Era bastante tarde quando ele voltou para casa. Discutimos e discutimos. Ele estava... tão determinado quanto antes.

Ela engoliu em seco de novo.

— Foi por isso que enviei uma mensagem a ele na manhã seguinte. Eu não podia deixar a situação daquele jeito. Eu tinha que o fazer perceber que o que ele queria era... impossível.

— E *era* impossível?

— É óbvio que era impossível! Ele veio à minha casa. Ele não queria ouvir o que eu tinha a dizer. Ele continuou insistente. Eu disse a ele que não adiantava, que eu não o amava, que eu o odiava... — Ela fez uma pausa, respirando forte. — Eu tive que ser brutal. Então nos despedimos com raiva. E agora... ele morreu.

Ele viu as mãos dela se aproximarem, viu os dedos torcidos e as juntas dos dedos se projetarem. Eram mãos grandes, mãos cruéis.

A emoção forte que ela sentia transmitiu-se a ele. Não era tristeza, não era luto... era raiva. A raiva, ele pensou, de uma egocêntrica perplexa.

— Então, Monsieur Poirot? — A voz dela estava controlada e suave de novo. — O que devo fazer? Contar a história ou guardá-la para mim? Foi isso que aconteceu, mas é preciso um pouco esforço para acreditar.

Poirot olhou para ela. Um olhar demorado, calculando.

Ele não achava que Veronica Cray estivesse contando a verdade, mas ainda assim havia um vestígio inegável de sinceridade. Aquilo havia acontecido, ele pensou, mas não daquele modo.

De repente, ele entendeu. Era uma história real, mas ao avesso. Era ela quem fora incapaz de esquecer John Christow. Ela que ficara perplexa e rejeitada. E, agora, incapaz de suportar em silêncio a raiva furiosa de uma tigresa desprovida do que considerava sua legítima presa, ela havia inventado uma versão da verdade que podia satisfazer seu orgulho ferido e alimentar um pouco da raiva doída por um homem que estava além do alcance de suas mãos vorazes. Era impossível admitir que ela, Veronica Cray, não conseguiria o que queria! Então, ela mudou tudo.

Poirot respirou fundo e falou:

— Se tudo isto tem alguma relevância para a morte de John Christow, a senhora terá que se pronunciar. Mas se não tem... e não vejo por que o faria... então creio que a senhora tem razão em guardar para si.

Poirot ficou pensando se ela estava decepcionada. Ele teve a impressão de que, em seu estado atual, Miss Cray gostaria de lançar sua história à página impressa de um jornal. Ela havia ido até ele... para quê? Para testar sua versão? Para ver suas reações? Ou para usá-lo? Para induzi-lo a passar a história adiante?

Se a reação branda de Poirot a decepcionou, ela não o demonstrou. Veronica levantou-se e lhe dirigiu uma de suas mãos compridas e de unhas bem-cuidadas.

— Obrigada, Monsieur Poirot. O que o senhor diz parece muito sensato. Fico muito contente de ter vindo ao senhor. Eu... eu senti que queria que alguém soubesse.

— Vou respeitar sua confidência, madame.

Depois que ela se foi, ele abriu um pouco as janelas. Cheiros o afetavam. Ele não gostava do aroma de Veronica. Era um perfume caro, mas nauseante; dominante, como a personalidade dela.

Ele considerou, enquanto sacudia as cortinas, se Veronica Cray havia assassinado John Christow.

Ela teria estado disposta a matá-lo. Nisto ele acreditava. Ela teria gostado de apertar o gatilho — teria gostado de vê-lo cambalear e desabar.

Mas, por trás da raiva vingativa, havia algo de frio e sagaz, algo que calculava oportunidades. Uma inteligência fria, calculista. Por mais que Veronica Cray quisesse matar John Christow, ele duvidava que ela teria corrido o risco.

Capítulo 23

A audiência de inquérito havia acabado. Havia sido uma meríssima formalidade e, embora avisados de antemão, quase todos ficaram com o ressentimento do anticlímax.

O inquérito foi adiado por uma quinzena a pedido da polícia.

Gerda havia vindo de Londres com Mrs. Patterson em um Daimler alugado. Ela usava um vestido preto e um chapéu inadequado, e parecia nervosa e confusa.

Preparando-se para entrar de volta no Daimler, ela parou quando Lady Angkatell a alcançou.

— Como está, querida Gerda? Espero que não esteja dormindo mal. Acho que correu tão bem quanto podíamos esperar, não acha? Fico tão sentida por não a termos recebido em Hollow, mas entendo que deve ser angustiante.

Mrs. Patterson falou com sua voz clara, olhando com reprovação para sua irmã por não a apresentar:

— Foi ideia de Miss Collins, vir direto e voltar. É caro, sim, mas achamos que valia a pena.

— Ah, concordo totalmente.

Mrs. Patterson baixou a voz:

— Vou levar Gerda e as crianças até Bexhill. Ela precisa de descanso e sossego. Esses jornalistas! Vocês não têm ideia! Parecem um enxame em volta da Harley Street.

Um jovem disparou uma câmera e Elsie Patterson empurrou sua irmã para dentro do carro antes de partirem.

Os outros tiveram uma visão momentânea do rosto de Gerda sob a aba do chapéu inadequado. Estava vazio, perdido. Por um instante, ela pareceu uma criança sem o controle das faculdades mentais.

Midge Hardcastle murmurou a meio-tom:

— Pobre diaba.

Edward falou, irritado:

— O que as pessoas viam em Christow? Aquela mulher desgraçada parece de coração partido.

— A vida dela era totalmente envolvida na dele — disse Midge.

— Mas por quê? Ele era dessas figuras tão centradas em si. Boa companhia, pode-se dizer, mas... — Ele se interrompeu. Depois perguntou: — O que você achava dele, Midge?

— Eu? — Midge refletiu. Ela disse, enfim, surpresa com as próprias palavras: — Creio que eu o respeitava.

— Respeitava-o? Pelo quê?

— Bem, ele entendia do próprio trabalho.

— Está pensando nele como médico?

— Sim.

Não houve tempo para mais.

Henrietta estava levando Midge de volta a Londres em seu carro. Edward estava voltando para almoçar em Hollow e partiria no trem vespertino com David. Ele disse vagamente para Midge: "Você tem que aparecer para almoçar algum dia", e Midge disse que seria muito bom, mas ela não podia tirar mais que uma hora de almoço. Edward deu seu sorriso encantador e disse:

— Ah, mas é uma ocasião especial. Tenho certeza de que vão entender.

Então ele foi na direção de Henrietta.

— Eu telefonarei, Henrietta.

— Sim, Edward, ligue-me. Mas talvez eu passe um bom tempo fora.

— Fora?

Ela lhe dirigiu um sorriso rápido e zombeteiro.

— Afogando minhas mágoas. Você não espera que eu fique sentada em casa, toda lastimosa, espera?

Ele respondeu devagar:

— Não a entendo hoje em dia, Henrietta. Você anda muito diferente.

O rosto dela abrandou.

— Edward, querido — falou ela, repentinamente, e apertou seu braço.

Depois Henrietta se virou para Lucy Angkatell.

— Eu posso voltar se eu quiser, não é, Lucy?

Lady Angkatell respondeu:

— É claro, querida. E, de qualquer maneira, teremos o inquérito de novo em uma quinzena.

Henrietta foi até onde havia estacionado o carro, na praça. Suas valises e as de Midge já estavam dentro.

Elas entraram e partiram.

O carro escalou um longo aclive e saiu na estrada da encosta. Abaixo dela, as folhas marrons e douradas tremiam um pouco no frio de um dia cinza de outono.

Midge falou de repente:

— Estou feliz em fugir... mesmo de Lucy. Por mais querida que seja, às vezes ela me assusta.

Henrietta estava olhando atentamente para o espelho retrovisor.

Ela disse, sem atenção:

— Lucy tem que fazer seus floreios... até para um assassinato.

— Sabe, eu nunca nem havia pensado em homicídio até agora.

— E por que pensaria? Não é uma coisa em que se pense. São nove letras nas palavras cruzadas, ou uma distração agradável entre as capas de um livro. Mas quando acontece de fato...

Ela fez uma pausa. Midge terminou:

— É real. É isso que assusta.

Henrietta disse:

— Não tem por que assustar você. *Você* está de fora. Talvez seja a única entre nós que esteja fora.

Midge disse:

— Agora estamos todos fora. Nós escapamos.

Henrietta murmurou:

— Escapamos?

Ela voltou a olhar pelo espelho retrovisor. De repente colocou o pé no acelerador. O carro respondeu. Henrietta fitou o velocímetro. Elas estavam a mais de oitenta. Em seguida a agulha chegou aos cem.

Midge olhou de canto para o perfil de Henrietta. Não era comum ela dirigir com imprudência. Ela gostava de velocidade, mas a estrada sinuosa não justificativa o ritmo em que elas estavam. Havia um sorriso sinistro pairando na boca de Henrietta.

Ela disse:

— Olhe por cima do ombro, Midge. Viu aquele carro lá atrás?

— Sim?

— É um Ventnor 10.

— É mesmo? — Midge não pareceu muito interessada.

— São carrinhos úteis, econômicos, vão bem na estrada, mas não são rápidos.

— Não?

Era curioso, pensou Midge, como Henrietta sempre fora fascinada por carros e suas performances.

— Como eu disse, eles não são rápidos... mas aquele carro, Midge, conseguiu nos acompanhar mesmo que estejamos a mais de cem.

Midge virou o rosto assustado para ela.

— Você quer dizer que...

Henrietta assentiu.

— A polícia, creio eu, dispõe de motores especiais em carros de aparência comum.

Midge perguntou:

— Você quer dizer que eles continuam de olho em nós?

— Parece óbvio.

Midge estremeceu.

— Henrietta, você entende o que significa essa história da segunda arma?

— Não, porque inocenta Gerda. Mas, fora isso, parece que não soma nada.

— Mas se era uma das armas de Henry...

— Não sabemos se era. Lembre-se de que ela ainda não foi encontrada.

— Não, é verdade. Pode ser alguém externo. Sabe quem eu penso que matou John, Henrietta? Aquela mulher.

— Veronica Cray?

— Sim.

Henrietta não respondeu. Ela seguiu dirigindo com os olhos fixos e austeros para a estrada à frente.

— Você não acha possível? — insistiu Midge.

— *Possível,* sim — falou Henrietta, devagar.

— Então você não acha...

— Não adianta pensar em uma coisa porque você *quer* que seja. É a solução perfeita: todos viramos inocentes!

— Todos? Mas...

— Todos estamos envolvidos. Todos. Até você, querida Midge... Mesmo que seja difícil encontrar uma motivação para você ter atirado em John. É claro que eu *gostaria* que tivesse sido Veronica. Nada me agradaria mais do que a ver dando uma linda atuação, como Lucy diria, no assento de réu!

Midge lhe disparou um olhar.

— Diga-me, Henrietta: você se sente vingativa?

— Você pergunta isso — disse Henrietta, pausando por um instante — por que eu amava John?

— Sim.

Enquanto ela falava, Midge percebeu com um ligeiro choque que era a primeira vez que o fato era colocado em palavras nuas e cruas. Era fato aceito por todos, por Lucy e Henry, por Midge, até por Edward, que Henrietta amava

John Christow, mas até então ninguém havia sequer sugerido isso em palavras.

Houve uma pausa enquanto Henrietta parecia matutar. Então ela falou com voz pensativa:

— Não consigo lhe explicar o que eu sinto. Talvez eu mesma não saiba.

Agora elas estavam passando pela Albert Bridge. Henrietta disse:

— É melhor você vir ao ateliê, Midge. Vamos tomar chá e depois eu deixo você em casa.

Em Londres, a curta luz da tarde já estava se apagando. Elas chegaram ao ateliê e Henrietta levou a chave à porta. Ela entrou e acendeu a luz.

— Está frio — disse ela. — É melhor acendermos a calefação. Ah, droga... eu devia ter comprado fósforos.

— Um isqueiro não serve?

— O meu não funciona, e é difícil acender o gás com isqueiro. Sinta-se em casa. Tem um velho cego que fica na esquina. Costumo comprar os fósforos com ele. Em menos de um minuto estarei de volta.

Sozinha no ateliê, Midge ficou caminhando e conferindo os trabalhos de Henrietta. Ficou com uma sensação estranha de dividir o ateliê vazio com as criações de madeira e bronze.

Havia uma cabeça de bronze com maçãs do rosto salientes e um chapéu de latão, talvez um soldado do Exército Vermelho, e havia uma estrutura arejada de alumínio torcido, em forma de fita, que a deixou bastante intrigada. Havia um enorme sapo estático no granito rosa e, na ponta do ateliê, ela chegou a uma figura humana de madeira em tamanho real.

Era para essa escultura que ela estava olhando quando a chave de Henrietta girou na porta e a própria entrou, levemente sem fôlego.

Midge virou-se.

— O que é isso, Henrietta? É um pouco assustador.

— Isso? É a Devota. Vai para o International Group.

· A MANSÃO HOLLOW ·

215

Midge repetiu, olhando para a figura:

— É assustadora.

Ajoelhando-se para acender a calefação, Henrietta falou por cima do ombro:

— Interessante você dizer isso. Por que você a acha assustadora?

— Acho que é... porque ela não tem rosto.

— Você está corretíssima, Midge.

— Ficou muito boa, Henrietta.

— É uma bela peça de pereira.

Ela se levantou, jogou sua grande bolsa e suas peles sobre o divã, depois jogou algumas caixas de fósforos na mesa.

Midge estranhou a expressão que ela tinha no rosto. Havia uma espécie de júbilo, repentino e inexplicado.

— Agora, quanto ao chá — disse Henrietta, e na sua voz ouvia-se o mesmo júbilo cálido que Midge havia percebido em seu rosto.

Foi como uma nota fora de tom... mas Midge a esqueceu devido à corrente de pensamentos que se ativou quando ela viu as duas caixas de fósforos.

— Lembra-se daqueles fósforos que Veronica Cray levou?

— Quando Lucy insistiu em empurrar meia dúzia de caixas para ela? Sim.

— Alguém chegou a descobrir se ela já tinha fósforos em casa?

— Imagino que a polícia tenha investigado. Eles são muito meticulosos.

Um sorriso levemente triunfal torceu os lábios de Henrietta. Midge sentiu-se confusa e quase enojada.

Ela pensou: "Será que Henrietta realmente se importava com John? Será possível? Claro que não".

E um calafrio leve e desolado a atravessou ao refletir:

"Edward não terá que esperar muito tempo...".

Não era generoso da parte dela não deixar aquele pensamento a acalentar. Ela queria que Edward fosse feliz, não queria? Não era como se ela pudesse ter Edward para si. Para Edward, ela sempre seria a "pequena Midge". Nunca mais do que isso. Nunca uma mulher a ser amada.

Edward, infelizmente, fazia o tipo fiel. Bem, o tipo fiel geralmente consegue o que quer.

Edward e Henrietta em Ainswick... esse era o final devido da história. Edward e Henrietta vivendo felizes para sempre.

Era o que ela conseguia ver com toda a clareza.

— Anime-se, Midge — disse Henrietta. — Você não pode deixar que um assassinato te deprima. Vamos sair depois e jantar juntas?

Mas Midge respondeu rapidamente que precisava voltar ao seu apartamento. Ela tinha coisas a fazer: cartas para mandar. Aliás, era melhor partir assim que ela terminasse o chá.

— Tudo bem. Eu levo você.

— Posso pegar um táxi.

— Que absurdo. Vamos usar o carro, está aí.

Elas saíram ao ar úmido da noite. Ao passarem pelo fim das estrebarias, Henrietta apontou um carro parado na rua lateral.

— Um Ventnor 10. Nossa sombra. Você vai ver. Ele vai nos seguir.

— Que coisa bruta.

— Você acha? Eu não me importo.

Henrietta deixou Midge em seus aposentos e voltou às estrebarias para deixar o carro na garagem.

Então entrou no ateliê mais uma vez.

Por alguns minutos ela ficou distraída, tamborilando os dedos sobre o consolo da lareira. Então deu um suspiro e murmurou consigo mesma:

— Bem... ao trabalho. É melhor não perder tempo.

Ela tirou seu *tweed* e entrou em um macacão.

Uma hora e meia depois, ela deu um passo para trás e analisou o que havia feito. Havia manchas de argila em sua bochecha e o cabelo estava desgrenhado, mas ela assentiu com aprovação para o modelo na base.

Assemelhava-se a um cavalo, mas de forma grosseira. A argila havia sido jogada em massas irregulares. Era o tipo de cavalo que deixaria apoplético o coronel de um regimento da cavalaria, tão diferente que era de um cavalo de carne e osso que já deu cria. Também haveria inquietado os antepassados caçadores de Henrietta na Irlanda. Mesmo assim, era um cavalo: um cavalo concebido em abstrato.

Henrietta ficou pensando o que Inspetor Grange acharia se um dia o visse, e sua boca se alargou com um pouco de graça quando ela imaginou o rosto dele.

Capítulo 24

Edward Angkatell estava hesitante, no meio do redemoinho de gente que caminhava pela Shaftesbury Avenue. Ele estava preparando-se psicologicamente para entrar no estabelecimento com a placa em letras douradas: "Madame Alfrege".

Um instinto obscuro o havia impedido de apenas telefonar e convidar Midge para almoçar. Aquele fragmento de conversa telefônica na Mansão Hollow o havia deixado perturbado. Mais ainda, havia o chocado. Ele ouvira uma submissão na voz de Midge, uma subserviência que o havia deixado indignado.

Midge, a liberta, a alegre, a desbocada, logo ela ter aquela postura. Ter que se submeter, como estava claramente se submetendo, à grosseria e à insolência na outra ponta da linha. Estava tudo errado! Tudo errado! E então, quando ele demonstrou sua inquietação, ela o recebeu à queima-roupa, com a verdade intragável de que não era fácil conseguir um emprego, e que manter um emprego implicava mais questões desagradáveis do que a mera execução de tarefas estipuladas.

Até então, Edward havia aceitado vagamente o fato de que muitas jovens tinham "empregos" hoje em dia. Se é que ele havia pensado naquilo de fato, em termos gerais ele havia pensado que elas trabalhavam porque gostavam — que seria uma forma de envaidecer seu senso de independência e ter um interesse próprio na vida.

O fato de que uma jornada de trabalho das nove às seis, com uma hora de folga para o almoço, afastava uma jovem da maioria dos prazeres e divertimentos da classe desocupada simplesmente não ocorrera a Edward. Que Midge, a não ser que sacrificasse sua hora de almoço, não podia passear em uma galeria, ir a um concerto vespertino, pegar o carro e sair da cidade em um belo dia de verão, almoçar com calma em um restaurante mais distante, e que tinha que relegar suas visitas ao interior às tardes de sábado e aos domingos e almoçar correndo em um Lyons lotado ou em uma lanchonete, era uma descoberta recente e indesejada. Ele tinha bastante carinho por Midge. A pequena Midge: era assim que ele se lembrava dela. Envergonhada e de olhos arregalados, chegando em Ainswick para as férias, primeiro de boca fechada e depois, aos poucos, abrindo-se para o entusiasmo e o afeto.

A tendência de Edward a viver exclusivamente no passado, e aceitar o presente de forma dúbia como algo ainda não testado, havia retardado seu reconhecimento de Midge como uma adulta assalariada.

Foi naquela noite em Hollow, quando ele entrou frio e tremendo daquele embate estranho, inquietante com Henrietta, e quando Midge se ajoelhou para acender a lareira, que ele tomou ciência de Midge não como uma criança afetuosa, mas como mulher. Havia sido uma visão inquietante. Por um instante ele achou que havia perdido alguma coisa. Algo que era uma parte preciosa de Ainswick. E ele havia falado de forma impulsiva, saído daquela sensação repentina de nostalgia: "Eu queria te ver mais, pequena Midge...".

Do lado de fora, sob a luz do luar, conversando com uma Henrietta que não era mais, para seu espanto, a Henrietta que ele amara por tanto tempo... de repente ele conhecera o pânico. Edward havia entrado de volta para descobrir uma perturbação ainda maior no rumo traçado que era sua vida: a pequena Midge também fazia parte de Ainswick. Mas aquela não era mais a pequena Midge, mas sim uma adulta corajosa e de olhos tristes, que ele não conhecia mais.

Desde então, ele havia ficado com a mente perturbada, e passado por altas doses de autocensura devido ao modo impensado como nunca se preocupara com a felicidade ou conforto de Midge. A ideia do emprego desarmônico que ela tinha com Madame Alfrege o havia deixado cada vez mais preocupado e, enfim, ele decidiu ver por conta própria como seria essa loja de roupas.

Edward espiou desconfiado a vitrine onde se via um pequeno vestido preto com um cinto de ouro estreito, macacões sumários de aparência devassa e um vestido de festa com renda em cores espalhafatosas.

Edward não entendia de roupas femininas, fora por instinto, mas tinha uma noção arguta de que tudo à mostra era, de certo modo, de ordem vulgar. Não, pensou ele, aquele lugar não era digno dela. Alguém... Lady Angkatell, quem sabe... alguém tinha que tomar uma atitude.

Superando sua timidez com algum esforço, Edward endireitou os ombros levemente caídos e entrou na loja.

Imediatamente ficou paralisado de vergonha. Duas mulheres loiras platinadas insolentes, com vozes agudas, analisavam os vestidos de um mostruário, com uma vendedora de pele escura as servindo. Nos fundos da loja, uma mulher baixa de nariz grosso, cabelo ruivo de henna e uma voz detestável discutia com uma cliente robusta e pasma sobre ajustes em um vestido. De um cubículo adjacente, a voz inquieta de uma mulher se elevava.

— Tenebroso... apenas tenebroso... você não pode me trazer algo *decente* para provar?

Em resposta, ele ouviu o suave murmúrio da voz de Midge: uma voz deferente e persuasiva.

— O modelo vinho é muito elegante. E creio que lhe ficaria bem. Se a senhora experimentasse...

— Não vou perder meu tempo experimentando o que sei que não é bom. Você que se esforce mais. Eu falei que não quero nada em tom vermelho. Se você ouvisse o que lhe dizem...

Um rubor subiu ao pescoço de Edward. Ele esperava que Midge jogasse o vestido no rosto da mulher odiosa. Em vez disso, ela murmurou:

— Vou olhar de novo. Por acaso não gostaria de verde, madame? Ou deste cor de pêssego?

— Terrível... apenas terrível! Não, não quero ver mais nada. Que perda de tempo total...

Então Madame Alfrege, desembaraçando-se da cliente robusta, veio até Edward e o ficou observando com olhar inquisitivo.

Ele se recompôs.

— Eu... eu poderia falar... Miss Hardcastle está?

As sobrancelhas de Madame Alfrege se levantaram, mas ela viu a alfaiataria de Savile Row nas roupas de Edward e compôs um sorriso cuja graciosidade era mais desagradável do que seria seu mau humor.

De dentro do cubículo, a voz inquieta se ergueu, mais aguda:

— Tenha cuidado! Como você é desastrada. Arrancou minha rede de cabelo.

E Midge, com a voz oscilante:

— Sinto muito, madame.

— Desastrada estúpida. — A voz parecia abafada. — Deixe, eu mesma me visto. Meu cinto, por favor.

— Miss Hardcastle estará disponível em um minuto — disse Madame Alfrege.

O sorriso dela virou um olhar de malícia.

Uma mulher de cabelo cor de areia, parecendo mal-humorada, surgiu do cubículo carregando vários pacotes e saiu em direção à rua. Midge, com um vestido preto escuro, abriu a porta para ela. Parecia pálida e infeliz.

— Vim levá-la para almoçar — disse Edward, sem fazer preâmbulo.

Midge olhou preocupada para o relógio.

— Eu só saio às 13h15.

Eram 13h10.

Madame Alfrege falou gentilmente:

— Pode sair agora se quiser, Miss Hardcastle, já que seu *amigo* veio buscá-la.

Midge murmurou:

— Ah, obrigada, Madame Alfrege. — E para Edward: — Só um minuto e já estou pronta. — E sumiu nos fundos da loja.

Edward, que havia estremecido com o impacto da ênfase de Madame Alfrege na palavra "amigo", ficou parado e impotente, aguardando.

Madame Alfrege estava prestes a iniciar uma conversa com ele quando a porta se abriu e uma mulher de visual opulento entrou com um pequinês, e o instinto comercial de Madame Alfrege a levou à recém-chegada.

Midge ressurgiu de casaco e, pegando-a pelo cotovelo, Edward a conduziu da loja para a rua.

— Meu Deus — disse ele —, é esse o tipo de coisa que você tem que aguentar? Eu ouvi aquela mulher horrorosa conversando com você atrás da cortina. Como você aguenta, Midge? Por que você não jogou os vestidos na cabeça dela?

— Eu perderia meu emprego se fizesse coisas assim.

— Mas você não tem vontade de atirar coisas numa mulher daquele tipo?

Midge respirou fundo.

— É claro que tenho. E tem momentos, principalmente no fim de uma semana quente, nas ofertas de verão, que eu tenho medo de um dia me soltar e dizer para todas exatamente onde elas devem enfiar... em vez de "sim, madame", "não, madame", "verei se tem algo mais, madame".

— Midge, minha cara pequena Midge, você não pode aguentar esse tipo de coisa!

· A MANSÃO HOLLOW ·

223

Midge riu, um pouco trêmula.

— Não fique chateado, Edward. Por que raios você tinha que vir aqui? Por que não telefonou?

— Eu queria ver por conta própria. Andei preocupado.

— Ele fez uma pausa e depois falou. — Ora, Lucy não falaria com uma copeira do mesmo jeito que aquela mulher falou com você. Não é certo você ter que aguentar tanta insolência e grosseria. Por Deus, Midge, eu queria arrancar você de tudo isso e a levar para Ainswick. Queria chamar um táxi, botar você dentro e levá-la a Ainswick agora no trem das 14h15.

Midge travou. Seu suposto desinteresse se perdeu. Ela havia tido uma manhã longa e cansativa, com clientes penosos, e a Madame no mais alto nível de irritação. Ela virou-se para Edward com um acesso repentino de indignação.

— Bem, então por que não o faz? Há táxis de sobra!

Ele olhou para ela, espantado pela fúria repentina. Midge prosseguiu, sua raiva se inflamando:

— Por que você tem que vir aqui e *dizer* essas coisas? Você não fala sério. Você acha que, depois da manhã do inferno que eu tive, facilita minha vida ser lembrada de que há lugares como Ainswick? Você acha que eu sou grata a você por ficar aí, tagarelando sobre o quanto queria me tirar de tudo? Tudo muito doce e fajuto. Você não disse uma palavra séria. Você não sabe que eu venderia minha alma para pegar o trem das 14h15 para Ainswick e fugir de tudo? Eu não consigo nem *pensar* em Ainswick, você me entende? Você tem boas intenções, Edward, mas é cruel! Fica dizendo coisas... só *dizendo* coisas...

Eles ficaram se olhando, perturbando seriamente a multidão da Shaftesbury Avenue na hora do almoço. Mas eles só estavam cientes um do outro. Edward olhava para ela como um homem que acordara de repente. Ele disse:

— Então está feito, droga. Você vem comigo para Ainswick no trem das 14h15!

Ele levantou sua bengala e chamou um táxi que estava de passagem. O carro parou no meio-fio. Edward abriu a porta e Midge, um pouco tonta, entrou. Edward disse "Paddington Station" ao motorista e entrou logo depois dela.

Eles ficaram em silêncio. Os lábios de Midge estavam colados. Seus olhos eram desafiadores, rebeldes. Edward apenas olhava para frente.

Enquanto esperavam o semáforo na Oxford Street, Midge falou em um tom desagradável:

— Parece que eu paguei para ver.

Edward falou em seguida:

— Eu não estava blefando.

O táxi voltou a se mover depois de um solavanco.

Foi só depois que o táxi virou à esquerda da Edgware Road para Cambridge Terrace que Edward retomou, repentinamente, sua postura normal diante da vida. Ele disse:

— Não podemos pegar o das 14h15. — Batendo no vidro, ele disse ao taxista: — Vá para o Berkeley.

Midge falou, fria:

— Por que não podemos pegar o das 14h15? São apenas 13h25.

Edward sorriu para ela.

— Você não tem bagagem, pequena Midge. Nenhuma camisola, nem escova de dentes, nem sapatos para o campo. Tem um trem às 16h15, sabe? Vamos almoçar agora e conversar.

Midge deu um suspiro.

— Isso é tão você, Edward. Lembrar-se das questões práticas. Os impulsos não o levam longe, não é? Ah, enfim. Foi um sonho bom enquanto durou.

Ela colocou a mão sobre a dele e deu aquele velho sorriso.

— Sinto muito por ter ficado na calçada atormentando-o como uma biscate — disse ela. — Mas, veja bem, Edward: você *foi* irritante.

— Sim — disse ele. — Devo ter sido.

Eles entraram no Berkeley alegremente, lado a lado. Conseguiram uma mesa perto da janela e Edward pediu um almoço excelente.

Enquanto terminavam o frango, Midge suspirou e disse:

— Preciso voltar para a loja. Acabou meu horário.

— Hoje você vai ter um almoço decente, nem que eu tenha que voltar ali e comprar metade das roupas da loja!

— Querido Edward, você é mesmo muito meigo.

Eles comeram *crêpes suzette* e depois o garçom lhes trouxe café. Edward mexeu o açúcar com a colher.

Ele perguntou com delicadeza:

— Você ama mesmo Ainswick, não é?

— Temos que falar de Ainswick? Eu sobrevivi a não pegar o trem das 14h15... e já percebi que não terei chance com o das 16h15, mas não salgue a ferida.

Edward sorriu.

— Não, eu não estou propondo que peguemos o das 16h15. Mas estou sugerindo que você venha para Ainswick, Midge. Estou sugerindo que você venha de vez. Se você me aguentar, no caso.

Ela o encarou por cima da borda da xícara do café. Soltou a xícara sobre a mesa com a mão que conseguiu manter firme.

— Do que você está falando, Edward?

— Estou sugerindo que você case comigo, Midge. Não me considero uma opção muito romântica. Eu sei que sou tedioso e que não levo jeito para quase nada. Eu só fico nos meus livros ou vagando por aí. Mas, por mais que eu não seja muito empolgante, nós nos conhecemos há muito tempo e eu acho que Ainswick em si iria... bem, poderia compensar. Eu acho que você seria contente em Ainswick, Midge. Você vem?

Midge engoliu em seco uma vez ou duas, depois disse:

— Mas eu achei que... Henrietta...

Edward disse, com a voz calma e sem emoção:

— Sim, eu pedi Henrietta em casamento três vezes. Ela recusou todas. Henrietta sabe o que ela não quer.

Houve silêncio, então Edward perguntou:

— Bem, cara Midge, que tal?

Midge ergueu o olhar para ele. Sua voz falhou. Ela disse:

— Parece tão extraordinário... me oferecerem o paraíso numa bandeja, por assim dizer. E no Berkeley!

O rosto dele se iluminou. Ele colocou as mãos sobre as dela por um instante.

— O paraíso numa bandeja — disse ele. — Então é isso que você acha de Ainswick. Ah, Midge, eu fico muito contente.

Eles ficaram ali sentados, felizes. Edward pagou a conta e deixou uma gorjeta enorme. O público do restaurante estava rareando. Midge disse com esforço:

— Temos que ir. Acho que eu preciso voltar à Madame Alfrege. Afinal, ela conta comigo. Eu não posso simplesmente sair.

— Sim, imagino que você tenha que voltar, pedir demissão ou entregar uma carta, ou seja lá como se diz. Mas você não vai continuar trabalhando lá. Eu não aceito. Mas antes acho que devíamos ir a uma dessas lojas da Bond Street onde vendem alianças.

— Alianças?

— É o que se faz, não é?

Midge riu.

À luz reduzida da joalheria, Midge e Edward debruçaram-se sobre bandejas de anéis de noivado cintilantes, enquanto um vendedor discreto os assistia com toda benevolência.

Edward, afastando uma bandeja com cobertura de veludo, disse:

— Esmeraldas, não.

Henrietta de *tweed* verde... Henrietta usando um vestido de festa com jade chinesa...

Não, esmeraldas não.

Midge afugentou a pequena dor que apunhalava seu coração.

— Escolha por mim — disse ela a Edward.

Ele debruçou-se sobre a bandeja à frente. Pegou um anel com um diamante só. Não era uma pedra grande, mas era de cor e brilho muto belos.

— Eu gostaria desse.

Midge assentiu. Ela adorou ver uma amostra do gosto infalível e exigente de Edward. Ela colocou o anel no dedo enquanto Edward e o vendedor se retiravam.

Edward escreveu um cheque de trezentas e quarenta e duas libras e voltou a Midge sorrindo. Disse:

— Vamos lá ser grosseiros com Madame Alfrege.

Capítulo 25

— Mas, querido, eu estou *maravilhada*!

Lady Angkatell esticou a mão frágil para Edward e tocou Midge delicadamente com a outa.

— Você fez muito bem, Edward, em retirá-la daquela loja terrível e trazê-la para cá. É claro que ela vai ficar aqui e vai se casar aqui. St. George's, como você sabe, fica a cinco quilômetros pela estrada, mas só a um quilômetro e meio pelo bosque, mas, claro, não se vai a um casamento pelo bosque. E imagino que terá que ser com o vigário. Pobre homem, ele sofre de gripes horrorosas todo outono. Já o pároco tem desses vozeirões de anglicano, e tudo ficaria mais impactante... e mais religioso também, se é que vocês me entendem. É tão difícil manter a mente em reverência quando a pessoa fala pelo nariz.

Midge concluiu que foi uma reação característica de Lucy. Ela quis tanto rir quanto chorar.

— Eu adoraria me casar aqui, Lucy — disse.

— Então está resolvido, querida. Cetim marfim, eu diria, e um livro de orações marfim. *Sem* buquê. Madrinhas?

— Não. Eu não quero estardalhaço. Apenas um casamento pacato.

— Eu sei o que você quer dizer, querida, e creio que está certa. Em casamentos de outono, quase sempre se usa crisântemos. Sempre penso que é uma flor que não inspira. E a não ser que se leve muito tempo escolhendo, as madrinhas nunca *combinam,* e sempre há uma muito sem graça que estraga todo o efeito... Mas você tem que aceitar, geralmente porque é a irmã do noivo. Mas, no caso, é claro... — Lady Angkatell ficou radiante. — Edward não tem irmãs.

— Parece que tenho um ponto a meu favor — disse Edward, sorrindo.

— Mas crianças são o que há de pior nos casamentos — prosseguiu Lady Angkatell, alegremente seguindo sua linha de raciocínio. — Todo mundo diz: "Que queridinho!", mas, meu bem, o *nervoso*! Elas pisam no véu, ou começam a berrar que querem a babá, e tem tantas vezes em que passam mal. Sempre me pergunto como uma jovem pode andar até o altar com a cabeça em ordem quando não sabe o que se passa atrás dela.

— Não precisa haver nada atrás de mim — disse Midge, alegre. — Nem véu. Eu posso me casar de casaco e saia.

— Ah, não, Midge, isso é coisa de viúva. Não. Cetim marfim e que *não seja* da Madame Alfrege.

— Com certeza não será de Madame Alfrege — concordou Edward.

— Eu levarei você à Mireille — disse Lady Angkatell.

— Minha cara Lucy, eu não tenho dinheiro para a Mireille.

— Bobagem, Midge. Henry e eu lhe daremos seu enxoval. E Henry, é claro, é quem vai conduzi-la. Espero que a faixa das calças dele não esteja muito apertada. Faz quase dois anos desde que ele compareceu a um casamento. E eu vou vestir...

Lady Angkatell fez uma pausa e fechou os olhos.

— Sim, Lucy?

— Azul-hortênsia — anunciou Lucy Angkatell, com voz enlevada. — Suponho, Edward, que você chamará um de seus amigos para padrinho. Se não, é claro, temos David. Não posso deixar de pensar que isso seria ótimo para David. Daria uma importância para o rapaz, se é que me entende, e ele sentiria que *gostamos* dele. Eu tenho certeza de que isso importa muito para David. Deve ser desanimador, sabe, sentir que você é inteligente e intelectual e ainda assim ninguém gosta nem um pouco mais de você! Mas é claro que seria um risco. Ele provavelmente perderia a aliança, ou a deixaria cair no último instante. Imagino que Edward ficaria muito preocupado. Mas seria bom, de certo modo, ficar entre as mesmas pessoas que recebemos aqui para o assassinato.

As últimas palavras pronunciadas no tom mais coloquial possível.

— Lady Angkatell recebeu alguns amigos para um assassinato no outono — Midge não pôde deixar de dizer.

— Sim — disse Lucy, reflexiva. — Imagino que foi assim que *soou*. Uma festa para atirar. Mas, quando se para e pensa, foi justamente isso!

Midge sentiu um leve calafrio e disse:

— Bem, de qualquer modo, já acabou.

— Não exatamente. O inquérito foi apenas adiado. E aquele caríssimo Inspetor Grange tem agentes por todo lado, destruindo o bosque das castanheiras e assustando os faisões. Eles ficam brotando como bonecos de mola, nos lugares mais inesperados.

— O que eles estão procurando? — perguntou Edward. — O revólver de onde saiu o tiro que matou Christow?

— Eu imagino que sim. Eles até vieram na casa com um mandado de busca. O inspetor pediu muitas desculpas, estava muito *acanhado,* mas é claro que eu lhe disse que ficaríamos encantados. Foi realmente muito interessante. Eles olharam absolutamente *tudo.* Eu os acompanhei e sugeri um ou dois lugares em que nem eles haviam pensado. Mas não encontraram nada. Foi uma decepção. O pobre Inspetor Grange está perdendo peso e só fica mexendo no bigode. A esposa dele deveria planejar refeições de mais sustância, com tanta pre-

· A MANSÃO HOLLOW ·

231

ocupação que ele tem tido... mas sou da ideia de que ela é uma dessas pessoas que se importa mais com ter o linóleo bem encerado do que com cozinhar uma refeição saborosa. O que me lembra: tenho que falar com Mrs. Medway. Chega a ser engraçado o quanto os criados detestam receber a polícia. O suflê de queijo que ela fez na noite passada estava intragável. Suflês e massas folhadas sempre demonstram quando a pessoa está desequilibrada. Não fosse Gudgeon mantendo a união de todos, creio que metade dos criados teria ido embora. Quem sabe vocês saem, dão uma bela caminhada e ajudam a polícia a procurar o revólver?

Hercule Poirot estava sentado no banco com vista para os bosques de castanheiras acima da piscina. Ele não se sentia invadindo porque Lady Angkatell havia carinhosamente pedido para ele andar por onde quisesse e quando quisesse. Era na doçura de Lady Angkatell que Hercule Poirot estava pensando naquele instante.

De tempos em tempos ele ouvia o estalar de gravetos no bosque acima ou avistava uma figura andando pelo bosque abaixo de si.

Em seguida, Henrietta apareceu na trilha, vinda da estrada. Ela parou por um instante ao ver Poirot, depois veio sentar-se ao lado dele.

— Bom dia, Monsieur Poirot. Acabei de passar na sua casa para visitá-lo, mas o senhor não estava. Que pose olímpica. O senhor vai presidir a caçada? O inspetor parece muito ativo. O que eles estão procurando, o revólver?

— Sim, Miss Savernake.

— E o senhor acha que vão encontrá-lo?

— Creio que sim. E devo dizer que em breve.

Ela olhou para ele, em dúvida.

— O senhor tem ideia, então, de onde está?

— Não. Mas eu *creio* que será encontrado em breve. Está na *hora* de ser encontrado.

— O senhor diz coisas tão estranhas, Monsieur Poirot!

— Aqui acontecem coisas estranhas. A mademoiselle voltou bastante rápido de Londres.

O rosto dela enrijeceu. Ela deu uma risada curta, amarga.

— O assassino retorna à cena do crime? Isso é uma velha superstição, não é? Então o senhor *acha* que eu... que fui eu! O senhor não acredita quando digo que eu não iria... que eu não *teria* como matar uma pessoa?

Poirot não respondeu de imediato. Finalmente ele disse, reflexivo:

— Pareceu-me desde o início que ou este crime era muito simples... Tão simples que seria difícil acreditar na sua simplicidade (e simplicidade, mademoiselle, é algo estranhamente desconcertante), ou do contrário seria extremamente complexo. Ou seja, estaríamos em contenda com uma mente apta a invenções complexas e engenhosas, de modo que toda vez que parecíamos estar a caminho da verdade, na prática éramos guiados em uma trilha que se desviava dela e nos levava a um ponto que... terminava em nada. Essa futilidade aparente, essa esterilidade contínua, não é *real*. É artificial, é *planejada*. Uma mente muito sutil e engenhosa está conspirando contra nós o tempo todo. E com êxito.

— Então? — disse Henrietta. — O que isso tem a ver comigo?

— A mente que está armando um plano contra nós é criativa, *mademoiselle*.

— Entendo. É aí que eu entro?

Ela ficou em silêncio, seus lábios colados de amargura. Do bolso do casaco, ela havia tirado um lápis e agora se ocupava de desenhar uma árvore fantasiosa na madeira do banco, pintada de branco, franzindo o cenho enquanto desenhava.

Poirot a observou. Algo veio à sua mente: estar na sala de Lady Angkatell na tarde do crime, olhando para uma pilha de placares de bridge, parado em frente à mesa de ferro pintado no caramanchão na manhã seguinte, e uma pergunta que ele havia feito a Gudgeon.

Ele disse:

— Foi o que a senhorita desenhou no placar de bridge: uma árvore.

— Sim. — Henrietta de repente pareceu ciente do que estava fazendo. — Yggdrasil, Monsieur Poirot. — Ela riu.

— Por que a senhorita a chama de Yggdrasil?

Ela explicou a origem de Yggdrasil.

— E assim, quando você rabisca (é assim que se diz, não é?), é sempre Yggdrasil que desenha?

— Sim. Rabiscar é uma coisa engraçada, não é?

— Aqui, no assento... no placar de bridge daquela noite de sábado... no caramanchão no domingo de manhã...

A mão que segurava o lápis enrijeceu e parou. Ela falou com um tom de graça e desleixo:

— No caramanchão?

— Sim. Na mesa de ferro redonda.

— Ah, deve ter sido... no sábado à tarde.

— Não foi no sábado à tarde. Quando Gudgeon trouxe os copos ao caramanchão, por volta do meio-dia do domingo, não havia nada desenhado na mesa. Eu perguntei a ele e ele respondeu com convicção.

— Então deve ter sido... — Ela hesitou por um instante.

— Claro, no domingo à tarde.

Porém, ainda com um sorriso gentil, Hercule Poirot fez que não.

— Creio que não. Os agentes de Grange passaram todo o domingo à tarde na piscina, fotografando o corpo, tirando o revólver da água. Eles só saíram ao escurecer. Eles teriam visto a senhorita entrar no caramanchão.

Henrietta falou devagar:

— Agora eu lembro. Eu cheguei lá bastante tarde. Depois do jantar.

234 · AGATHA CHRISTIE ·

A voz de Poirot saiu abrupta:

— As pessoas não rabiscam no escuro, Miss Savernake. Está me dizendo que foi ao caramanchão naquela noite, ficou ao lado de uma mesa e desenhou uma árvore sem conseguir ver o que desenhava?

Henrietta respondeu com toda calma:

— Estou dizendo a verdade. Naturalmente, o senhor não acredita. O senhor tem suas próprias ideias. Qual é sua teoria, a propósito?

— Estou sugerindo que a senhorita esteve no caramanchão no *domingo pela manhã, após o meio-dia,* quando Gudgeon tirou os copos. Que a senhorita ficou perto da mesa, observando alguém ou esperando por alguém, e inconscientemente puxou um lápis e desenhou Yggdrasil sem ter plena consciência do que fazia.

— Eu não estava no caramanchão no domingo de manhã. Passei um tempo na varanda, depois peguei o cesto de jardinagem, fui à bordadura de dálias, cortei as flores secas e limpei algumas margaridas Michaelmas que estavam sujas. Então, às treze horas, fui para a piscina. Eu já repassei tudo isso com Inspetor Grange. Eu só cheguei perto da piscina por volta das treze horas, depois de John levar o tiro.

— Essa — disse Hercule Poirot — é a sua história. Mas Yggdrasil depõe contra a mademoiselle.

— Eu estava no caramanchão e atirei em John. É isso que o senhor quer dizer?

— A senhorita estava lá e atirou no dr. Christow, ou estava lá e viu quem atirou nele. Ou alguém esteve lá, que sabia de Yggdrasil, e propositalmente desenhou-a na mesa para levantar suspeitas sobre a mademoiselle.

Henrietta se levantou. Ela virou-se para ele de queixo erguido.

— O senhor ainda acha que eu atirei em John Christow. O senhor acha que pode provar que atirei nele. Bem, vou lhe dizer o seguinte: o senhor nunca vai provar. *Nunca!*

— A senhorita acha que é mais inteligente do que eu?

— O senhor nunca vai provar — disse Henrietta. E, dando-lhe as costas, ela saiu caminhando pela trilha sinuosa que levava à piscina.

Capítulo 26

Grange entrou em Resthaven para beber uma xícara de chá com Hercule Poirot. O chá era exatamente o que ele temia que fosse: extremamente fraco e, ainda por cima, da China.

"Esses estrangeiros", pensou Grange, "não sabem fazer chá. Não tem como ensinar." Mas ele não deu tanta bola. Ele estava em tal nível de pessimismo que qualquer contrariedade lhe rendia uma espécie de satisfação amarga. Ele disse:

— O inquérito, já com o adiamento, ficou para depois de amanhã. E o que temos até agora? Não chegamos a lugar nenhum. Que diabos, essa arma tem que estar em *algum lugar*! Estamos no campo, raios! Quilômetros de mato. Precisaríamos de um exército para vasculhar tudo. Isso que é a agulha no palheiro. Pode estar em qualquer lugar. O fato é que temos que encarar: talvez *nunca* encontremos a arma.

— O senhor vai encontrar a arma — falou Poirot, com confiança.

— Bem, não será por falta de tentativa!

— O senhor vai encontrá-la, mais cedo ou mais tarde. E eu diria que será cedo. Mais uma xícara de chá?

— Sim, por obséquio... mas não, sem água quente.

— Não está muito forte?

— Ah, não, não está muito forte. — O inspetor estava ciente do eufemismo.

Lúgubre, ele bebericou o líquido cor de palha.

— Este caso está tirando uma com a minha cara, Monsieur Poirot. Tirando com a minha cara! Eu não consigo entender essa gente. Eles *parecem* prestativos. Mas é como se tudo que eles contassem me soltasse em um mato sem cachorro.

— Soltasse? — disse Poirot. Ele pareceu espantado. — Sim, eu entendi. *Soltasse...*

O inspetor começou a armar suas queixas.

— Veja a arma. Christow levou o tiro, segundo o laudo médico, apenas um ou dois minutos antes de o senhor chegar. Lady Angkatell estava com o cesto de ovos, Miss Savernake estava com um cesto de jardinagem cheio de flores secas e Edward Angkatell vestia um casaco de caça largo com bolsos largos, cheio de cartuchos. Qualquer um deles podia ter levado o revólver consigo. Mas não está escondido perto da piscina. Meus homens vasculharam tudo, está fora de cogitação.

Poirot assentiu. Grange prosseguiu:

— O assassinato foi armado para incriminar Gerda Christow. Mas quem o armou? É aí que toda pista que eu sigo desaparece.

— As histórias que eles contaram sobre suas manhãs foram satisfatórias?

— As *histórias* fazem sentido. Miss Savernake estava fazendo jardinagem, Lady Angkatell estava recolhendo ovos. Edward Angkatell e Sir Henry estavam atirando e se despediram ao fim da manhã. Sir Henry voltou para a casa e Edward Angkatell veio pelo bosque. O mais jovem estava no quarto, lendo. (Lugar esquisito para ficar lendo em um dia de sol, mas é um sujeito fechado e dos livros.) Miss Hardcastle levou um livro para o pomar. Tudo me soa muito natural e provável, e não há como confirmar. Gudgeon levou uma bandeja de bebidas ao caramanchão por volta do meio-dia. Ele não sabe dizer onde qualquer uma das partes estava ou o que estavam fazendo. De certo modo, daria para incriminar todos.

— É mesmo?

— É evidente que a pessoa mais óbvia é Veronica Cray. Ela havia discutido com Christow, ela o odeia até as tripas, há *chances* de ela ter atirado nele... mas não encontro um arremedo de prova de que *atirou de fato*. Não há prova de que ela teve qualquer oportunidade que seja de surrupiar os revólveres da coleção de Sir Henry. Ninguém a viu indo para a piscina ou saindo da piscina naquele dia. E já confirmamos que o revólver faltante não está em posse dela agora.

— Ah, o senhor se assegurou?

— O que acha? As provas justificavam um mandado de busca, mas não foi necessário. Ela foi muito benevolente com tudo. Não está em lugar nenhum daquele bangalô pequeno. Depois que o inquérito foi adiado, fizemos de conta que deixamos Miss Cray e Miss Savernake de lado, e estamos acompanhando-as para ver aonde vão e o que têm feito. Temos um homem no estúdio de cinema de olho em Veronica. Nenhum sinal de que ela tenha tentado livrar-se da arma naquele local.

— E Henrietta Savernake?

— Também nada. Henrietta foi direto para Chelsea e estamos de olho nela desde então. O revólver não está no ateliê dela nem em sua posse. Ela foi muito tranquila quanto às buscas. Parecia achar graça. Algumas das obras chiques dela deixaram nosso homem assustado. Ele disse que não entendia por que as pessoas faziam coisas como aquelas: estátuas que são só caroços, protuberâncias, pedaços de latão e alumínio que viram formas pomposas, cavalos que você não diria que são cavalos.

Poirot se remexeu na cadeira.

— Cavalos, o senhor disse?

— Bem, *um* cavalo. Se é que se pode chamar aquilo de cavalo! Se a pessoa quer esculpir um cavalo, por que não vai e *olha* como é um cavalo?

— Um *cavalo* — repetiu Poirot.

Grange virou a cabeça.

— O que tem nisso que o interessa tanto, Monsieur Poirot? Não entendi.

— Associação. Uma questão da psicologia.

— Associação de palavras? Cair do cavalo? Cavalo de pau? Cavalete? Não, não entendi. Enfim, passados um ou dois dias, Miss Savernake fez as malas e veio para cá de novo. Sabia disso?

— Sim, eu conversei com ela e a vi caminhando pelo bosque.

— Agitada, sim. Bem, ela estava tendo um caso com o médico, de fato. E ele dizer *"Henrietta"* ao morrer se aproxima muito de uma acusação. Mas não está nem perto do suficiente.

— Não — falou Poirot, pensativo —, não é o suficiente.

Grange falou, severo:

— Tem algo no ar. A pessoa fica toda atrapalhada! É como se todos *soubessem* de algo. Lady Angkatell agora... ela nunca conseguiu exprimir um *motivo* decoroso para ter levado a arma consigo naquele dia. É uma coisa insana de se fazer. Às vezes eu acho que ela é louca.

Poirot balançou a cabeça delicadamente.

— Não — disse ele —, ela não é louca.

— Depois, temos Edward Angkatell. Eu achei que ia conseguir alguma coisa com *ele*. Lady Angkatell disse... não, ela sugeriu que ele passou anos apaixonado por Miss Savernake. Bem, isso lhe dá uma motivação. E agora eu descubro que é da *outra* garota, Miss Hardcastle, que ele está noivo. Então lá se vai a argumentação contra *ele*.

Poirot fez um murmúrio de solidariedade.

— Depois dele, temos aquele jovem — continuou o inspetor. — Lady Angkatell deixou escapar algo a respeito dele. A mãe, ao que parece, morreu em um hospício. Tinha mania de perseguição: achava que todos estavam conspirando para matá-la. Bem, o senhor percebe qual pode ser o significado disso. Se o garoto tiver herdado essa cepa de insanidade, ele pode ter formado algumas ideias sobre o dr. Christow.

Pode ter fantasiado que o doutor estava planejando interná--lo. Não que Christow fosse esse tipo de médico. Ele era das afecções nervosas do trato digestivo e doenças do super... super alguma coisa. Enfim, o ramo de Christow era outro. Mas, se o garoto é mais para lá do que para cá, ele *poderia* imaginar que Christow estava ali para ele ficar sob observação. Ele tem um comportamento extraordinário, o jovem, arisco como um gato.

Grange ficou algum tempo parado, descontente.

— Percebe o que eu digo? Apenas suposições vagas, que não levam a *lugar algum.*

Poirot se remexeu de novo. Ele disse em voz baixa:

— *Soltasse...* não *levasse. Saindo,* não *indo. Lugar nenhum* e não *lugar algum...* sim, claro, deve ser isso.

Grange o encarou. Ele falou:

— São esquisitos, esses Angkatell. Às vezes, juro que eles sabem tudo o que aconteceu.

Poirot concordou em voz baixa:

— *Eles sabem.*

— O senhor quer dizer que eles, todos eles, sabem quem foi? — perguntou o inspetor, incrédulo.

Poirot assentiu.

— Sim, sabem. É o que eu acho há algum tempo. Agora tenho plena certeza.

— Entendo. — O rosto do inspetor ficou sério. — E estão escondendo entre eles? Bem, eu ainda vou vencer. *Eu vou encontrar aquela arma.*

Aquela, Poirot refletiu, era a música tema do inspetor.

Grange seguiu com rancor:

— Eu faria de tudo para acertar as contas com eles.

— Com...

— Todos! Querendo me confundir! Sugerindo coisas! Dando ideias! Ajudando meus homens... *ajudando!* Nada substancial, nada de tangível. O que eu quero é um bom e velho *fato!*

Hercule Poirot estava olhando pela janela havia algum tempo. Havia sido atraído por uma irregularidade na simetria de seu terreno.

Ele disse:

— O senhor quer um bom e velho fato? *Eh bien,* a não ser que eu esteja muito enganado, há um bom e velho fato na cerca perto de meu portão.

Eles foram para a trilha do portão. Grange ficou de joelhos e empurrou os gravetos de lado até revelar propriamente o que estava enfiado entre eles. Ele deu um grande suspiro quando algo preto, de aço, se revelou.

Ele disse:

— É um revólver, sem dúvida.

Por um instante, seu olhar caiu sobre Poirot, duvidoso.

— Não, não, meu amigo — disse Poirot. — *Eu* não atirei no dr. Christow e não coloquei o revólver na minha própria cerca viva.

— É óbvio que não, Monsieur Poirot! Desculpe! Bem, está conosco agora. Parece o que está faltando do escritório de Sir Henry. Podemos verificar assim que conferirmos o número de série. Depois veremos se é a arma que foi disparada contra Christow. Agora é moleza.

Com cuidado infinito e usando um lenço de seda, ele desvencilhou a arma da cerca viva.

— Para avançarmos, precisamos de impressões digitais. Tenho a sensação, sabe, de que nossa sorte finalmente virou.

— Avise-me.

— É claro, Monsieur Poirot. Eu telefono.

Poirot recebeu dois telefonemas. O primeiro foi na mesma noite. O inspetor estava exultante.

— É o senhor, monsieur? Bem, aí vai: é a arma, sim. A arma que faltava na coleção de Sir Henry *e* a arma que atirou em John Christow! Está confirmado. E há um bom par de impressões nela. Dedão, indicador, até parte do dedo médio. Eu não disse que nossa sorte havia virado?

— O senhor identificou as impressões?

— Ainda não. Com certeza não são de Mrs. Christow. Já temos as dela. Parecem mais de um homem do que de uma mulher, pelo tamanho. Amanhã eu vou à Hollow falar com eles e pegar uma amostra de cada um. E então, Monsieur Poirot, saberemos em que pé *estamos*!

— Espero que sim, é claro — falou Poirot, com educação.

O segundo telefonema aconteceu no dia seguinte, e a voz que falou não estava mais exultante. Com tons de penumbra absoluta, Grange disse:

— Quer saber a última? As impressões digitais não eram de ninguém ligado ao caso! Não, senhor! Não são de Edward Angkatell, nem de David, nem de Sir Henry! Não são de Gerda Christow, não são de Savernake, nem da tal Veronica, nem da dona da casa, nem da garota de pele escura! Não são nem da ajudante de cozinha! Muito menos dos outros criados!

Poirot fez balbucios de condolências. A voz triste do Inspetor Grange prosseguiu:

— Então parece, afinal, que *foi* obra de alguém externo. Alguém, pode-se dizer, que tinha o dr. Christow na mira e de quem não sabemos nada. Alguém invisível e inaudível, que afanou as armas do escritório, e que fugiu depois dos tiros pelo caminho que leva à estrada. Alguém que colocou a arma em sua cerca viva e depois sumiu por completo!

— Quer as *minhas* impressões digitais, meu amigo?

— Não faria mal! O que me ocorre, Monsieur Poirot, é que o senhor estava no local, e que, somando tudo que temos, o senhor é, de longe, a figura mais suspeita no caso!

Capítulo 27

O legista pigarreou e olhou para o primeiro jurado com expectativa.

O último olhou para o papel que tinha em mãos. Seu pomo de adão subiu e desceu, agitado. Ele leu em voz alta com atenção:

— Consideramos que o falecido foi a óbito por homicídio doloso por parte de pessoa ou pessoas incógnitas.

Poirot assentiu com a cabeça de seu canto próximo à parede. Não havia outro veredito possível.

Na saída, os Angkatell pararam um instante para conversar com Gerda e sua irmã. Gerda vestia os mesmos trajes pretos de antes. Seu rosto tinha a mesma expressão confusa e triste. Desta vez não havia Daimler. O serviço de trem, explicou Elsie Patterson, era muito bom. Pegando um trem veloz até Waterloo, elas facilmente conseguiriam pegar o das 13h20 para Bexhill.

Lady Angkatell, pegando a mão de Gerda, falou com voz suave:

— Você precisa manter contato conosco, querida. Um almoço rápido em Londres um dia, quem sabe? Imagino que venha à cidade fazer compras vez e outra.

— E-eu não sei — Gerda disse.

Elsie Patterson falou:

— Temos que correr, querida. Nosso trem. — E Gerda virou-se com uma expressão de alívio.

Midge disse:

— Pobre Gerda. O único quesito em que a morte de John a ajudou foi libertá-la de sua hospitalidade assustadora, Lucy.

— Que indelicado de sua parte, Midge. Ninguém pode dizer que não tentei.

— Você é muito pior quando tenta, Lucy.

— Bem, é ótimo pensar que acabou, não é? — disse Lady Angkatell, com um sorriso radiante. — Afora, é claro, para o pobre Inspetor Grange. Sinto pena dele. Será que ele ficaria mais animado se o convidássemos para almoçar? Como *amigo,* no caso.

— Eu o deixaria em paz, Lucy — disse Sir Henry.

— Talvez você tenha razão — concordou Lady Angkatell, pensativa. — Enfim, hoje não seria o almoço certo. Perdiz com repolho... e aquele delicioso Suflê Surpresa que Mrs. Medway prepara tão bem. Não é um almoço que faz o tipo do Inspetor Grange. Um ótimo bife, um pouco malpassado, e uma boa e velha torta de maçã, sem frescura... ou bolinhos de maçã, quem sabe? Isso, sim, seria uma boa pedida para o Inspetor Grange.

— Seus instintos sobre comida sempre são confiáveis, Lucy. Acho melhor irmos para casa e comer nossa perdiz. Parece deliciosa.

— Bem, achei que deveríamos comemorar de *algum* modo. É maravilhoso, não é, como tudo sempre acaba bem?

— Sim...

— Eu sei o que está pensando, Henry, mas não se preocupe. Vou tratar daquilo hoje à tarde.

— O que você inventou agora, Lucy?

Lady Angkatell sorriu para ele.

— Está tudo bem, querido. Vou apenas costurar uma ponta solta.

Sir Henry olhou para ela com dúvida.

Quando chegaram à Mansão Hollow, Gudgeon saiu para abrir a porta do carro.

— Tudo transcorreu de forma satisfatória, Gudgeon — disse Lady Angkatell. — Por favor, avise Mrs. Medway e os demais. Eu sei como foi desagradável para você e queria lhe dizer desde já o quanto Sir Henry e eu estimamos a lealdade que todos demonstraram.

— Estávamos preocupadíssimos com milady — disse Gudgeon.

— É muito gentil da parte de Gudgeon — disse Lady Angkatell enquanto entravam na sala de estar —, mas um desperdício de sentimento. Na verdade, eu *gostei* de tudo pelo que passamos. Foi tão diferente do nosso corriqueiro, se é que me entendem. Não acha, David, que uma experiência como essa amplia nossa mente? Deve ser tão diferente de Cambridge.

— Estou em Oxford — respondeu David friamente.

Lady Angkatell falou distraidamente:

— Ah, da querida Corrida dos Barcos. Uma coisa tão inglesa, não acha? — Ela partiu na direção do telefone.

Lady Angkatell pegou o fone e, com ele na mão, seguiu falando:

— Eu espero, David, que venha ficar conosco novamente. É tão difícil, não acha, conhecer pessoas quando se tem um homicídio? E praticamente impossível travar uma conversa intelectual.

— Obrigado — disse David. — Mas estou de partida para Atenas. Vou para a British School.

Lady Angkatell virou-se para o marido.

— Quem está na Embaixada agora? Ah, sim. Hope-Remmington. Não, não creio que David gostaria deles. Aquelas meninas deles são muito robustas. Jogam hóquei e críquete e aquele jogo engraçado em que se pega as coisas com uma redinha.

Ela se interrompeu, olhando para o fone.

— Oras, o que eu ia fazer com essa coisa?

— Telefonar para alguém, talvez? — disse Edward.

— Creio que não. — Ela devolveu o fone ao gancho. — Você gosta de telefones, David?

David refletiu, irritado, que era exatamente o tipo de pergunta que ela faria. Àquela a que não se tem uma resposta inteligente. Ele respondeu friamente que achava telefones úteis.

— Você quer dizer — falou Lady Angkatell — que são úteis como um moedor de carne? Como elásticos? De qualquer modo, não se...

Ela se interrompeu quando Gudgeon apareceu à porta para anunciar o almoço.

— Mas você gosta de perdiz — perguntou Lady Angkatell a David, nervosa.

David admitiu que de fato gostava.

— Às vezes eu acho que Lucy é um pouco desequilibrada — disse Midge, enquanto ela e Edward saíam da casa e caminhavam em direção ao bosque.

As perdizes e o Suflê Surpresa haviam estado excelentes e, depois do inquérito, um peso havia saído da atmosfera.

Edward falou, pensativo:

— Eu sempre penso que Lucy tem uma mente brilhante que se expressa como um concurso de *Qual é a palavra?*. Misturando metáforas... o martelo pula de prego em prego e nunca deixa de bater na cabeça de alguém.

— De qualquer modo — falou Midge, séria —, às vezes Lucy me assusta. — Ela complementou, com um leve calafrio: — Este lugar tem me assustado ultimamente.

— A Mansão Hollow?

Edward voltou o rosto surpreso a ela.

— Sempre me lembra um pouco de Ainswick — disse ele. — É claro que não é de verdade...

Midge o interrompeu:

— É exatamente isso, Edward. Estou assustada com coisas que não são reais. Você não sabe o que há *por trás* delas, entende. Como... como uma *máscara*.

— Você não deveria ser tão fantasiosa, pequena Midge.

Era aquele tom antigo, o tom indulgente que ele usava havia anos. Ela gostava antigamente, mas agora a incomodava. Midge estava com dificuldade em se fazer clara. Para mostrar a Edward que, por trás do que ele considerava fantasia, havia uma realidade fugidia.

— Eu me afastei disso em Londres, mas, agora que voltei, tudo me vem de novo. Eu sinto que todos sabem quem matou John Christow. Que a única pessoa que não sabe... sou *eu*.

Edward falou, irritado:

— Temos que pensar e falar em John Christow? Ele morreu. Ele se foi.

Midge balbuciou:

Ele morreu, senhora.
Ele morreu, senhora, foi embora.
Uma lápide por cima.
A grama verde por fora.*

Ela colocou a mão sobre o braço de Edward.

— *Quem* o matou, Edward? Achamos que tinha sido Gerda... mas não foi Gerda. Então quem foi? Me diga o que *você* acha? Será alguém de quem nunca ouvimos falar?

Ele respondeu com irritação:

— Toda essa especulação me parece muito desnecessária. Se a polícia não tem como descobrir, ou não consegue provas que bastam, então tudo pode acabar por aqui. E vamos encerrar esse assunto.

— Sim. Mas é justamente a questão de não saber.

* Hamlet, ato 4, cena 5. [*N.T.*]

— Por que nós deveríamos querer saber? O que John Christow tem a ver conosco?

"*Conosco*", ela pensou, "com Edward e comigo?" Nada! Uma ideia aconchegante: ela e Edward, vinculados, uma entidade dupla. E ainda assim... ainda assim, John Christow, muito embora tivesse sido sepultado e as palavras do sepultamento tivessem sido pronunciadas, não estava tão enterrado quanto devia. "*Ele morreu, senhora, foi embora.*" Mas John Christow não havia morrido nem ido embora, por mais que Edward quisesse. John Christow continuava ali, em Hollow.

— Aonde vamos? — perguntou Edward.

Algo no tom de voz dele a surpreendeu. Midge respondeu:

— Vamos caminhar até a encosta? Podemos?

— Se você quiser.

Por algum motivo, ele não queria. Ela ficou pensando no porquê. Costumava ser seu passeio predileto. Ele e Henrietta quase sempre... Ela interrompeu aquele pensamento. *Ele e Henrietta!* Ela disse:

— Você já andou por aqui neste outono?

Ele respondeu, inflexível:

— Henrietta e eu caminhamos aqui naquela primeira tarde.

Eles seguiram em silêncio.

Chegaram ao alto da encosta e sentaram-se na árvore caída. Midge pensou: "Ele e Henrietta sentaram-se aqui, talvez".

Ela ficou girando o anel em seu dedo. O diamante cintilou. "*Esmeraldas, não*", Edward dissera.

Ela falou, com um pouco de esforço:

— Será ótimo passar o Natal em Ainswick novamente.

Era como se não a ouvisse. Edward estava distante.

Midge pensou: "*Ele está pensando em Henrietta e John Christow*".

Sentados ali, ele havia dito algo a Henrietta ou ela havia lhe dito algo. Henrietta talvez soubesse o que ela não queria, mas ele ainda pertencia a Henrietta. "Ele sempre", pensou Midge, "pertenceria a Henrietta..."

Ela foi acometida pela dor. A bolha de alegria na qual estava vivendo durante a última semana estremeceu e se partiu.

"Eu não posso viver assim. Com Henrietta sempre na mente dele. Eu não consigo. Não aguento", pensou Midge.

O vento deu um suspiro pelas árvores. As folhas caíam rápido agora. Restava pouco dourado agora, apenas marrom.

— Edward! — disse, de repente.

A urgência na voz de Midge o acordou. Ele virou a cabeça.

— Sim?

— Sinto muito, Edward. — Os lábios dela estavam tremendo, mas Midge esforçou-se para não elevar a voz e demonstrar autocontrole. — Eu tenho que lhe dizer. Não adianta. Não posso me casar com você. Não daria certo, Edward.

— Mas, Midge... certamente Ainswick...

Ela o interrompeu:

— Eu não posso me casar com você só por Ainswick, Edward. Você... você tem que entender.

Edward deu um suspiro, um longo e delicado suspiro. Era como o eco das folhas mortas que caíam delicadamente dos galhos.

— Entendo o que quer dizer — disse ele. — Sim, creio que você está certa.

— Foi muito gentil de sua parte me pedir em casamento. Muito doce. Mas não daria certo, Edward. *Não daria certo.*

Midge tinha uma leve esperança, quem sabe, de que ele fosse discutir, de que tentaria dissuadi-la. Mas Edward parecia sentir o mesmo que ela. Aqui, com o fantasma de Henrietta tão próximo, ele também via, aparentemente, que não daria certo.

— Não — disse ele, ecoando as palavras dela —, não daria certo.

Midge tirou a aliança do dedo e a estendeu para ele.

Ela sempre amaria Edward e Edward sempre amaria Henrietta, e a vida era pura e simplesmente um inferno.

— É um belo anel, Edward.

— Gostaria que ficasse com você, Midge. Gostaria que fosse seu.

Ela fez que não.

— Eu não teria como.

Edward disse, com um vergar fraco e cômico dos lábios.

— Mas eu não o darei a outra pessoa, entende?

Foi tudo muito amigável. Ele não sabia... ele nunca saberia... o que ela estava sentindo. O paraíso em uma bandeja... mas a bandeja se quebrou e o paraíso escorreu pelos seus dedos. Ou, quem sabe, nunca estivera ali.

Naquela tarde, Poirot recebeu sua terceira visita.

Ele já havia recebido visitas de Henrietta Savernake e de Veronica Cray. Desta vez, foi de Lady Angkatell. Ela veio flutuando pela trilha com sua aparência incorpórea usual.

Poirot abriu a porta e a viu sorrindo para ele.

— Vim falar com o senhor — anunciou.

Como uma fada concedendo um desejo ao mero mortal.

— Fico lisonjeado, madame.

Ele a conduziu à sala de estar. Ela sentou-se no sofá e mais uma vez sorriu.

Hercule Poirot pensou: "Ela está velha... o cabelo grisalho... rugas no rosto. Mas ela tem uma magia... ela sempre terá essa magia...".

Lady Angkatell falou com a voz suave:

— Quero que faça algo para mim.

— Sim, Lady Angkatell?

— Para começar, preciso falar com você... sobre John Christow.

— Sobre o dr. Christow?

— Sim. Parece-me que a única coisa a se fazer é dar um ponto-final a isso tudo. O senhor sabe do que estou falando, não sabe?

— Não tenho certeza se entendo o que quer dizer, Lady Angkatell.

Ela lhe deu seu belo sorriso deslumbrante novamente e colocou uma mão pálida e comprida sobre o braço de Poirot.

— Caro Monsieur Poirot, o senhor sabe perfeitamente. A polícia terá que sair à caça do dono daquelas impressões digitais e não o encontrarão e, no fim, vão deixar o caso de lado. Mas eu receio, sabe, que *o senhor* não o deixará de lado.

— Não, não vou deixar o caso de lado — disse Hercule Poirot.

— Foi o que pensei. E é por isso vim. É a verdade que o senhor quer, não é?

— Certamente quero a verdade.

— Percebo que não me expliquei muito bem. Estou tentando descobrir *por que* o senhor não pode deixar o caso de lado. Não é por causa de seu prestígio... ou porque o senhor quer ver um assassino ir à forca. (Sempre considerei uma morte muito desagradável, muito *medieval*.) É que, penso eu, o senhor quer *saber*. O senhor entende o que eu digo, não entende? Se o senhor soubesse a verdade... se lhe *contassem* a verdade, imagino... imagino que o senhor ficaria satisfeito. Ficaria, Monsieur Poirot?

— A senhora está oferecendo me contar a verdade, Lady Angkatell?

Ela fez que sim.

— Então a senhora sabe qual é a verdade?

Os olhos dela arregalaram-se.

— Ah, sim, eu sei há muito tempo. Eu *gostaria* de lhe contar. E depois podemos concordar que... bem, que está tudo certo e encerrado.

Ela sorriu para ele.

— Temos um acordo, Monsieur Poirot?

Hercule Poirot teve que se esforçar para responder:

— Não, madame, não temos um acordo.

Ele queria... ele queria muito deixar o caso para lá, apenas porque Lady Angkatell queria que o fizesse.

Ela ficou imóvel por um momento. Então ergueu as sobrancelhas.

— Eu queria entender — disse ela. — Queria entender se o senhor sabe de fato o que está fazendo.

Capítulo 28

Midge, deitada com os olhos secos e desperta nas trevas, re-mexia-se inquieta nos travesseiros.

Ela ouviu uma porta se abrir. Um passo no corredor em frente à sua porta.

Era a porta de Edward, passos de Edward.

Midge acendeu a lâmpada de sua cabeceira e olhou o re-lógio que ficava ao lado do abajur.

Eram 2h50.

Edward passando pela porta dela e descendo as escadas a essa hora da manhã. Era estranho.

Todos haviam ido para a cama cedo, às 22h30. Ela não havia dormido, havia ficado apenas deitada com as pálpe-bras ardendo e uma angústia seca e doída agitando-a como uma febre.

Ela havia ouvido o relógio bater no andar de baixo, as corujas piarem na janela de seu quarto. Havia sentido a de-pressão que atinge seu ponto mais baixo às duas da manhã. Havia pensado consigo: "Eu não aguento. Eu não aguento. O amanhã vai chegar... e será outro dia. Um dia após o ou-tro a ser superado".

Banida de Ainswick pela própria mão... banida de toda ternura e doçura de Ainswick que poderia ter sido sua.

Mas melhor ser banida, melhor a solidão, melhor uma vida monótona e desinteressante do que a vida com Edward e o fantasma de Henrietta. Até aquele dia no bosque, ela não sabia que era capaz de sentir tanto ciúme.

E, afinal, Edward nunca havia lhe dito que a amava. Afeto, gentileza, ele nunca fingira mais do que isso. Ela havia aceitado a limitação. Só depois que se deu conta de que isso significaria viver intimamente com um Edward cuja mente e coração teriam Henrietta de hóspede permanente, Midge entendeu que apenas o afeto de Edward não bastava.

Edward passando pela porta dela, descendo a escada.

Era estranho, muito estranho. Aonde ele estava indo?

A inquietude cresceu em seu íntimo. Era parte integrante da inquietude que Hollow lhe dava hoje em dia. O que Edward estava fazendo no andar de baixo a essa hora da manhã? Ele ia sair?

A inatividade finalmente foi demais para ela. Midge levantou-se, vestiu seu roupão e, pegando uma lanterna, abriu a porta e passou ao corredor.

Estava muito escuro, nenhuma luz havia sido acesa. Midge virou-se para a esquerda e chegou à ponta da escada. No andar de baixo, tudo estava escuro também. Ela desceu a escada e, após um momento de vacilo, acendeu a luz do corredor. Tudo estava em silêncio. A porta da frente estava fechada e trancada. Ela tentou a porta lateral, que também estava trancada.

Edward, portanto, não havia saído. Onde ele estaria?

E, de repente, ela ergueu a cabeça e fungou.

Um cheiro, um cheiro muito leve de gás.

A porta de serviço para a cozinha estava entreaberta. Ela se aproximou... uma luz fraca brilhava da abertura. O cheiro de gás ficou mais forte.

Midge atravessou o corredor e entrou na cozinha. Edward estava deitado no chão com a cabeça dentro do forno a gás, que estava aceso no máximo.

Ela era uma jovem rápida e pragmática. Sua primeira atitude foi abrir as persianas. Não conseguiu destravar a janela, então enrolou um pano de secar copos no braço e quebrou o vidro. Prendendo a respiração, ela agachou-se, puxou Edward do forno e desligou o gás.

Ele estava inconsciente e com respiração estranha, mas ela sabia que não podia estar inconsciente havia muito tempo. Ele havia acabado de descer. O vento que vinha da janela para a porta aberta dispersou rapidamente os vapores nocivos do gás. Midge arrastou Edward para um ponto perto da janela onde o ar teria ventilação total. Ela sentou-se e o recolheu a seus braços fortes e jovens.

Ela disse seu nome, primeiro de forma suave, depois com desespero crescente.

— Edward, Edward, *Edward*...

Ele se remexeu, gemendo, abriu os olhos e olhou para ela.

— O forno — disse, fraco, seus olhos se virando para o forno.

— Eu sei, querido, mas por quê? *Por quê?*

Ele estava tremendo, suas mãos frias e sem vida.

— Midge? — Havia uma espécie de surpresa e prazer em sua voz.

Ela disse:

— Eu ouvi você passar pela porta do meu quarto. Eu não sabia... eu desci.

Ele suspirou, um suspiro longo, como se viesse de seu íntimo.

— A melhor saída — disse ele. E depois, sem fazer sentido até ela se lembrar da conversa de Lucy na noite da tragédia: — *News of the World.*

— Mas, Edward, por quê? *Por quê?*

Ele ergueu o olhar para ela e a expressão, vazia e fria, de seus olhos a assustaram.

— Porque eu sei que nunca fui suficiente. Sempre fui um fracasso. Sempre fui um inútil. São homens como Christow que *fazem* coisas. Eles chegam aqui e as mulheres o admiram.

Eu sou um nada. Nem vivo estou. Herdei Ainswick e tenho o bastante para viver... se não já teria sucumbido. Nenhuma carreira que valha... nunca fui bem como escritor. Henrietta não me quis. Ninguém me quis. Naquele dia, no Berkeley, eu pensei... mas foi a mesma história. Você também não conseguia se importar, Midge. Nem por Ainswick você conseguiria me aguentar. Então eu pensei em partir de uma vez.

As palavras dela saíram com pressa.

— Querido, querido, você não entende. Foi por causa de Henrietta... porque achei que você ainda fosse muito apaixonado por Henrietta.

— Henrietta? — Ele murmurou vagamente, como se falasse de alguém infinitamente distante. — Sim, eu a amei muito.

E de ainda mais longe ela o ouviu dizer:

— Está tão frio.

— *Edward...* meu querido.

Os braços dela fecharam-se em torno dele com firmeza. Ele sorriu para ela, murmurando:

— Você está tão quente, Midge... tão quente.

Sim, ela pensou, isso que era o desespero. Algo frio... frieza e solidão infinitas. Até agora ela nunca havia entendido que o desespero era frio. Ela havia pensado nele como algo quente e ardoroso, algo violento, um desespero furioso. Mas não era o caso. *Aquilo*, sim, era o desespero... essas trevas externas profundas, o frio, a solidão. E o pecado do desespero, de que os padres falavam, era um pecado frio, o pecado de afastar-se de todos os contatos cálidos, humanos e vivos.

Edward repetiu:

— Você está tão quente, Midge.

E de repente, com uma confiança feliz, orgulhosa, ela pensou: "Mas isso é o que ele *quer*... é o que eu posso lhe dar!". Eles eram tão frios, os Angkatell. Até Henrietta tinha algo da frieza esquiva e afetada do sangue Angkatell. Que Edward amasse Henrietta como em um sonho intangível e impossível. Calor, permanência, estabilidade, essas eram suas necessidades de fato. Era a companhia diária, o amor e o riso em Ainswick.

Ela pensou: "O que Edward precisa é de alguém que acenda o fogo em sua lareira... e *eu* sou a pessoa para isso".

Edward ergueu o olhar. Ele viu o rosto de Midge curvado sobre ele, a cor quente de sua pele, a boca generosa, os olhos firmes e o cabelo escuro que pendia de sua testa como duas asas.

Ele sempre via Henrietta como uma projeção do passado. Na mulher crescida ele buscava e queria apenas ver a moça de 17 anos que ele sempre amou. Mas agora, olhando para Midge, ele tinha a noção curiosa de uma Midge fixa, contínua. Ele viu a moça da escola com seu cabelo alado em dois rabos de cavalo, ele viu as ondas escuras emoldurando o rosto dela, e viu exatamente como aquelas asas ficariam se o cabelo não estivesse mais escuro, e sim grisalho.

"Midge", pensou ele, "é *real*. A única coisa real que eu já conheci..." Ele sentiu o calor dela, e a força... sombria, positiva, viva, *real*! "Midge", pensou, "é a rocha sobre a qual posso construir minha vida."

Ele disse:

— Cara Midge, eu lhe amo tanto. Nunca mais me deixe.

Ela ajoelhou-se ao lado dele e, permitindo-o sentir o calor de ambos os seus lábios, sentiu o amor o envolver, protegê-lo, e a felicidade floresceu naquele deserto gelado onde ele havia vivido por tanto tempo.

De repente, Midge falou com uma risada trêmula:

— Veja só, Edward, um besouro veio nos ver. Não é um besouro *bonito*? Eu nunca achei que fosse gostar tanto de um besouro!

Ela complementou, fantasiosa:

— Como a vida é estranha. Cá estamos, sentados no chão de uma cozinha que ainda cheira a gás, em meio aos besouros, e sentindo que é o paraíso.

Ele murmurou, sonhador:

— Eu podia ficar aqui para sempre.

— É melhor irmos dormir. São quatro da manhã. Como é que vamos explicar aquela janela quebrada à Lucy?

Por sorte, Midge refletiu, Lucy era uma pessoa extraordinariamente fácil para se explicar as coisas!

Seguindo o exemplo da própria Lucy, Midge entrou no quarto dela às seis da manhã.

Ela declarou, direta:

— Edward desceu e colocou a cabeça no forno durante a madrugada. Por sorte, eu o ouvi e desci atrás dele. Quebrei a janela da cozinha porque não consegui abri-la rapidamente.

Lucy, Midge tinha que admitir, era maravilhosa.

Ela deu um sorriso doce, sem sinal de surpresa.

— Cara Midge — disse ela —, você é sempre tão pragmática. Tenho certeza de que sempre será o maior conforto para Edward.

Depois que Midge se foi, Lady Angkatell ficou deitada, pensando. Então ela se levantou e entrou no quarto do marido, que, anormalmente, estava destrancado.

— Henry.

— Minha cara Lucy! O galo ainda nem cantou.

— Não. Mas ouça, Henry, isso é muito importante. Precisamos instalar eletricidade para cozinhar e nos livrar daquele fogão a gás.

— Ora, mas ele ainda funciona bem, não é?

— Sim, querido. Mas é o tipo de coisa que coloca ideias na cabeça das pessoas e nem todos são pragmáticos como nossa cara Midge.

Ela se afastou, evasiva. Sir Henry virou-se e resmungou.

Em seguida ele acordou de um susto, justo quando estava pegando no sono.

— Foi um sonho — murmurou ele — ou Lucy entrou aqui e começou a falar de fogões a gás?

No corredor, Lady Angkatell entrou no banheiro e colocou uma chaleira no fogo. Às vezes, as pessoas gostam de uma xícara de chá bem cedo, ela pensou. Estimulada pela auto-aprovação, ela voltou à cama e deitou-se nos travesseiros, satisfeita com a vida e consigo.

Edward e Midge em Ainswick. O inquérito encerrado. Ela iria novamente até Monsieur Poirot. Um homenzinho tão bom...

De repente outra ideia lhe ocorreu. Ela aprumou-se na cama. "Agora me pergunto", ela especulou, "se ela pensou *nisso*."

Ela levantou-se da cama e voou pelo corredor até o quarto de Henrietta, começando a falar, como sempre, muito antes de a outra poder ouvir.

— ...e de repente me ocorreu, querida, que você *poderia* ter se esquecido dessa parte.

Henrietta murmurou, sonolenta:

— Pelo amor de Deus, Lucy, os passarinhos ainda nem acordaram!

— Ah, eu sei, querida, *é* muito cedo, mas parece que a noite foi movimentada. Edward, o forno, Midge e a janela da cozinha... e pensar no que dizer a Monsieur Poirot e tudo o mais...

— Desculpe, Lucy, mas tudo que você disse parece absurdo. Não pode ser mais tarde?

— Era apenas a respeito do coldre, querida. Eu pensei que você poderia ter se esquecido do coldre.

— Coldre? — Henrietta aprumou-se na cama. De repente estava plenamente desperta. — O que é isso sobre um coldre?

— Aquele revólver de Henry estava no coldre, sabe? E o coldre não foi encontrado. E, claro, pode ser que ninguém pense nisso... mas pode ser que alguém pense...

Henrietta se levantou da cama. Ela disse:

— Sempre se esquece de algo... é isso que dizem! E é verdade!

Lady Angkatell voltou para seu quarto.

Ela foi para a cama e logo pegou no sono.

A chaleira no fogareiro ferveu e continuou fervendo.

Capítulo 29

Gerda rolou para o lado da cama e sentou-se.

Sua cabeça estava doendo um pouco menos, mas ela continuava contente de não ter ido com os outros ao piquenique. Era tranquilo, quase aconchegante ficar um tempo em casa sozinha.

Elsie, é claro, tinha sido muito gentil... muito agradável... especialmente no início. Para começar, havia insistido que Gerda tomasse o café da manhã na cama, enviando bandejas ao seu quarto. Todos insistiam que ela ficasse sempre na poltrona mais confortável, que descansasse, que não fizesse nada que exigisse muito esforço.

Estavam todos muito sentidos por John. Ela havia ficado encolhida, agradecida, naquela névoa de proteção. Ela não queria pensar, nem sentir, nem lembrar.

Mas agora, todos os dia, ela sentia que tudo se aproximava. Que ela teria que retomar a vida, decidir o que fazer, onde morar. Elsie já demonstrava um toque de impaciência em suas atitudes. "Ah, Gerda, não seja tão *lerda*!"

Tudo voltaria a ser como sempre, como há muito tempo, muito antes de John a tirar de casa. Todos a achavam burra e lerda. Não havia ninguém que diria, como John havia dito: "Vou cuidar de você".

Sua cabeça doeu e Gerda pensou: "Vou fazer um chá".

Ela foi à cozinha e colocou a chaleira no fogo. Estava quase fervendo quando ouviu a campainha.

As serventes estavam no dia de folga. Gerda foi até a porta e abriu. Ficou pasma ao ver o carro de Henrietta estacionado no meio-fio e a própria Henrietta de pé na soleira.

— Ora, Henrietta! — exclamou. Ela recuou alguns passos. — Entre. Infelizmente minha irmã e as crianças saíram, mas...

Henrietta a interrompeu.

— Ótimo, fico feliz. Queria encontrá-la a sós. Escute, Gerda, *o que você fez com o coldre*?

Gerda travou. Seus olhos de repente ficaram vazios, incompreensivos. Ela perguntou:

— Coldre?

Então ela abriu a porta à direita do corredor.

— É melhor você entrar aqui. Infelizmente está muito empoeirado. Não tivemos muito tempo hoje de manhã.

Henrietta a interrompeu de novo, com urgência. Ela disse:

— Gerda, você precisa me contar. Fora o coldre, está tudo certo. Absolutamente impermeável. Não há nada que ligue você ao caso. Eu encontrei o revólver onde você o enfiou, naquele matagal perto da piscina. Eu o escondi num lugar onde você não teria como esconder... e há impressões digitais ali que eles nunca vão identificar. Portanto, temos que cuidar apenas do coldre. Preciso saber o que você fez com o coldre.

Ela fez uma pausa, torcendo ansiosamente para que Gerda respondesse de uma vez.

Não fazia ideia do porquê tinha essa sensação vital de urgência, mas lá estava. Seu carro não havia sido seguido — ela havia se assegurado de que não. Tinha entrado na estrada para Londres, enchido o tanque em uma oficina e comentado que estava a caminho de Londres. Então, um pouco mais à frente, havia desviado pelo campo até chegar a uma rodovia que levava à costa sul.

Gerda continuava olhando para ela. O problema de Gerda, pensou Henrietta, é que ela era muito lerda.

— Se ainda estiver com você, Gerda, você tem que me entregar. Eu dou um jeito de me livrar dele. É a única possibilidade, a única coisa que pode ligar você à morte de John. O coldre *está* com você?

Houve uma pausa, depois Gerda fez sim com a cabeça, devagar.

— Você não sabia que era uma insanidade ficar com essa coisa? — Henrietta mal conseguia ocultar a impaciência.

— Eu me esqueci. Ficou no meu quarto.

Ela complementou:

— Quando a polícia veio à Harley Street, eu piquei o coldre em pedacinhos e o deixei na bolsa com meus trabalhos em couro.

— Muito inteligente de sua parte — disse Henrietta.

— Eu não sou tão burra como todos acham — disse Gerda. Ela levou a mão até a garganta. Disse: — John... *John!* — Sua voz oscilou.

— Eu sei, minha querida — disse Henrietta. — Eu sei.

— Mas não tem como você saber — disse Gerda. — John não era... ele não... — Ela ficou ali parada, muda e estranhamente patética. De repente ergueu os olhos para o rosto de Henrietta. — Era tudo mentira! Tudo! Tudo que eu achava que ele era. Eu vi a cara dele quando foi atrás daquela mulher, naquela noite. Veronica Cray. É claro que eu sabia que ele tivera afeição por ela, anos antes de se casar comigo. Mas achei que havia acabado.

Henrietta falou com delicadeza:

— Mas *havia* acabado.

Gerda fez que não.

— Não. Ela foi lá e fingiu que não via John havia anos. Mas eu vi o rosto de John. Ele saiu com ela. Eu fui para a cama. Fiquei deitada, tentando ler... tentei ler aquela história de detetive que John estava lendo. E John não aparecia. Por fim eu saí...

Os olhos dela pareciam estar voltando para dentro, assistindo à cena que contava.

— Foi à luz da lua. Eu caminhei pela trilha até a piscina. Havia uma luz no caramanchão. Eles estavam *lá*: John e aquela mulher.

Henrietta fez um ruído.

O rosto de Gerda se alterou. Não tinha mais nada daquela afabilidade habitual, vazia. Não tinha mais remorso. Era implacável.

— Eu confiei em John. Acreditei nele... como se fosse Deus. Achei que era o homem mais nobre do mundo. Achei que ele era tudo de mais belo e nobre que há. E era tudo *mentira*! Não me restou nada. Eu... eu era *devota* de John!

Henrietta apenas a encarava, fascinada. Pois ali, diante de seus olhos, estava aquilo de que ela havia suspeitado e a que havia dado vida, esculpindo na madeira. Ali estava A Devota. A devoção cega devolvida a si, desiludida, perigosa.

Gerda falou:

— Eu não aguentava mais! Eu tinha que o matar! Eu *precisava*... você me entende, Henrietta?

Ela falou como em tom de conversa, quase simpático.

— E eu sabia que precisava ter cuidado porque a polícia é muito inteligente. Mas eu não sou tão burra quanto acham! Se você é muito lerda e fica olhando para o nada, as pessoas acham que você não absorve nada. E às vezes você está rindo delas e elas não veem! Eu sabia que podia matar John e ninguém saberia, pois eu havia lido naquela história de detetive que a polícia não conseguia saber de qual arma a bala havia sido disparada. Sir Henry havia me ensinado a carregar e disparar um revólver naquela tarde. Eu ia levar *dois* revólveres. Eu ia atirar em John com um, depois escondê-lo, e deixar que me encontrassem segurando o outro. Primeiro achariam que *eu* tinha atirado nele e depois descobririam que não havia como ele ter sido morto com aquele revólver e aí diriam que eu não havia atirado!

Ela balançou a cabeça, triunfante.

— Mas esqueci-me da coisa de couro. Estava na gaveta do meu quarto. Do que você chamou? Coldre? É claro que a polícia não vai pedir por isso *agora*!

— Eles podem — disse Henrietta. — É bom você me entregar, e eu o levo comigo. Assim que sair de suas mãos, você está a salvo.

Ela sentou-se. De repente se sentiu incrivelmente cansada.

— Você não parece bem — disse Gerda. — Eu estava fazendo um chá.

Ela saiu do aposento. Em seguida voltou com uma bandeja. Sobre ela havia uma chaleira, um jarro de leite e duas xícaras. O jarro de leite estava transbordando porque estava cheio demais. Gerda soltou a bandeja e serviu uma xícara de chá para alcançar a Henrietta.

— Ah, não — disse ela, consternada. — Acho que a chaleira não estava fervendo.

— Está tudo bem — disse Henrietta. — Vá pegar o coldre, Gerda.

Gerda hesitou e depois saiu do recinto. Henrietta inclinou-se, colocou os braços sobre a mesa e depois deitou a cabeça. Ela estava cansada, absurdamente cansada. Mas agora estava quase no fim. Gerda ficaria a salvo, e John queria que ela ficasse a salvo.

Ela aprumou-se, tirou o cabelo da testa e puxou a xícara para si. Então, ao som da porta, ela ergueu o olhar. Gerda havia sido rápida, uma vez na vida.

Mas era Hercule Poirot quem estava na soleira.

— A porta da frente estava aberta — comentou ele enquanto vinha à mesa —, então tomei a liberdade de entrar.

— O senhor! — disse Henrietta. — Como chegou aqui?

— Quando a senhorita deixou a Mansão Hollow de modo tão repentino, naturalmente eu sabia aonde iria. Aluguei um carro veloz e vim direto para cá.

— Entendo. — Henrietta suspirou. — Claro que o senhor viria.

— É melhor não tomar este chá — disse Poirot, tirando a xícara dela e devolvendo à bandeja. — Chá que não foi feito com água fervida não faz bem.

— Algo insignificante como água fervida realmente importa?

Poirot respondeu gentilmente:

— Tudo importa.

Ouviu-se um som atrás dele e Gerda entrou na sala. Ela tinha uma bolsa de costura nas mãos. Seus olhos foram do rosto de Poirot para os de Henrietta.

Henrietta falou depressa:

— Infelizmente, Gerda, sou uma figura suspeita. Monsieur Poirot aparentemente estava me seguindo. Ele acha que eu matei John... mas não tem como provar.

Ela falou devagar e decidida. O importante era que Gerda não se entregasse.

Gerda falou, aérea:

— Sinto muito. O senhor gostaria de um chá, Monsieur Poirot?

— Não, madame, obrigado.

Gerda sentou-se atrás da bandeja. Ela começou a falar a seu modo conversador, pedindo desculpas.

— Sinto muito que todos tenham saído. Minha irmã e as crianças foram fazer um piquenique. Eu não estava me sentindo bem, então fiquei em casa.

— Sinto muito, madame.

Gerda ergueu uma xícara e bebeu o chá.

— É tudo muito preocupante. Tudo é preocupante. Veja bem: John sempre cuidou de *tudo* e agora John se foi... — A voz dela morreu. — Agora John se foi.

O olhar dela, compassivo, confuso, passou de um a outro.

— Eu não sei o que fazer sem John. John me dava atenção. John cuidava de mim. Agora que ele se foi, tudo se foi. E as crianças... elas ficam fazendo perguntas e eu não sei responder. Eu não sei o que dizer a Terry. Ele fica perguntando:

"Por que mataram o papai?". Um dia, é claro, ele vai descobrir por quê. Terry sempre quer *saber de tudo*. O que me intriga é que ele sempre pergunta *por quê*, não *quem*!

Gerda reclinou-se na cadeira. Seus lábios estavam azuis.

Ela disse, rígida:

— Não estou... me sentindo bem... se John... John...

Poirot deu a volta na mesa e a acomodou na cadeira. A cabeça de Gerda caiu para a frente. Ele curvou-se e ergueu a pálpebra dela. Depois se aprumou.

— Uma morte rápida e relativamente indolor.

Henrietta o encarou.

— Coração? Não. — A mente dela deu um salto. — Algo no chá. Algo que ela mesma serviu. Ela escolheu esta saída?

Poirot balançou a cabeça delicadamente.

— Ah, não, era para *você*. Estava na *sua* xícara.

— Para *mim*? — A voz de Henrietta saiu incrédula. — Mas eu estava tentando ajudá-la.

— Não importa. Nunca viu um cachorro preso em uma armadilha? Ele enfia os dentes em quem o tocar. Ela viu que a senhorita também sabia o segredo dela e, por isso, também deveria morrer.

Henrietta falou devagar:

— E o senhor fez eu devolver o chá à bandeja... o senhor queria... queria que *ela*...

Poirot a interrompeu com delicadeza:

— Não, não, mademoiselle. Eu não *sabia* que havia algo na xícara. Eu sabia apenas que *poderia* haver. E, quando a xícara estava na bandeja, havia a mesma chance de ela beber daquela ou da outra... se é que se pode chamar de chance. De minha parte, eu diria que um fim destes é misericordioso. Para ela... e para as duas crianças inocentes.

Ele dirigiu-se a Henrietta com a voz gentil:

— A senhorita está muito cansada, não está?

Ela assentiu. Perguntou:

— Quando o senhor descobriu?

— Eu não sabia ao certo. A cena estava armada; eu senti desde o início. Mas levei muito tempo para me dar conta de que foi armada por *Gerda Christow*. Que a postura dela era teatral porque, na verdade, ela estava interpretando um papel. Fiquei confuso com a simplicidade e ao mesmo tempo com a complexidade. Reconheci de imediato que era o *seu* talento que eu estava enfrentando, e que a senhorita passou a ter o apoio e o incentivo de seus parentes assim que eles entenderam o que a senhorita queria que eles fizessem! — Ele fez uma pausa antes de complementar. — Por que a *senhorita* quis assim?

— Poque John me pediu! Foi isso que ele quis dizer quando falou "*Henrietta*". Estava tudo naquela palavra. Ele estava me pedindo para proteger Gerda. Veja bem: ele amava Gerda. Acho que ele amava Gerda mais do que sabia que amava. Mais do que Veronica Cray. Mais do que me amava. Gerda *pertencia* a John, e John gostava de ter posses. Ele sabia que, se alguém podia proteger Gerda das consequências do que ela havia feito, essa pessoa era eu. E ele sabia que eu faria o que ele quisesse, porque eu o amava.

— E a senhorita começou de imediato — disse Poirot, com o rosto sério.

— Sim, a primeira coisa que eu consegui raciocinar foi tirar o revólver dela e jogá-lo na piscina. Isso ofuscaria a parte das impressões digitais. Quando eu descobri, depois, que ele havia levado o tiro de uma arma distinta, eu saí a procurar e naturalmente a encontrei rápido, porque eu sabia o tipo de lugar onde Gerda a teria escondido. Eu estava apenas um minuto ou dois à frente dos agentes do Inspetor Grange.

Ela fez uma pausa e depois continuou:

— Eu fiquei com a arma na minha bolsa até conseguir trazê-la a Londres. Então eu a escondi no estúdio até poder trazê-la de volta, e colocar onde a polícia não ia encontrar.

— O cavalo de argila — murmurou Poirot.

— Como o senhor sabe? Sim, eu a coloquei em uma *nécessaire* e fiz a armação da escultura em volta, depois bati a argila ao redor. Afinal de contas, a polícia não podia destruir a obra-prima de uma artista, não é? O que levou o senhor a descobrir onde estava?

— O fato de que a senhorita escolheu esculpir um cavalo. O cavalo de Troia foi a associação inconsciente. Mas as impressões digitais... como lidou com as impressões digitais?

— Um velho cego que vende fósforos na rua. Ele não sabia o que eu pedi para ele segurar enquanto eu pegava o dinheiro!

Poirot ficou um instante olhando para ela.

— *C'est formidable!* — murmurou. — A mademoiselle é uma das melhores antagonistas que eu já tive.

— Tem sido extenuante tentar ficar sempre um passo à frente do *senhor*!

— Eu sei. Comecei a perceber a verdade assim que vi o padrão que estava armado para não incriminar nenhum dos possíveis suspeitos, mas para incriminar *todos*, com exceção de Gerda Christow. Cada indicativo sempre me *afastava* dela. A senhorita propositalmente plantou o desenho de Yggdrasil para chamar minha atenção e colocar-se sob suspeita. Lady Angkatell, que entendeu perfeitamente o que a senhorita estava fazendo, divertiu-se guiando Inspetor Grange em várias direções: David, Edward, ela mesma.

Ele continuou:

— Pois sim, só há uma coisa a fazer quando se deseja tirar a suspeita de uma pessoa que é culpada. Deve-se sugerir que a culpa está em outro lugar, mas nunca a localizar. É por isso que toda pista *parecia* promissora e depois desaparecia, terminava em nada.

Henrietta olhou para a figura encolhida, patética, debruçada na cadeira. Ela disse:

— Pobre Gerda.

— É isso que a senhorita sentiu desde o começo?

— Acho que sim. Gerda amava muito John, mas não queria amá-lo do jeito que era. Ela construiu um pedestal para o marido e atribuiu-lhe tudo que há de esplêndido, nobre e abnegado. E se você derruba um ídolo, *não sobra nada*. — Ela fez uma pausa e depois prosseguiu: — Mas John era algo melhor do que um ídolo no pedestal. Era um ser humano real, vivo, vital. Era generoso, caloroso, vivo, e um ótimo médico. Sim, um *ótimo* médico. Ele morreu e o mundo perdeu um grande homem. E eu perdi o único homem que vou amar nessa vida.

Poirot pôs a mão delicadamente sobre o ombro dela. Ele disse:

— Mas a senhorita é daquelas que pode viver com uma espada em seu coração... que pode seguir sua vida e sorrir...

Henrietta ergueu os olhos para Poirot. Os lábios dela se retorceram em um sorriso amargo.

— Um tanto melodramático, não acha?

— É porque sou estrangeiro e gosto de usar palavras rebuscadas.

Henrietta disse de repente:

— O senhor foi muito gentil comigo.

— É porque sempre a admirei muito.

— Monsieur Poirot, o que vamos fazer? Quanto a Gerda, no caso.

Poirot puxou a sacola de costura para si. Ele virou todo o conteúdo: restos de camurça e couros de várias cores. Havia pedaços de couro grosso marrom e brilhoso. Poirot encaixou um no outro.

— O coldre. Eu levo isso. Pobre Mrs. Christow estava sobrecarregada, a morte do marido foi demais. Será revelado que ela tirou a própria vida enquanto sua mente estava instável...

Henrietta falou devagar:

— E nunca saberão o que aconteceu de verdade?

— Creio que uma pessoa saberá: o filho do dr. Christow. Acho que um dia ele virá a mim e me perguntará sobre a verdade.

— Mas o senhor não vai contar — exclamou Henrietta.

— Sim. Contarei.

— Ah, *não*!

— A senhorita não compreende, pois considera insuportável que alguém se magoe. Mas, para algumas mentes, existe algo ainda mais insuportável: não *saber*. A senhorita ouviu a pobre mulher dizer há pouco tempo: "Terry sempre precisa *saber de tudo*". Para a mente científica, a verdade vem em primeiro lugar. A verdade, por mais amarga que seja, pode ser aceita, e tramada ao desenho da vida.

Henrietta se levantou.

— O senhor me quer aqui ou é melhor eu ir embora?

— Seria melhor se fosse embora, creio eu.

Ela assentiu. Depois disse, mais para si do que para ele:

— Aonde devo ir? O que vou fazer… sem John?

— A mademoiselle está falando como Gerda Christow. A senhorita saberá aonde ir e o que fazer.

— Saberei? Estou tão cansada, Monsieur Poirot, tão cansada.

Ele falou em um tom delicado:

— Vá, minha criança. Seu lugar é entre os vivos. Eu ficarei aqui com os mortos.

Capítulo 30

Enquanto ela dirigia rumo a Londres, as duas frases ecoaram na mente de Henrietta: "O que devo fazer? Aonde devo ir?".

Nas últimas semanas ela havia andado tensa, agitada, sem relaxar nem por um instante. Ela tivera uma tarefa a cumprir, uma tarefa dada por John. Mas agora ela havia acabado, e Henrietta havia fracassado... ou havia obtido sucesso? Podia-se ver a questão dos dois modos. Mas, como quer que se visse, a tarefa estava cumprida. E ela sentiu a terrível exaustão consequente.

Sua mente voltou às palavras que ela havia dito a Edward naquela noite na varanda. A noite da morte de John. A noite em que ela havia ido junto à piscina, ao caramanchão, e propositalmente, à luz de um fósforo, desenhado Yggdrasil sobre a mesa de ferro. Com propósito, com planejamento... ainda sem poder sentar-se e sentir o luto... o luto pelo morto. "Eu gostaria", ela havia dito a Edward, "de sofrer por John."

Mas ela não ousara descansar naquele momento... não ousara deixar a tristeza tomar conta de si.

Mas agora ela podia sofrer. Agora ela tinha todo o tempo que há.

Ela falou, em voz baixa:

— John... John...

A amargura e a rebeldia sombria a solaparam.

Ela pensou: "Eu queria ter bebido aquela xícara de chá".

Dirigir a acalmava, dava-lhe força por enquanto. Mas logo ela estaria em Londres. Logo ela guardaria o carro na garagem e seguiria ao ateliê vazio. Vazio porque John nunca mais estaria lá estorvando-a, irritando-se com ela, amando-a mais do que queria amá-la, falando com entusiasmo sobre a Doença de Ridgeway... sobre seus triunfos e decepções, sobre Mrs. Crabtree e St. Christopher's.

E de repente, com o erguer da mortalha negra que pairava sobre sua mente, ela pensou:

"É claro. É para lá que eu vou. Ao St. Christopher's".

Deitada em seu pequeno leito hospitalar, a velha Mrs. Crabtree espiou sua visitante por trás dos olhos reumáticos e cintilantes.

Ela era exatamente como John havia descrito, e Henrietta sentiu um calor repentino, sua alma revivendo. Isso era real, isso duraria! Aqui, por um breve espaço, ela havia reencontrado John.

— Coitado do doutor. Terrível, né? — disse Mrs. Crabtree.

Sua voz tinha tanto alegria quanto tinha lamento, pois Mrs. Crabtree amava a vida; e mortes repentinas, particularmente assassinatos ou mortes no parto, eram o que havia de mais rico na trama da vida.

— Bater as botas desse jeito! — continuou ela. — Olha que meu estômago revirou na hora, foi sim, quando eu fiquei sabendo. Eu li em tudo que era jornal. A enfermeira me deixou ler tudo que ela pegava. Foi muito querida, foi sim. Tinha foto e tudo. A piscina, tudo. A mulher dele saindo do inquérito, coitada, e aquela Lady Angkatell, a dona da piscina. Muita foto. Mistério dos bons esse, hein?

Henrietta não se espantou com o prazer macabro daquela senhora. Ela gostou, pois sabia que o próprio John teria gostado. Se ele tinha que morrer, preferiria que a velha Mrs. Crabtree se divertisse em vez de dar uma fungada e derramar umas lágrimas.

— Eu só espero que peguem quem fez isso aí e o enforquem — prosseguiu Mrs. Crabtree, vingativa. — Eles não fazem mais a forca em público que nem se fazia... que pena, né. Sempre fiquei pensando que eu gostaria de ir num enforcamento. E eu iria mais que rápido, se a senhora me entende, para ver o enforcamento de quem matou o doutor! Deve ter sido uma pessoa malvada. Oras, o doutor era um em um milhão. Tão inteligente que era! E tão bondoso! Fazia você rir, até quando você não queria. As coisas que ele dizia! Eu fazia qualquer coisa pelo doutor, ah, fazia!

— Sim — disse Henrietta. — Ele era um homem muito inteligente. Um grande homem.

— Falam tudo de bom dele aqui no hospital, ah, se falam! Todas as enfermeiras. *E* os pacientes! Todo mundo achava que ia ficar bem quando ele estava atendendo.

— Então a senhora vai ficar bem — disse Henrietta.

Os olhos argutos e pequenos se anuviaram por um instante.

— Eu já não sei mais, meu doce. Agora eu estou com aquele jovenzinho metido a besta, o dos óculos. Bem diferente do dr. Christow! Não dá *uma* risada! Ele era só ele, o doutor Christow... Sempre com as piadas! Fez eu passar uns momentos terríveis, ah, se fez, com esse tratamento dele. "Eu não aguento mais, doutor", eu dizia para ele. E ele respondia: "Aguenta, sim, Mrs. Crabtree". "A senhora é durona, é, sim. A senhora aguenta. A senhora vai entrar para a história da Medicina, a senhora e eu." E ele te deixava feliz. Eu fazia qualquer coisa pelo doutor, ah, eu fazia! Ele esperava bastante das pessoas, mas você sentia que não tinha como decepcionar o doutor, se é que me entende.

— Eu entendo — disse Henrietta.

Os olhinhos afiados a perscrutaram.

— Licença, meu anjo, mas a moça não é esposa do doutor, é?

— Não — disse Henrietta. — Sou só uma amiga.

— *Entendi* — disse Mrs. Crabtree.

Henrietta pensou que ela de fato entendia.

— O que fez a moça vir aqui, se não se importa a pergunta?

— O doutor conversava muito comigo a respeito da senhora... e do novo tratamento. Eu queria ver como a senhora estava.

— Eu estou piorando... é isso que eu estou fazendo.

Henrietta exclamou:

— Mas a senhora não pode recuar! A senhora tem que melhorar.

Mrs. Crabtree sorriu.

— *Eu* não quero bater as botas, não pense nisso!

— Então lute! Dr. Christow disse que a senhora é muito forte.

— Ele disse, é?

Mrs. Crabtree ficou um tempo quieta, depois falou mais devagar:

— Quem atirou nele é um sem-vergonha! Não tem muita gente que nem ele.

Nunca mais veremos alguém como ele. As palavras cruzaram a mente de Henrietta. Mrs. Crabtree a observava com atenção.

— Cabeça erguida, meu anjo — ela disse. E complementou: — Eu espero que o velório tenha sido bonito.

— Foi um funeral muito bonito — disse Henrietta, prestativa.

— Ah! Eu queria ter ido!

Mrs. Crabtree suspirou.

— Eu vou é no meu velório, imagino.

— Não — exclamou Henrietta. — A senhora não pode se entregar. A senhora acabou de dizer que o dr. Christow lhe disse que vocês dois iam entrar para a história da Medicina. Pois a senhora tem que seguir adiante. O tratamento é o mesmo. A senhora tem que ter coragem pelos dois... A senhora tem que entrar para a história da Medicina por si... e por ele.

Mrs. Crabtree ficou alguns instantes encarando Henrietta.

— Isso parece coisa forte! Eu vou fazer o meu melhor, querida. Mais que isso eu não garanto.

Henrietta levantou-se e segurou a mão dela.

— Até logo. Eu venho ver a senhora de novo, se me permitir.

— Venha, sim. Vai me fazer bem falar do doutor. — Aquele cintilar obsceno surgiu de novo nos olhos da idosa. — Um homem de bem em tudo, o dr. Christow.

— Sim — disse Henrietta. — Ele era.

A idosa disse:

— Não se aflija, querida... o que se foi já foi. Não tem volta.

Mrs. Crabtree e Hercule Poirot, pensou Henrietta, expressaram a mesma ideia em linguagens diferentes.

Ela voltou até Chelsea, guardou o carro na garagem e foi caminhando sem pressa ao ateliê.

"Agora começou", ela pensou. "O momento que eu temia. O momento em que eu fico sozinha."

"Agora eu não posso mais protelar. Agora o luto chegou e vai ficar comigo."

O que ela havia dito a Edward? "Eu gostaria de sofrer por John."

Ela caiu em uma cadeira e tirou o cabelo do rosto.

Sozinha... vazia... desamparada. O horrível vazio.

As lágrimas tomaram seus olhos, fluíram lentamente pelas bochechas.

"Luto", ela pensou, "o luto por John." "Ah, John... John."

Lembrando, lembrando... sua voz, aguda de dor.

"Se eu morresse, a primeira coisa que você faria, com as lágrimas escorrendo pelo rosto, seria esculpir uma mulher lamurienta ou com outra expressão de luto."

Ela se remexeu, inquieta. Por que aquela ideia havia vindo à sua mente?

Luto... luto... uma figura velada... seu contorno mal perceptível... sua cabeça encapuzada...

Alabastro.

Ela conseguia ver as linhas. Altas, alongadas, sua tristeza oculta, revelada apenas pelos traços longos e lamentosos no caimento do tecido.

A tristeza emergindo do alabastro claro, transparente.

"*Se eu morresse...*"

E a amargura repentina a tomou como uma maré alta!

Ela pensou: "É isso que eu sou! John tinha razão. Eu não posso amar... não posso sofrer... não com todo o meu ser. É Midge, é gente como Midge que é o sal da terra e a luz do mundo".

Midge e Edward em Ainswick.

Isso que era a realidade... força... calor.

"Mas eu", pensou ela, "eu não sou uma pessoa completa. Não pertenço a mim, mas a algo fora de mim. Não posso lamentar meus mortos. Preciso pegar minha dor e transformá-la em uma escultura de alabastro..."

Peça n. 58: "Luto". Alabastro. Miss Henrietta Savernake...

Com a voz baixa, ela disse:

— John, perdoe-me, perdoe-me pelo que eu não posso deixar de fazer.

Notas sobre
A Mansão Hollow

Este é o 34º romance policial de Agatha Christie e o 26º, entre romances e coleções de contos, que estrela o detetive Hercule Poirot. Foi lançado primeiramente em versão resumida com quatro capítulos na revista *Collier's Weekly,* nos Estados Unidos, em maio de 1946 com outro título: *The Outraged Heart* [O coração indignado, em tradução livre]. O livro chegou a ganhar, ainda, outro título, *Murder After Hours* [Assassinato na madrugada, em tradução livre] em uma reedição nos Estados Unidos nos anos 1950, mas o que remete à mansão onde se passa a trama é o mais conhecido.

Em sua *Autobiografia,* Christie declarou que "estragou [o livro] ao introduzir Poirot". Fazia quatro anos, desde *Os cinco porquinhos*, que o detetive belga não aparecia nas produções e, segundo a autora, ele surgiu no livro porque ela estava acostumada a tê-lo como personagem. "Ele fez o que faz muito bem, mas depois fiquei pensando como seria melhor se ele não fosse presente", ela escreveu.

Quando autora adaptou *A Mansão Hollow* para o teatro, seguiu sua autocrítica e excluiu Poirot da trama. E, apesar de sua filha Rosalind Hicks (1919-2004) opor-se à adaptação deste livro em particular, a peça estreou em fevereiro de 1951 no Arts Theatre de Cambridge, com produção de Peter Saunders (1911-2003) — mesmo produtor de *A ratoeira* e outras peças de Christie — e foi encenada 376 vezes naquele ano.

Adaptado para o cinema primeiramente no Japão, em 1985: o diretor Yoshitaro Nomura transformou a história em uma versão contemporânea e japonesa. Em 2008, Pascal Bonitzer adaptou a trama para a França contemporânea em *Le Grand Alibi*. Os dois filmes também excluíram Poirot.

Na televisão, o livro foi adaptado em 2004 como um dos episódios da série britânica *Agatha Christie's Poirot* — ou seja, fiel à participação do detetive belga na versão em livro. Em 2021, um dos episódios da série francesa *Les Petits Meurtres d'Agatha Christie* também adaptou a trama — desta vez, sem Poirot.

A Mansão Hollow foi inspirada na mansão do ator teatral Francis Loftus Sullivan (1903-1956), que interpretou Poirot em duas adaptações teatrais dos livros de Christie nos anos 1930. "Larry e Danae", a quem o livro é dedicado (com um pedido de desculpas), são Sullivan, identificado pelo seu apelido, e esposa.

A Harley Street, onde John Christow tem seu consultório e a casa da família, é o endereço tradicional das clínicas médicas em Londres. O St. Christopher's Hospital, porém, é fictício.

O trajeto que o dr. Christow imagina até a Mansão Hollow no Capítulo 5 — *"passamos a Albert Bridge, depois Clapham Common... fazemos o atalho pelo Palácio de Cristal... Croydon... Purley Way, depois evitar a rodovia... pegar a direita no entroncamento de Metherly Hill... passando por Harveston Ridge... e em seguida à direita no cinturão suburbano, passando Cormerton, depois subindo Shovel Down..."* — corresponde em parte à realidade. Com exceção de "Metherly Hill", "Harveston Ridge" e "Cormerton", que Agatha Christie inventou para o livro, todos os outros pontos de referência existem e descrevem um trajeto que desce Londres no sentido sul, depois toma direção oeste.

O nome do esquilo de Ainswick, adotado por Edward e Henrietta, Cholmondeley-Majoribanks, faz piada com nomes de famílias nobres britânicas: há vários barões, condes e marquesas de Cholmondeley na história inglesa, enquanto o clã escocês Majoribanks registra múltiplos baronetes.

Animal Grab, o jogo de cartas mencionado no Capítulo 8, foi criado no final do século XIX e aparentemente ainda era jogado meio século depois. Consistia em 52 cartas com desenhos de animais e seus sons característicos. Durante o jogo, quando duas cartas se encontravam no monte, um jogador tinha que ser o mais rápido a fazer o som característico para pegar (*grab*) todas as cartas para si. Já o brinquedo Meccano, mencionado como um presente a ser dado aos filhos do Inspetor Grange, consiste em um kit de montagem com placas, porcas e parafusos — para as crianças construírem desde pontes até locomotivas. Criada no início do século XX, a marca ainda produz versões dos brinquedos e é conhecida em toda a Grã-Bretanha.

Midge Hardcastle ganha quatro libras por semana trabalhando na loja da Madame Alfrege — menos do que um operário da indústria na época. Em valores atuais, Midge ganharia um pouco mais de duzentas libras por semana. Enquanto as 342 libras que Edward paga pelo anel de noivado equivaleriam a mais de dezessete mil.

O semanário *News of the World* foi uma instituição do jornalismo sensacionalista britânico e uma das publicações de maior circulação no mundo. Fundado em 1843, chegou ao auge na década de 1950, quando vendia nove milhões de exemplares por semana. Devido ao sensacionalismo, era tratado como um jornal das classes baixas — por isso Lady Angkatell diz que só o assina para a criadagem. Após um escândalo envolvendo escutas ilegais em celulares, que levou à prisão de editores do jornal, o *News of the World* encerrou a publicação em julho de 2011.

A obra é lembrada pela representação preconceituosa de uma personagem judia: Madame Alfrege, a chefe de Midge Hardcastle na loja de roupas para senhoras. A forma caricata como Christie grafa o sotaque da madame e a utilização de termos como "judiazinha cáustica" [*vitriolic little Jewess*, no original] representa, lamentavelmente, o antissemitismo da época.

No Capítulo 2, Henrietta Savernake está esculpindo uma imagem de Nausícaa, a linda jovem que encontra o navegador Ulisses na *Odisseia* de Homero. No mesmo capítulo, Henrietta compara John Christow ao personagem do Fundidor de Botões em Peer Gynt, famosa peça do norueguês Henrik Ibsen (1828-1906). O Fundidor é uma figura que tem participação curta na vida do personagem titular, mas que encarna e propõe discussões existencialistas que são centrais à obra. É a personagem que, mais uma vez, quem cita um verso para Poirot no Capítulo 18: "Os dias passavam devagar, devagar. Dei pão aos patos, ralhei com a mulher, toquei Handel na flauta e com o cão saí a passear." O verso humorístico chama-se originalmente Creature Comforts [Confortos humanos, em tradução livre] e foi escrito por um autor conhecido por poeminhas de humor, Harry Graham (1842-1930).

No Capítulo 18, é Poirot quem declama a Henrietta um trecho de Lord Tennyson (1850-1892). O poema que ele se recorda por associação direta a Hollow — *"I hate the dreadful hollow…"* — vem de *Maud, and Other Poems,* publicado em 1855, e é exatamente a primeira estrofe do poema titular.

Quando Midge Hardcastle está conversando com Edward Angkatell no Capítulo 27 e declama "Ele morreu, senhora./ Ele morreu, senhora, foi embora./ Uma lápide por cima./ A grama verde por fora", ela está citando *Hamlet,* de Shakespeare. Especificamente o ato 4, cena 5: uma fala de Ofélia, já ensandecida, cantando sobre a perda do pai Polônio.

A pista da fonte pingando, o último livro que John Christow leu na vida, é pura invenção de Christie, que adorava brincar com os livros de mistério que concorriam com os dela.

Ainda em referências artísticas, John Christow diz que a esposa "Gerda não sabe distinguir arte de uma fotografia a cores". Nos anos 1940, quando o livro se passa, a fotografia a cores ainda não era difundida e estava longe de ser considerada arte — algo que só aconteceu nos anos 1970, quando as películas a cores começaram a ser usadas com mais frequência. John podia inclusive estar referindo-se às fotografias pintadas à mão, uma prática artesanal bastante difundida na época e que também não era tratada como arte.

No Capítulo 11, é mencionado que o National Trust interrompeu construções próximas a Hollow "em prol da preservação das belezas da zona rural". O Fundo Nacional para Locais de Interesse Histórico ou Beleza Natural, conhecido pelo nome National Trust, é uma entidade filantrópica que tem, de fato, a missão de preservar casas, castelos, parques e reservas naturais. Foi fundado em 1895 e ainda funciona.

A British School para onde David Angkatell está se dirigindo, como comenta no Capítulo 27, é um instituto de pesquisa arqueológica financiado pela British Academy. Há British Schools em mais de quinze países. A de Atenas, para onde David vai, foi fundada em 1886.

A frase "não achamos graça" é atribuída à Rainha Vitória, como lembra Poirot no Capítulo 11. Os biógrafos da rainha têm vários relatos conflitantes em relação a quando ela teria dito a frase — em uma peça de teatro, ao ouvir uma história apimentada, ao saber do caso de sua filha com um cortesão —, e há até mesmo um relato de uma neta dizendo da monarca tê-la ouvido negar a autoria.

Este livro foi impresso pela Maistype,
em 2025, para a HarperCollins Brasil.
A fonte usada no miolo é Cheltenham, corpo 9,5/13,5pt.
O papel do miolo é pólen bold 70g/m²,
e o da capa é couché 150g/m² e offset 150g/m².